致青春 133

桃枝氣泡

（下）

棲見　著

高寶書版集團

目錄
CONTENTS

第二十四章　記憶的相片　005
第二十五章　再次相見　029
第二十六章　假裝低調的孤狼　051
第二十七章　第3821號　077
第二十八章　我的枝枝　097
第二十九章　我的阿淮　121
第三十章　還是當年的他　155
第三十一章　見家長　187
第三十二章　殿下，求求你了　211
第三十三章　我會一輩子對她好　231
終章　以我車來，以我賄遷　255
番外　293

第二十四章　記憶的相片

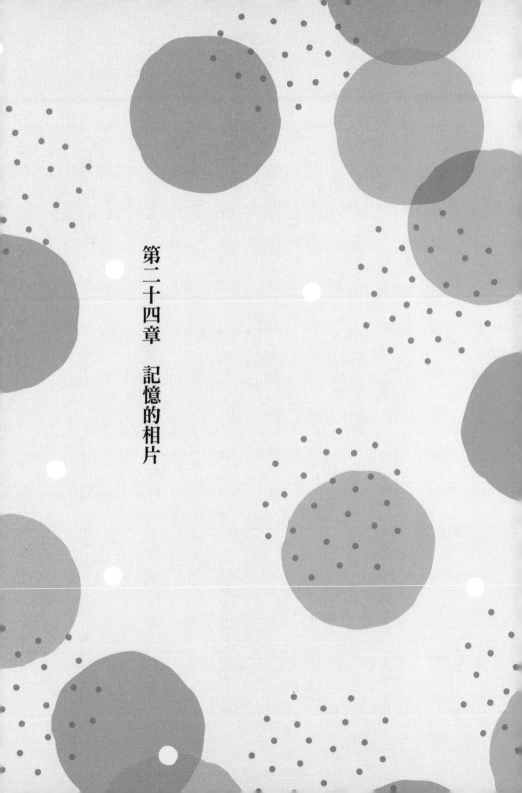

陶枝始終都沒有哭。

她覺得自己這段時間的淚腺已經夠發達了，像是被擰開的水龍頭，她對著陶修平會哭，看到季槿會哭，但見到江起淮的時候，她沒有想哭。

她很確定，也確信地覺得，自己聽懂這句話的意思。

她聽著他說的話，感受他的呼吸和溫度，鼻尖縈繞的氣息，唇瓣殘留的觸感，耳膜迴盪的聲音像交響樂團的指揮家，將他們之間的這段關係定下了最終的篇章。

陶枝一直以為在他們兩個之間，主導權始終是在她手上的，然而並不是。

他看著她小心翼翼地靠近，絞盡腦汁地試探，橫衝直撞地向前，然後選擇冷靜沉默地遠離。

其實占據著主導權的人，始終都是他。

陶枝忽然覺得這幾個月的自己，就像個笑話一樣。

她沒有懷疑過江起淮對她的喜歡，她很清楚他是喜歡她的，他不是那種會委屈自己的人，如果真的不喜歡，他不會給她任何機會。

只是他們喜歡彼此的程度，從來就不是平等的。

她其實有很多話都還沒有說，想問他為什麼，想拒絕，想反駁，想像之前每一次對他胡攪蠻纏地撒嬌，然後滿心歡喜地看著他無奈的樣子。

她想告訴他，我可以堅持下去的，所以你能不能不要妥協。

她捧著她破碎的自尊心站在懸崖邊，努力地克制住那麼多的想法以及憤怒，最終還是把他們拼在一起，然後全都塞回身體裡。

她是驕傲的公主。

公主就應該轟轟烈烈地來，也乾乾脆脆地走。

死纏爛打從來都不是她的性格。

我不要了。

喜歡這種心情，和喜歡的你，我全都不要了。

她低垂著頭，費力地笑了一下：「好啊。」

話音落下的瞬間，在江起淮還沒有任何反應的時候，她忽然抬起手臂勾住他的脖子。

原本已經拉開的距離重新被拉近，陶枝仰著頭，重重地咬住他的嘴唇。

唇片貼合著，牙齒撕磨，直到血液的腥甜味在口腔裡蔓延，她才輕輕鬆開手。

少年唇瓣上染著猩紅的血色，多了幾分妖豔，他垂眼看著她。

陶枝舔了舔唇瓣上殘留的血，漆黑上揚的目光一如他們第一次見面的時候，澄澈又明亮：「我爸爸說，成年人在面對一些暫時無法解決的事情的時候，總是會選擇妥協，」她輕聲說，「恭喜你，已經提前長大了。」

陶枝垂手，跳下床，然後頭也不回地走到門口。

拉開門把的時候，她腳步頓了頓：「祝你前途坦蕩。」

病房的門「喀噠」一聲輕響被關上，房間裡再度陷入一片寂靜。

緊閉的門窗隱約傳來外面的聲音，熱水壺裡的水蒸氣已經散盡，滾燙的溫度也一點一點地下降，逐漸冷卻。

江起淮站在床邊，看著雪白床單上那一點點的塌陷，就在剛剛，那裡還坐著人，上面甚至有她殘存的溫度和氣息。

他用指尖輕輕地觸碰床單的褶皺上，捨不得撫平。

陶枝住院昏睡的時候，陶修平來找他聊了很多。

他和他聊起兒時的她，她第一次學會說話，第一次上學，第一次在學校考了滿分，第一次有喜歡的人。

季繁說的對，她是被全家人捧在手心裡的寶貝，無憂無慮地長大，憑什麼要在他這裡受委屈。

陶枝什麼都知道。

他的私心，他的醜惡，他不想被人窺視到那些陰暗的狼藉，她早就一清二楚。他隱瞞的，他逃避的，她都全盤接受。

他其實是配不上她的。

但在她朝他笑的那些日子裡，連天氣都好得發光。

他原本就是一個自私的人，無法捨棄深入骨子的貪念，他不想放手，也絕不放手。

江起淮不怕黑暗，他從出生起就在感受黑暗、了解黑暗、掙脫黑暗。他可以辛苦一點，可以垂死掙扎，可以萬劫不復。

可是他的玫瑰不行，她本該被堅固的玻璃罩保護，在溫室裡盛開。

他可以等，他有很多的耐心和時間可以消耗。無論要用多久才能擺脫這一切，無論要付出什麼樣的代價。

無論妳選擇了哪條路，我都會跟著妳，我會去找妳。

所以妳別再來了。

我會踏平荒山孤嶺，淌過滾滾冰河。

我會變得足夠明亮，直到有一天能夠觸碰到光。

而妳只需要一往無前，盡情地綻放。

陶枝沒有再去過六〇三，也沒有再去過那條熱鬧街道上的小巷子。

除了每個週末會去醫院陪季槿，她的生活再也沒有其他變化。

每天依然比之前提早半個小時起來聽英文，然後在優美又聒噪的女聲中把季繁吵醒，兩個人一起去學校。

宋江時不時會到一班來找她，經過半個學期的騷擾，宋江和厲雙江他們也已經混熟了，幾個男生本來就是自來熟的性格，後來也經常結伴去打球或者打遊戲。

王褶子還是喜歡板著張嚴肅的臉說冷笑話，王二時不時被趙明啟氣得捂著胸口，說自己早晚會心肌梗塞，付惜靈膽子變大了一些，會在季繁搶她筆的時候生氣地拍他腦袋。

女孩力氣小，軟軟的小手拍上去跟按摩似的，季繁也只是笑嘻嘻地道了歉後再還給她。

只有江起淮的位子始終空著，他再也沒有來過學校。

他的桌面收拾得乾乾淨淨，就好像這個位子在半年以來始終是這樣。

一開始的時候，厲雙江大概有好幾次想要問起，卻被付惜靈用眼神制止，也不再提起這件事了。

沒有人會因為一個同學的突然消失而無所適從，地球還在轉，生活也在繼續。

只是偶爾，厲雙江在沒做完作業的清晨，會習慣性轉過頭來伸著脖子喊：「淮哥，物理作業借我抄抄。」的時候，目光落在空蕩蕩的位子上，會稍微愣一下，然後再一邊嘟囔著「我這個腦子」一邊轉過身去，最後小心翼翼地看她一眼。

陶枝低著頭寫試卷，像是沒聽到似的毫無反應。

所有人都知道他們之間大概是發生了什麼事，卻沒有人問到底發生了什麼。

陶枝每天都像沒事的人一樣，只是偶爾在吃飯或者縮在沙發裡看書的時候，她會發呆很久。

她沒有問過陶修平，江起淮是不是轉了學，轉去了哪裡，現在過得如何，而陶修平也不會主動跟她說起這件事情。

只是在某次吃晚餐的時候，他問陶枝要不要轉學。

陶枝戳著米飯，有些恍神地抬起頭問：「為什麼？」

陶修平心疼地看著她，沒有說話。

她其實知道是為什麼。

實驗一中的教學大樓，食堂裡，茶水間、教室、體育館。

福利社的玻璃櫃檯前，一樓大廳的榮譽牆，滿是消毒水味道的保健室，偷偷地，掩人耳目牽過手的書桌底。

到處都是他的影子。

良久的沉默後，陶枝慢吞吞地問：「去哪裡啊？」

見她開口，陶修平也跟著鬆了一口氣：「去三中吧？等這次期末考試結束，下學期開學就過去。我托人打聽了一下，師資比實驗一中稍微強一點。」他特地避開了附中這個選項，說，「離家裡也不遠，和實驗一中順路，以後每天早上妳還是可以跟小繁一起上學。」

季繁聞言抬起頭來：「我不去嗎？」

「你就給我老實待在實驗一中，」陶修平敲了一下他的腦袋，「人家三中轉學也得看成績，你看看你這分數，也沒要你考太高，等你能考個五百分，我再把你塞進去。」

季繁撇撇嘴：「那我還是在實驗一中吧，至少朋友多，還比較好玩。」

轉學的事情似乎就這麼定下來了，陶修平抽空幫她連絡人脈，準備處理各種手續，整個過程，陶枝都十分配合。

接近一月底，期末考試結束之後，是北方漫長的寒假。

陶枝的期末考成績比之前月考的時候掉了將近一百分，原本拔尖的英文這次也慘不忍睹，家長會結束以後，陶修平回來卻什麼也沒說。

陶枝坐在沙發前，被季繁拉著打手遊，看著陶修平泡了杯茶放在茶几上，然後抱著筆電坐在他們對面，小心地問：「家長會怎麼樣？」

「嗯？」陶修平抬了抬頭，「挺好的，你們王老師還特地找我單獨聊了一下，說妳下學期要轉走，他挺捨不得妳的。」

陶枝抿了抿唇，小聲說：「我這次總成績比上次低了快一百分。」

陶修平樂了，他板著臉，忽然嚴肅道：「爸爸看見的時候也嚇了一跳。」

陶枝不吭聲了。

陶修平繼續說：「我女兒現在都能考四百多分了，怎麼在爸爸不注意的時候，變得這麼會讀書。」

季繁翻了個白眼，幽幽地說：「妳放心，就算妳哪天因為便秘，在上廁所的時候讓馬桶堵住了，老陶都會說——」他頓了頓，學著陶修平的語氣繪聲繪色道：「我女兒現在都能讓馬桶塞住了？也太優秀了！」

陶枝一巴掌拍在他腦袋上，季繁誇張地叫了一聲：「老陶！你女兒天天打我！她是不是有暴力傾向？」

陶修平：「……」

季繁丟下手機，苦澀地嘆了口氣：「我總算是看透了，我在這個家裡連一個地位都沒有。」

陶枝忍不住抿了抿嘴，伸手去薅他的頭髮，陶修平也跟著笑了。

他看著對面沙發裡鬧成一團的孩子，忽然放輕聲音說：「小繁，你能回來，爸爸真的很高興。」

季繁的手還揣在陶枝的腋下裡，聞言後頓了一下，不自在地別開眼：「你幹嘛突然搞這些煽情的……」

「我以前大概是窮怕了，就覺得經濟條件比什麼都重要，我有家庭，有妻子和孩子，我要賺錢，然後給你們最好的生活，我也有能力做到。」陶修平嘆了口氣，「但現在，可能是因為老了，人老了想法就會變。錢賺多少都不重要，夠花就行了，爸爸現在呢，只想看著你們快快樂樂長大。」

季繁疑惑地看著他：「老陶，你是不是真的要破產了，先提前給我們打預防針呢？那我可得先要錢啊，我剛剛在外國網站上買了雙限量款球鞋呢。」

陶修平：「……」

上學的時候總覺得日子過得太慢，到了寒假，時間又總是走得很快。

陶枝全部的學籍資料和各種手續都陸續辦完了，下學期，她要到一個新環境展開新生活。

在開學的前一天晚上，她在房間裡一點一點地整理半年來用過的所有教科書、試卷和筆記。

她以前的試卷總是空白的，會寫的沒幾張，寫的內容基本上都是抄來的，現在，幾乎每一張上面都寫滿了字。

用兩種顏色的筆寫成的答案，黑色的龍飛鳳舞，紅色的大氣簡潔。

她盯著那個紅色的筆跡看了好一陣子，這是她幾個月以來，第一次看到他切實留下的痕跡。

都說字如其人，陶枝一直覺得江起淮的字有種矛盾的內斂和狂氣。

所以她一直不覺得江起淮是那種會屈服於命運的人，妥協的唯一原因，大概只是因為不夠喜歡。

她垂著眼，把試卷一張張疊在一起，將全部敲齊後推到桌角，然後又去整理參考書。

滿滿的資料書被她疊起來，將最後一本數學講義掀開，露出下面的英文作文精選集。

她那一天本來是打算送給他的，結果後來像做賊一樣偷偷摸摸、藏來藏去，兩個人都把這本書給忘了。

這一忘，就再也沒想起來。

陶枝將那本書拖到面前，想起少年把書給她的那天晚上。

臥室小而整潔，書桌上的檯燈明亮，大顆草莓裝在盤子裡，牆面上一張張的照片都訴說著他不為人知的祕密。

那個隱藏太多少年的時光與心事的房間，再也不是她有資格涉足的領域了。

陶枝吸了吸發酸的鼻尖，慢吞吞地翻開了磨損的書皮，露出裡面的扉頁。

那上面有四個字。

曾經她認真、滿足又虔誠地將自己的心意寫在上面。

她熱情地把自己滿腔滿懷、幾乎要溢出來的喜歡，都剖開來捧到他面前，現在看來，每一個字都顯得蒼白而荒誕。

陶枝緊緊地抓著書邊低垂下頭，睜大雙眼看著那一排就像是昨天才寫出來的字，強忍了幾個月的眼淚終於不受控制，大顆大顆地掉下來。

淚水滴落在薄薄的紙上，她拿出筆，想要將她的自以為是畫掉，筆尖卻懸在紙上，遲遲都捨不得落下。

她抹了把眼睛，一筆一畫，慢慢地在那四個字前面又寫下幾個字。

字跡落在被浸濕的紙上變得有些難寫，她來來回回，一遍一遍地順著上一次的筆跡描畫，像是要強迫自己認清某種事實。

直到最後一遍，那張書頁已經脆弱得不堪重負，鋒利的筆尖穿透紙頁，在她的心口上畫下了一筆又一筆。

她只在前面加了三個字。

——不屬於，枝枝的，江。

帝都三中以崇尚學生全面發展聞名，教學風格偏西方化的高度自由，一直以來，坊間的評價都是毀譽參半。

有些人覺得，這樣可以最大限度地挖掘出孩子們深藏的潛力，讓他們感受到讀書的快樂；不過也有家長認為，這個年紀的孩子多數都沒什麼自制能力，在應試教育的大環境下，這種寬鬆的管理方式，根本無法讓學生約束自己。

這一獨樹一幟的教學特點，也造成了帝都三中的學生成績嚴重分化。優秀的是真的優秀，光是上次的奧林匹克國家集訓隊，各科都進去了好幾個；但菜的也是真的菜，成績大概都能跟季繁廝殺一番。

陶枝到校的第一天，就聽到學藝股長和學生會宣傳部部長在說話，張羅著舉辦冬日文化節。

陶枝震驚地看了日曆一眼，確定現在已經二月底快三月份了。

高二下學期，即將步入高三的前一個學期，這幫學生會幹部的心思還放在舉辦冬日文化節上。

她突然覺得陶修平把她搞到這個學校，就是看不慣她成績有進步。

但這樣輕鬆的讀書環境下，陶枝也確實感覺自己被感染，輕鬆了不少。

三中的學生並不是不讀書，校方資金雄厚、師資強，老師們講課生動有趣，至少陶枝待的這個班，上課時候的氣氛是出乎意料的好。

她的新同學是個扭扭捏捏的男生，叫做林蘇硯，開學第一天就熱情地跟她做了自我介紹。

陶枝聽著他這個富有詩意的名字，猜測道：「『筆墨紙硯，韓海蘇潮』的那個蘇硯？」

「不是，」少年自豪地說，「我爸姓林，我媽姓蘇，我外婆是個書法家。」

「……」陶枝覺得有些時候，想問題也不能想得太深。

出於禮貌，以及對新同學簡單頭腦的關愛和憐憫，陶枝沒有說話，只點了點頭，繼續看剛發下來的課本。

林蘇硯等她吐槽等了半天，什麼也沒等到，覺得他的新同學還真是高冷。

沒過幾天，陶枝這個人也在高二同儕之間傳開，說是五班來了一位沉默寡言的高冷美少女，每天除了看書就是做試卷，疑似是個小學霸。

開學不到一週，陶枝已經被不太官方的男生們掛上了高二校花的牌子。

直到第一次月考，大家才發現，這個平時看起來像個小學霸的班花成績平平。

除了英文超群絕倫以外，其它科目的分數都沒什麼亮眼的地方。

三中本來就人才輩出，再加上少年們都喜歡新鮮，熱鬧過了，也就沒再掀起什麼太大的風浪。

叱吒風雲的實驗一中流氓隱姓埋名，就此沉寂，變成了一個努力讀書的漂亮小校花。

陶枝沒想到，沒了那些腥風血雨的傳聞，追她的人反而變多了。

她開始頻繁收到一些男生的告白和情書，下課時間的抽屜裡會莫名其妙出現零食之類的禮物，陶枝一樣不留，全部送去了學校的失物招領處。

「妳的到來，就像一個支援貧困山區的闊綽慈善家，現在我們學校的人沒事就會去失物招領處拿點零食吃。」某天，林蘇硯一邊吃著不知道從哪裡來的心形果凍，一邊口齒不清地評價道。

陶枝瞥他一眼：「我看只有你每天跑得最勤。」

「大家都因為覺得丟臉所以沒去拿，反正放著也是放著，」林蘇硯滿不在乎地說，「他們也太不了解妳了，我們桃子的生命裡只有讀書。」

說著說著，他又有些好奇地問：「不過說真的，妳到底喜歡什麼樣的男生啊，昨天來教室堵妳的那個，不是挺帥的嗎？」

陶枝頓了一下，筆尖停在卷子上。

她以前也不知道自己喜歡什麼樣的男孩子。

而現在她心裡的標準，每一點都能和某個人對應上，每一條好像都有雛形。

半晌，她平靜道：「七百分以上的吧。」

林蘇硯睜大了眼睛：「妳自己也才考五百多。」

「那又怎樣？」陶枝翻了個白眼，「我就是喜歡比我強很多，讓我一輩子都追不上的男人，然後享受騎在他頭上的快感，不行嗎？」

「……」

林蘇硯朝她抱了抱拳：「妳真行，是我小看妳了，妳是真正的女王。」

陶枝在新學校的生活比想像中還要愉快許多，日復一日的上課，下課，週末去醫院陪季槿聊天。

季槿已經結束了一個階段的放射治療，轉去腫瘤科，每天做藥物治療。

化療的藥物非常刺激血管，藥液冰冷，陶枝拿一個小塑膠瓶裝滿熱水，壓在固定的軟管上，讓藥液能稍微變暖一點，試圖用這樣的方式來減少一點刺激感。

下午回到家的時候，季繁正坐在沙發裡看電影，聽見聲音抬起頭：「回來了？」

陶枝「嗯」了一聲，有些猶豫地看著他。

她不知道現在這樣到底好不好，一開始知道這件事的時候，她滿腦子都是不想讓季繁難過，但有些事情始終都是瞞不住的。

他總不可能永遠都被蒙在鼓裡。

他已經不是小孩子了，是有獨立判斷能力的成熟個體，所有的事情，他都是有權利知道的。

陶枝脫掉了外套丟在旁邊，站在沙發前，竭力讓自己的聲音聽起來平靜一點：「我去看了媽媽。」

季繁的目光頓住。

他的視線長久地停在平板螢幕上，像是看電影看得入迷，又像是什麼都沒看。

半晌，他緩慢開口：「她現在的情況怎麼樣了？」

陶枝愣住了：「什麼？」

「在住院吧，」季繁閉了閉眼，「我之前打電話給她一直沒人接的時候，就覺得不對勁了，不是打不通，而是不接。老陶那段時間的反應也很奇怪，所以我去跟蹤他了。」

「我本來是想看看他是不是真的要破產了，所以背著我們偷偷去撿破爛，」季繁吃力地扯了扯唇角，「結果就看到他一直往醫院跑。」

陶枝站在原地，甚至有些手足無措，不知道該說什麼：「阿繁……」

「反正，就大概知道是發生什麼事，」季繁深吸口氣，「所以老媽真的生病了？是什麼病？」

陶枝抿了抿唇。

季繁從小就無法無天的長大，調皮搗蛋、沒心沒肺，時間一久也讓陶枝幾乎忘了，他其實在考慮問題的時候會想得很深入，偶爾也會顯露出一種敏感而細膩的特質，在她鑽牛角尖的時候讓她醐醍灌頂。

他們兩個確實是分開繼承了陶修平和季槿的性格特點，一個固執又直接，另一個總喜歡把心情藏在心裡，不告訴任何人，然後看似若無其事地說些無關痛癢的玩笑話。

他並不是個脆弱又不懂事的少年。

他甚至比她還要堅強很多。

陶枝眨了眨眼，然後俯身抱住他。

她輕輕地拍了拍少年的背：「你去看看她吧。」

季繁將頭埋在她的肩膀上，聲音悶悶地說：「她不想，她不想讓我知道，我可以假裝不知道。」

「她想的，」陶枝哽著嗓子，忍住哭腔，「她想見到你，她最想見的就是你，你一直都知道的，她最喜歡你。」

陶枝不知道季繁有沒有去看過季槿。

只是在後來的某天晚上，少年忽然很晚回家，陶枝戴著一邊的耳機，正在客廳裡來回轉圈背英文單字。

他抬起頭來看著她的時候，眼睛是紅的。

「枝枝。」他啞聲叫她，「我會保護妳的。」

耳機的一端是舒緩安靜的英文歌，另一端，少年的聲音低沉，他紅著眼睛，堅定地看著她：「我會長大的，會變成男子漢。老媽，老陶，還有妳，這個家，我都會好好守著。」

是誰說過，每個人的成長都只是一瞬間的事情。

在某一剎那，忽然意識到自己不再是小孩子，不再能依照自己的情緒和性子做事，明白這個世界其實對每一個人都很殘酷。

它清醒又明白地告訴你，總有一天要走出自己頭頂這片被保護的安寧土地，然後成為別人的守護者。

陶枝在三中度過了，比她想像中還要更加自在的日子。

她依舊上著家教課，上課時的專注和一張張做不完的試卷，彷彿已經成為一種習慣。她的卷面上的紅色筆跡越來越少，做題目的速度從慢到快，錯題本的厚度從薄到厚，又從厚到薄。

這些習慣讓她不太記得，自己一開始是為了什麼原因才拚命努力。

「江起淮」這個名字好像只是一個契機，而不是目標。

她再也沒有見過他，她刻意避開所有他出現過的地方，後來才意識到，原來在偌大的城市裡，想要偶遇一個人，是一件難上加難的事情。

高三的第一次模擬考，她拿到了七百分。

她站在山頂，想起自己頭一次立下豪言壯語的時候。

那時候的她總是覺得，如果能夠完成這個目標，就表示走到了終點。

現在，她站在這裡看著下面翻滾的厚重雲層，看著下面的人成群結隊地向上攀爬，忽然覺得有些茫然。

她用了將近兩年的時間，終於站在這裡。

可是她卻不知道，她的終點去哪裡了。

六月底，升學考結束的最後一次到校，三中的高三教學大樓熱鬧到能夠把窗戶擠碎。

林蘇硯緊緊地握住陶枝的手，熱淚盈眶地說：「桃子！我解放了吧？我是解放了吧？」

陶枝拍了拍他的手背，謙讓道：「也不用叫爸，叫爺爺就行了。」

林蘇硯並不跟她爭這一時的口舌之快，整個人都沉浸在喜悅裡：「叫祖宗都行！怎麼樣，今天晚上要不要去喝一杯？再怎麼說也是情深義重了一年半的同學，再過一個月就要各奔東西了。」

陶枝嘆了口氣，手機一直在口袋裡震個不停，她掏出手機，沉寂很久很久的群組忽然全部炸開。

陶枝將聊天列表拉到最後，那個叫「美少女聯盟」的群組裡，厲雙江他們每天還會說幾句話，只是另一個人卻再也沒有出現過。

她雖然轉到了三中，但跟實驗一中的人還有聯絡，只是在高三這一年，各自都忙得焦頭爛額，連聊天的時間都沒有。

升學考結束，厲雙江澈底復活，開始張羅聚餐。

他叫上了高中比較要好的幾個人，還特地標註了陶枝。

陶枝把手機舉到林蘇硯面前：「今晚有約了。」

林蘇硯看了看：「妳以前在實驗一中的朋友？」

「嗯。」

「好吧，」他點點頭，「那有時間再聚。」

厲雙江選的地點還是那家中餐館。

這個人倒是非常專情，十六歲和十八歲的愛好相同，陶枝到的時候人已經坐滿了，付惜靈站在門口探著頭等她。

陶枝上次跟付惜靈見面，已經是幾個月前的事情了，女孩長高了一點，臉上肉肉的嬰兒肥褪去，她一把抱住陶枝，腦袋在她胸口蹭了蹭，然後揚起頭來。

付惜靈眨了眨眼，老實地說：「枝枝又長大了。」

陶枝伸手，在她額頭上點了點：「收聲。」

付惜靈：「嘿嘿。」

正當她要開口說些什麼的時候，季繁從包廂裡走出來看了她一眼：「怎麼這麼慢？」他提著付惜靈的衣領，「傻笑什麼？人都來了，進去吃飯。」

付惜靈「喔」了一聲，依依不捨地拽著陶枝的手，把她拉進去。

厲雙江和趙明啟還是老樣子，兩個人一搭一唱，像是在唱雙簧似的，蔣正勳的吐槽更犀利了，付惜靈和她太久沒見，跟一塊小年糕一樣黏著她說話。

昔日坐在同一間教室裡的少男少女即將各奔東西，有新的環境、新的朋友，和自己的新世界，大家不捨又興奮，沒什麼節制地喝起酒。

陶枝不知道自己喝了幾瓶，甚至不知道自己有沒有喝醉，她靠坐在椅子裡，看著季繁和蔣正勳勾肩搭背地爭論誰是鹹蛋超人，趙明啟握著付惜靈的手痛哭：「靈妹啊，我這兩年的英文作業，全都多虧了妳啊。」

陶枝在一片喧鬧裡站起身，無聲地走出包廂。

六月初夏，蟬鳴聲聒噪，晚風包裹著溫柔的溫度，她低垂著眼站在門口，然後漫無目的地往前走。

不遠處是一個公車站，上一次坐公車的時候是在兩年前。

她走到公車站牌前，指著那上面的所有公車號碼和路線圖，一個一個畫過去。

她以為記憶已經模糊了。

她以為過了這麼久，也早該忘記了。

她很快樂地過完高中兩年，交了新朋友，遇見了不錯的老師。

她一如他所願，驕傲又順遂地往前走，也沒想過要回頭。

當她坐上明亮而空曠的末班車，下意識選了前面靠窗的單排座位，然後忍不住看向後面的座位時。當她站在那條熱鬧的街道，以及幽深又狹窄的小巷子時。

記憶又那麼清晰地告訴她，她其實一分一秒都沒有忘過。

陶枝一步一步走進巷子，穿過藍色的車棚，走進那棟老舊的國宅。

她不知道自己在幹什麼，大概是被酒精沖昏頭，她不管不顧，衝動的只想憑藉欲望行事。

她站在那扇灰色的大門前，然後敲響了門。

等了好一陣子，裡面的人打開門。

女人一邊開門，一邊抱怨地說：「怎麼這麼慢？只是叫你去買個醬油，你是去開醬油廠了嗎？」

她看見陶枝，愣了愣：「妳找誰啊？」

陶枝茫然地抬起頭來，看著那張陌生的面孔：「這裡，不是江起淮的家嗎？」

「喔，小江啊，他退租啦，年初就從這裡搬出去了，我是他的房東，也是這兩天才搬回來的，」女人看著她問道，「妳是他朋友吧？」

陶枝猶豫了一下。

「正好，他跟江爺爺搬得急，忘記帶走一些東西，我把它收起來了，還想著過幾天再打電話給他呢。」女人乾脆地說，「妳現在能聯絡上他吧？」

陶枝還來不及開口說話，女人又說：「妳等一下啊。」

她轉身進屋，然後搬出一個小小的紙箱。

「這裡，」女人把手往前一伸，「東西不重，就是一些照片之類的，我把它全部收起來了，只是不知道小江他們現在住在哪裡，妳要是方便的話就直接給他吧。」

酒精的影響下，陶枝覺得自己的腦子似乎慢了半拍，等她反應過來的時候，那個箱子已經交到她手上了。

陶枝垂下頭：「您怎麼知道我是他的朋友？」

「肯定是啊，」女人笑著點了點那個小小的紙箱：「照片上有妳呢。」

女人把門關上後，陶枝捧著箱子站在門口，愣愣地發呆。

晚風順著破舊的木窗灌進走廊，陶枝慢吞吞地走到樓梯旁，坐在骯髒的階梯上。

她把箱子放在腿上，明明很輕，卻彷彿有沉甸甸的重量。

她抿著唇，捏著紙箱的蓋子將它一片一片地掀開。

裡面有很多、很多照片。

它們曾經整整齊齊地貼在他臥室的牆壁上，現在散成一堆，安安靜靜地躺在紙箱裡。

陶枝把那些照片一張一張拿出來，街角的貓、斑駁的牆、破碎的拼圖。

她第一次這麼近距離看這些照片，藉由昏暗的燈光，她看見上面角落裡的小字。

一開始還有些稚嫩，歪歪扭扭的字體：

——第一份禮物。

——總偷吃我的魚腸。

——家裡的牆。

陶枝看著那些曾經讓她趨之若鶩，卻不敢去觸碰的祕密，他幼時那些陌生的時光像電影的片段，在她眼前一幕幕地鋪展開來。

最後一張是在摩天輪上拍的，煙火之下的天空，明亮的光照亮了大片深紫色的天。

第一次看到這張照片的那一天，她才剛意識到自己可能喜歡江起淮。

她衝動地跑到便利商店門口，想偷偷找他，卻被逮了個正著，小心翼翼地跟著他回到家，然後，看到他的照片牆上，並沒有貼著有她的那一張。

陶枝盯著那張照片，第一次認真又仔細地看。

她記得付惜靈在那天拍了好多張，這張其實拍得不太好，大概是角度和距離沒有抓好，煙火只拍到了小小的一塊，摩天輪的艙內占了更多。

鏡頭裡主要是她的後腦勺，摩天輪裡光線明亮，玻璃窗像鏡面似地映出艙裡小小的，像背景一樣的其他人。

笑著的厲雙江、歪著腦袋的趙明啟、舉著手機的付惜靈。

然後，她看到了自己。

她當時就坐在窗邊，從這個角度來看，她的臉占了玻璃窗面上將近一半的空間，女孩子的五官輪廓朦朧又清晰，眼睛睜得大大的，驚嘆地看著窗外，眼角微翹，唇角彎起小小的弧度。

陶枝的睫毛顫了顫，用力捏著照片的指尖開始泛白。

照片角落中的深色處，就在她手邊的位置，同樣以黑色的筆跡寫下了很小的字：

——太陽。

第二十五章　再次相見

六年後。

帝都一連下了三天的雪，厚重綿密的雪花遮天蔽日，將這座五光十色的城市染成純淨的白色，尚未清理的積雪並沒有超越腳踝，北風裹著冰粒刀似地刮在臉上。

誰都不願意在這種破爛的天氣下還待在室外，但總有神經病例外。

陶枝坐在三腳架前，看著鏡頭裡的一對情侶穿著抹胸婚紗以及白襯衫，站在雪地裡吵了十分鐘。

紅牆白雪裡，天仙似的女孩穿著一抹紅裙，赤著腳站在雪地裡，美好得像是墜入凡塵的冬日精靈。

只是說出來的話卻不怎麼好聽：「老娘有錢、長的也漂亮，什麼也不要就嫁給你了，你現在連一個婚紗照都不聽我的是吧？我是眼睛裡塞了屁才會看上你！我就是想這樣拍，怎麼了嗎？你只要聽從我的話就好，你憑什麼管我？」

男人有些頭痛，他看了這邊撐著腦袋的陶枝一眼，和她旁邊一臉尷尬的助理後壓低聲音：「能不能別鬧了？有這麼多人在看，妳不嫌丟臉嗎？」

「你現在嫌我丟臉了啊？你以前都說我這樣率真又可愛！」

「那時候妳才十八歲！現在都快二十八歲了！能不能稍微成熟一點？」

「我只是想叫你配合我拍個照而已，這樣就是不成熟？你說的是不是人話！」

「妳鬧夠了沒？到底還要不要拍照？」男人耐心告罄。

「拍個屁，婚也他媽的別結了！分手！你去找個成熟的吧！」

女人脾氣上來了，收也收不住，她轉過頭來看向陶枝：「你叫人家評評理，我這個要求過分嗎？我就想拍一個要你跪下來親我的腳的鏡頭，怎麼？你的膝蓋是鑲了金？還是嘴上帶了鑽？我找了這麼貴的攝影師過來，就是為了拍出最完美的照片！現在要你配合一下你都不願意，我錯了嗎？」

戰火莫名其妙地蔓延到她這邊，陶枝慢吞吞地抬起眼，靠在折疊椅上，耐著性子提議道：「要不然妳先把鞋子穿上？這麼冷的天氣，腳都凍紅了。」

女人瞪了她幾秒，似乎不知道該說些什麼，最後僵硬地說了句「謝謝」。

陶枝把相機關掉，將折好的三腳架和配件塞進背包裡遞給助理，然後指了指前面的咖啡廳：「我在那裡喝杯咖啡取暖，妳跟客戶交涉一下，吵好了叫我，最多一個小時，再晚一點的話光線就會變差，拍不出效果。」

助理小錦點了點頭，縮著脖子戰戰兢兢地過去了。

陶枝晃晃悠悠地進了咖啡廳。

她點了一杯咖啡，拿出筆電後打開相片編輯的軟體，開始處理昨天的照片。

暖氣隔絕掉外面的冰天雪地，稀薄的陽光透過巨大的落地玻璃窗淡淡灑落，然後霎時被一道人影遮住。

清潤又好聽的男聲在她身邊響起：「妳好，介意給個聯絡方式嗎？」

陶枝頭也沒抬，熟練地說：「介意。」

男人笑了一聲，也沒離開，陶枝用餘光瞥見他在自己對面坐下了。

還坐下了？這個人有什麼毛病？

她皺了皺眉，抬起頭來看過去，這個人穿著一件駝色大衣，相貌清雋，笑咪咪地看著她。

陶枝眨了眨眼：「小林子？」

「無情，老同學跟妳要手機號碼，妳都不給啊？」林蘇硯傷心地說，「我以為我會有什麼特殊待遇，結果是我想多了。」

陶枝好笑地看著他：「幹嘛還跟我要聯絡方式？你有我全都的聯絡資料啊。」

「也是。」

陶枝翻了個白眼。

她跟林蘇硯在升學考結束後，吃了一頓訣別飯，這個人當時還是個感性又脆弱的纖細少年，哭著說不知道下次見面會是什麼時候，結果在放榜之後，到大學報到的那一天，兩個人在C大報到處碰面，又在同一間學校待了四年。

陶枝選修電影學，而林蘇硯學了金融，畢業以後去英國讀了一年碩士，前陣子才回國。

當年聽到他選擇這個科系的時候，陶枝還覺得很新奇，他們家算是書香門第，一家子都是藝術家、老師、大學教授，但他從小到大最大的目標，就是把金錢玩弄於股掌之上。

他在大學的時候就說過不止一次，如果陶枝是他們家的女兒，他爸爸大概會高興得把自己捧上天。

兩個人一年多沒見，有怎麼說也說不完的話，林蘇硯本來就是個話癆，聊完了近況後就開始談起他新入職的老大。

「三年內從國內Top本科畢業，綜合專業GPA[1]雙料第一，九個月念完賓州大學碩士，還在華爾街待了一年，發表過的國際論文比我高三寫過的考卷還厚，年薪——」他頓了頓，比了個手勢出來，「有這麼多！」

陶枝面無表情地聽著他高談闊論。

林蘇硯見她毫無反應，不甘寂寞地強調道：「年薪有這麼多！而且妳相信嗎？這個人跟我同歲，我猜他幾乎不睡覺，腦子二十四小時都在運作。」

陶枝的表情依舊沒有任何波動。

林蘇硯手都舉痠了，半晌，放下手嘆了口氣，因為沒人給他捧場所以覺得有些寂寞：「差點忘了，妳是缺了一情一欲的周芷若[2]。」

陶枝不忍心他冷場，還是決定配合他聊兩句：「是個卡西莫多[3]吧？」

林蘇硯：「真的帥，妳相信我。」

「破百公斤？」

「身材比拳王還要好。」林蘇硯誇張地說。

「那確實破百公斤了。」

林蘇硯又嘆了口氣，在最後做出總結：「妳完了，妳成仙了。」

1 GPA：成績平均積點，為多數大專院校所採用的一種評估學生的方式。
2 周芷若：小說家金庸所創作的作品《倚天屠龍記》中的女主角之一。
3 卡西莫多：法國作家維克多．雨果所創作的小說《鐘樓怪人》中的主要角色，外貌醜陋且天生駝背。

天南地北地聊了一陣子，咖啡廳的門鈴聲響起，小錦拎著一個大包包站在店門口，找了一圈後看見了陶枝。

女孩氣喘吁吁地跑過來，將背包放到了旁邊空位上：「客戶說今天先不拍了，讓我跟您說聲抱歉，錢還是會按照今天已經拍好的照片給，再給您加百分之五的補償費。」

陶枝「啪嗒」一聲闔上電腦，快樂地說：「好耶，下班下班。」

林蘇硯一臉頹然地看著她興高采烈地收拾東西：「下班帶給妳的快樂比男人還要多。」

「男人算什麼東西，」陶枝一臉疑惑地看著他，「奇怪了，你這麼喜歡當人家的媒婆，都已經大學畢業了，還搞什麼金融？明天轉行去婚姻介紹所上班不就好了？」

「我不是喜歡當人家的媒婆，我就是喜歡幫妳找男朋友，」林蘇硯撐著下巴說，「我就是想知道妳談起戀愛會變成什麼樣子。」

陶枝擺了擺手，轉身往外走：「那你繼續想吧，我要回家睡覺。」

小錦重新拎起包包，看著已經離開的陶枝，趕緊朝著林蘇硯躬了躬身，小聲說了句再見，然後小跑著離開了。

「她想要仙子的那種感覺，雪地裡的芍藥花精靈，」陶枝一邊用肩膀夾著手機，一邊把牛奶杯塞進微波爐裡，「她的未婚夫是個誤入仙境的普通人，拜倒在精靈凍得通紅的腳下，我真是服了，就為了這種小事也能吵架。」

電話那頭，付惜靈笑得前仰後合：『妳之前就說過這件事很麻煩，還不是放下身段把它接下了？』

「人家錢給得多，」陶枝靠在中島前說，「給錢的就是爸爸，在金錢的面前誰還在意身段？」

付惜靈：『妳又不缺錢，攝影界的天才少女。』

陶枝掰著手指頭算了一下，她這個年齡也不算少女了，但還是滿意地接受了這個稱呼。

「我得幫我們的靈靈存結婚禮金，到時候包個大包的給妳，」陶枝把熱好的牛奶端出來，笑著說，「今天晚上加班嗎？」

『不加！』付惜靈的聲音頓時歡快起來，她小聲說，『我們主編今天出差了，大家都在偷懶，我整理完手上的素材就離開。』

付惜靈在大學的時候選了新聞系，目前在一家報社當記者，不僅都在摸黑的時間點起床，還得三天兩頭地加班，用她的話來說，菜鳥記者只配拿著最少的薪水做最多的事情。還要做得毫無怨言。

大到瓦斯洩漏爆炸，小到隔壁奶奶家的狗走失，她都興致勃勃地走訪大街小巷去採訪上報。

掛了電話以後，陶枝將牛奶杯丟到水槽裡，轉身走進數位暗房。

大學畢業以後她從家裡搬出來，和付惜靈合租了這個房子，社區才新建沒幾年，無論是治安還是環境地段都挑不出毛病。

房子有三間臥室，她負擔較多的房租，把多出來的一個房間改成了用來洗照片的暗房。推門進去後是一片伸手不見五指的暗，只有一盞小小的紅燈發出了微弱光亮，陶枝藉著微光看著掛在牆壁上那一排照片，不自覺地想起了那個完全不按照家裡安排所走的林蘇硯。

她突然覺得很神奇。

她選科系的時候，班導推薦她可以選理工科系或者法律系，陶修平也希望她讀金融管理，這樣也方便讓她來公司來幫忙，可是陶枝不知道中了什麼邪，她沒有聽從任何人的話，一股腦地想要去學攝影。

她沒有參加過美術考，所以無法選擇攝影科系，只能在最後選有攝影相關課程的電影系。她從來都沒有玩過相機，倒是很喜歡看電影，人生軌跡這種事也沒人說的準，就連她自己也一樣，即使是在拍板決定的那一刻，也沒想到自己之後會成為一名攝影師。

照片是一種很神奇的東西。

它永遠忠於事實，不會欺騙任何人，它能夠記錄曾經，銘刻時光。

開心的、難過的、討厭的、喜歡的。

就算泛黃褪色，在看到的第一眼，那些記憶就會像碎片一樣拼接組合，然後重新湧入腦海。

陶枝一直覺得自己大概只是一時興起，直到大二的時候，她把一張照片投稿到美國《國家地理》全球攝影大賽，拿到了中國賽區地方類的一等獎，並且在國際角逐的時候引起不小的反響。

她才意識到，原來她是可以繼續走這條路的。

陶枝在暗房裡待了一整個下午，在裡面的時候還沒有意識到時間的流逝，直到她終於完成手邊的工作後走出來，才發現夜幕已經降臨。

第二天週六，付惜靈約了陶枝和厲雙江等人去吃晚餐，開始工作以後，大家都有各自的事情要忙，聚在一起的時間也越來越少，能夠在週休假期的空閒時間一起吃個飯，已經很奢侈了。

陶枝在洗好手之後，準備回房間補妝和換衣服，她是最後一個抵達聚餐地點的。

幸好都是老朋友了，大家早就已經習慣了她的姍姍來遲，陶枝拉開包廂門的時候，裡面的人已經開始喝了。

趙明啟在在大學讀了運動醫學，蔣正勳順從自己的心意做了企劃，兩個人都因為工作的關係沒有參加，厲雙江跟高中的時候幾乎沒什麼兩樣，在看見她之後，扯著脖子喊了一聲「老大」。

小壺清酒在燙過以後變得溫暖貼胃，陶枝只喝了一小杯，就開始吃起生魚片和壽喜燒。自從高三畢業的那次聚會以後，她就很少喝酒，大家都知道她有這個習慣，也不勸酒。

這家日式料理店位置偏僻、裝修高檔，是一間三層的獨棟式店鋪，一樓是零星散客，二、三樓是一間一間的小包廂，每個包廂都有獨立廁所和一個小陽臺。

店裡的暖氣充足，酒過三巡後的陶枝覺得有些悶熱，起身去小陽臺上透透氣。

拉開木製拉門的一瞬間，冰冷的夜風撲面而來，小小的陽臺兩端掛著朱紅色的燈籠，上面還畫有穿著豔麗和服的日本藝妓，唇紅面白，眉眼上挑。

陶枝靠著木欄杆後抬頭向上看。

這一片幾乎都是這種幾層樓高的低矮獨棟，視線寬闊得一覽無遺，在遠處的濃重霧氣中，高樓大廈鱗次櫛比，燈火朦朧在夜霧裡。

陶枝深吸了一口氣，冷空氣直灌肺裡，她整個人都清醒了過來，剛準備轉身進去。

隔壁的包廂門「嘩啦」一聲被人拉開，一個男人從裡面走了出來。

陶枝下意識地看過去。

男人沒穿外套，身上只有一件黑色毛衣，他從菸盒敲出一根菸咬在嘴裡。

打火機的火石摩擦，發出輕微的聲響。

他用修長的手指攏著火苗點燃，猩紅的一點微光在他指間明明滅滅地亮起，男人微揚起頭，頸線被拉長，鋒利的喉結滾了滾，絲絲縷縷的灰白煙霧在夜空中飄散。

他的手臂抵在木欄杆上面，神情漠然。

木門明明完美地隔絕掉包廂內的喧鬧，陶枝卻覺得眼前的夜色都在沸騰燃燒。

也許是因為她的注視時間太過長久，也許是因為安靜的空間裡，除了他們兩個以外別無他人，江起淮倏地抬起眼後轉過頭來。

四目相對。

陶枝感覺自己像是舞臺上的魁儡，腦子停止思考，手腳都被鋼絲的線束縛，釘在原地，動彈不得。

她不動聲色地吐了一口氣，用盡全身的力氣來控制自己的聲音，輕聲說：「好巧。」

江起淮的桃花眼深邃，在昏暗的紅色光線下露出一種錯覺般濃郁的黑，他就這麼看著她，彷彿在透過她來觀察著其他的東西，又似乎只是靜靜地看著她。

像是過了一個世紀，他終於垂下睫毛，唇角牽動了一下。

那鋒利的嗓子經過時間的沉澱，也跟著褪去了青澀又乾淨的少年氣息，緩慢而低沉，帶著些微的啞：「嗯，好巧。」

在進入大學之後，有很長一段時間，陶枝都在想，會不會有一天在偌大的校園裡和他偶遇。

就像她跟林蘇硯那樣，在某個時間、某個地點，相遇這件事就自然而然地發生了。

女孩子大概都會在腦海裡編排過無數次，如果和甩掉自己的前男友偶遇，會是什麼樣的場景。

會旁若無人地擦肩，乾脆俐落地走人，或者衝上去劈里啪啦地搧他十幾個巴掌，還是泰然自若地像老朋友一樣打聲招呼。

結果在真的遇到的時候，招呼是打了，卻沒有想像中的坦然。

近七年的時光，當年占據她滿心滿眼的少年，連面容都變得模糊又陌生，他指間的菸正寂靜地燃著紅光星星，灼燒著她脆弱而緊繃的神經。

陶枝想回包廂了。

正當她想著是要走走形式地說句再見，還是直接扭頭離開的時候，木製拉門也再次被人「嘩啦」一聲從裡面拉開，厲雙江大大咧咧的聲音充斥著整個安靜的小陽臺：「老大！在外面站一個鐘頭了！再不回來的話，生魚片都要被我們吃完——」

他說到一半，才注意到陽臺上還有一個人，在看清楚對方的瞬間，他愣了愣。

他嘴巴還張著，過了老半天才回過神來。

「淮哥！」他大吼了一聲。

厲雙江直接衝進陽臺，小小的陽臺連在一起，中間只隔了一個長得墜地的紅燈籠，他一把撩開燈籠，衝上去抱住江起淮。

「我他媽的要哭了！你這個畜生！」一百八十幾公分的大男人眼眶通紅，他用力地拍了拍江起淮的背，「這都多少年了！一直都連絡不上，在玩人間蒸發是吧？」

他的聲音很大，包廂裡的人幾乎都聽見了，趙明啟和蔣正勳在下班以後，火急火燎地趕過來，剛進門就聽見他在陽臺上鬼叫。

幾個人一個接著一個地從裡面伸出腦袋，趙明啟瞪大了眼睛：「我靠！」

他一巴掌拍在蔣正勳的背上，只能說出兩個字：「我靠！」

江起淮伸出了夾著菸的那隻手後淡笑了一下，另一手則拍了拍他的手臂。

厲雙江鬆開他，用力搓了一下鼻子問：「和朋友來的？」

江起淮「嗯」了一聲，又說：「剛準備解散。」

厲雙江點點頭，問他：「那你等等還有沒有安排？」

陶枝頓時冒出了不祥的預感。

厲雙江不等江起淮說話，就接著說：「沒有的話過來喝兩杯？只有趙明啟和我們幾個，都是熟人。」

不好的預感成真了。

別來，別來，別來……

陶枝低垂著眼，沒看他，只是在心裡默默念叨著。

下一秒，江起淮把菸掐了，丟進旁邊的垃圾桶裡淡道：「好啊。」

陶枝：「……」

這麼多年沒見了！您別一上來就這麼自來熟啊！

高冷一點啊！

江起淮回包廂的時候，裡面的人正吃得熱火朝天。

程軼端著酒杯，正感嘆著人生的不公平。

「林妹有對象，顧總編輯有喜歡的女孩，我猜老陸這個傻子大概連孩子都快要有了，我呢？」程軼憤恨地砸桌子，「我可愛的女朋友在哪裡呢？我都快三十了！」

「你大概到了八十歲也會是這副德行，」陸嘉珩在旁邊低著頭傳訊息，頭也不抬地說。

程軼頓時頹然，他看見江起淮進來，暗下去的雙眼也再次明亮起來，彷彿瀕死之人看到新的生機：「江總監！」

江起淮走到自己剛才坐的位子上，俯身拿起外套。

程軼看著他展開了雙臂：「盟友！以後只有我們兩個相依為命了，你不能背叛我啊！」

江起淮退了幾步，讓程軼的擁抱撲空，他掀了掀眼皮子：「我先走了。」

「你有急事？」程軼納悶道，「聚會不是才剛開始嗎？」

江起淮起身走到門口：「你們吃。」

他才剛要拉開拉門，又立刻轉過頭來看向陸嘉珩：「你別出來。」

陸嘉珩挑眉：「我今天睡這？」

江起淮沒理他，只是靜靜地把門關上。

程軼看著門口的方向，還沒反應過來：「他不讓你出去是什麼意思？」

「怕我被熟人看見啊。」陸嘉珩倒了杯酒，悠悠道。

程軼：「這又是什麼意思？」

陸嘉珩看著他，突然對這個弱智升起了一股憐愛之情，他叫了他一聲：「老程。」

程軼：「啊？」

「你大概要失去這個盟友了。」陸嘉珩語重心長地說。

程軼：「啊？」

陶枝捏著筷子，悶著頭夾起最後一片鮭魚生魚片。

她心無旁騖地吃著，把對面喝得龍飛鳳舞的趙明啟等人當成空氣。

厲雙江正勾著江起淮的脖子和他乾杯，在有些時候，陶枝覺得男人之間的友誼真是簡單又神奇，無論多少年沒見，多久沒聯絡，再見面只需兩杯酒，就能重新交心。

高中的時候就沒見過厲雙江喝醉的樣子，工作以後在酒桌上被客戶磨練了一輪，酒量明顯變好，趙明啟已經在旁邊趴下了，他卻還像個沒事的人一樣。

而江起淮。

陶枝不動聲色地瞥了他再次被斟滿的酒杯一眼，這個人從坐下到現在都沒停過。

「對了，你現在是做什麼工作的啊？」厲雙江問。

江起淮捏著小巧的清酒杯：「投資。」

「靠，你現在已經爆富了啊，」厲雙江擺了擺手，「我對這一塊一竅不通，到時候你幫兄弟推薦幾支股票吧。」

陶枝有些意外地抬起眼來。

江起淮不像是會做這行的人，他向來懶得跟人打交道，只喜歡埋頭做自己的事，她以為他會選工科研究型的工作。

她才剛抬頭，就恰巧對上江起淮的視線。

不知道是巧合或是無意，江起淮也向自己投來目光。在明亮的光線下，他的眼睛依舊是透澈冷感的琥珀色，盯著人看的時候會帶著渾然天成的淡漠疏離。

陶枝不避不讓地和他對視幾秒，才緩緩地將視線移開，若無其事地從壽喜燒裡挑了幾根烏龍麵。

壽喜燒煮得有點久，湯汁全部浸入了烏龍麵裡，鮮甜的味道沖刷著舌頭和喉嚨。即使是她這種嗜甜如命的愛好者，都覺得這個味道有點過頭了。

陶枝咬了一下舌尖，大口灌下了整杯檸檬水，壓住那股過分濃郁的鹹甜味。

果然有些東西就是不能久放。

這一頓飯吃得很盡興，分開前，厲雙江一邊扛著已經昏迷的趙明啟，一邊問起江起淮家的住址。

「你要是再敢跟老子玩失蹤，我直接去你家把門砸了。」他警告道。

陶枝站在一旁翻了個白眼。

你砸他家的門有什麼用？

這個人能直接搬家。

厲雙江他們都喝了酒，把車子丟下後叫了計程車離開，付惜靈週休要回家，在離開之前，她有些猶豫地跟陶枝說：「要不然我明天再回去也可以。」

話才剛說完，旁邊的厲雙江拽著她的衣領，把人拉走：「走啊！靈妹，厲哥順路送妳回家！」

他像是拎著兩隻猴子似地竄上車，速度快得就像犯罪分子，迫不及待地逃離案發現場。

等陶枝反應過來的時候，留給她的只剩下計程車的尾氣。

以及站在旁邊的前任。

接近十二點，室外的氣溫直降幾度，陶枝將圍巾往上拉了拉，然後把手塞進大衣口袋。

她在最後還是禮貌地說：「那我也先走了。」

朱紅色的圍巾襯托出她透明的白皙膚色，江起淮看著她用圍巾來捂住下巴的動作，頓時湧上一股懷念，恍神了好一陣子後才說：「太晚了，我送妳回去。」

這句熟悉的話，讓陶枝緊勒了一整晚的神經幾乎斷裂。

在那一個冬夜、那一間溫暖狹小的臥室中，少年也是這樣待在她身邊說著同樣的話。

陶枝蜷了蜷放在口袋裡的手指，她表面上不帶任何情緒，側身靠在日式料理店的木門框上，懶懶地說：「不用，我叫計程車了。」

江起淮收回要攔車的手，從善如流道：「順路嗎？」

陶枝：「……」

你真的是江起淮嗎？

快點現出原形吧！你這個厚臉皮的冒牌貨！

陶枝深吸一口氣後叫了他一聲：「江起淮。」

「我呢，並不是一個喜歡跟前任做朋友的人，今天晚上很高興能遇見你，看見你現在過得還不錯我也非常欣慰，老同學大家一起聚個餐無可厚非，但是多餘的接觸就不必了。」

她不緊不慢、冷靜沉著地說：「我們稍微保持一點距離，好嗎？」

這句話說得乾脆明白，甚至還有一點自作多情的意思，陶枝不想讓他誤會，又補充道：

「雖然我知道你並沒有別的意思，但總得避嫌，是吧？」

江起淮一語不發，只是低眼看著她。

女人斜靠在門邊，店鋪的暖色光線籠罩著她白皙精緻的臉，上挑的雙眼帶著攻擊性的漂亮，目光散漫而冷淡。

她似乎變了很多，又像是從未改變。

曾經是個怕冷怕到在入秋時就要穿秋褲的少女，而現在的她只穿著一條鉛筆褲，露出一截筆直纖細的腳踝，卻還是喜歡紅色的圍巾，還是喜歡吃甜食，還是懶得隱藏自己的任何情緒。

喜歡就靠近，討厭就拒絕，直接又果斷。

汽車壓著路面積雪所發出的聲響，打破了長久的沉默，一輛黑色轎車緩慢地停在路邊，而陶枝的手機也在此時響起。

她抽出手機接起來，沒有繼續看著眼前的人，一邊應聲、一邊朝那輛車走過去。

擦肩而過的瞬間，陶枝的手臂忽然被人一把抓住。

她的腳步也隨之停下。

夜風刮起落雪，江起淮背著光，眉眼隱匿在黑暗之下看不清任何情緒，嗓音緊繃發啞：「如果我有呢？」

陶枝愣了愣，一時之間還沒反應過來，她回過頭：「什麼？」

江起淮握著她手腕的力道很大，卻小心翼翼地，像溺水的人想拚命抓住漂浮在海面上的最後一根浮木。

「別的意思。」他低聲說。

冰天雪地裡，他的掌心帶著灼熱的溫度，像是唯一的熱源。

暖意順著手腕處的末梢神經傳達給大腦，極其溫暖的觸碰，陶枝卻莫名地有些顫抖。

她整個人轉過身來，抬起低垂著的雙眼，大腦一格一格地緩慢轉動，試圖理解他這句話的意思。

幾年沒見，他倒是一點都沒變，直球打得乾淨俐落，一如他當年察覺到自己對她的喜歡時，那句直截了當的問話。

在確定自己不是自作多情以後，她笑道：「我從高中開始，無論回家多晚，每一天的夜路都是自己走的。」

江起淮鬆了鬆握著她的手指。

「後來有一個人陪我走過很短的一段路，但那已經過去了，江起淮，我聽了你的話，已經選擇向前走了，」陶枝聲音平淡，不帶任何情緒，「你總不能再回頭看了吧？」

抓著她的那隻手已經沒了之前的力度，陶枝輕輕地抽開手，看了停在路邊好一陣子的車子一眼。

她轉身離開，沒有再回頭。

她坐到後排關上車門，司機跟她確認了一下電話號碼。

陶枝「嗯」了一聲，出聲的時候才察覺到，聲音已經染上了哽咽。

陶枝沒有回頭，她害怕只要回過頭去看他一眼，這份堅持就會功虧一簣。

她並沒有打算等江起淮回來。

她甚至都沒想過會再見到他。

大學沒談過戀愛，只是因為再也沒有遇到喜歡的人，畢業工作以後沒和異性發展出除了朋友以外的關係，也只是因為工作忙碌又嫌麻煩。年少時喜歡過的少年只是一場美好而荒唐的夢，驚豔時光足矣，夢結束了，就該走回現實。

陶枝原本以為只是這樣而已。

可是當她再一次見到他時，在見到他的那一刹那，心裡還是會有煙火炸開，然後綻放。為什麼在聽見他說話，在被他觸碰的瞬間，這些體溫的傳遞，都像是把雙眼浸泡在溫水裡一樣，酸澀得無法控制。

直到車子開遠之後，她才回過頭來，透過後車窗看了一眼。

江起淮依然站在原地不動，皚皚白雪中，他挺拔消瘦的身影被暖色的燈光拉得長而孤獨。

陶枝低垂下頭捂住了眼睛，眼淚無聲地順著指縫滑過掌心。

陶枝從來都不覺得江起淮做錯了什麼，在見識與了解到更多的世界之後，她就清楚地明白當年的事情，他們之間的性格差異註定了兩個人會走向不同的道路。

江起淮始終是個謹慎的完美主義者，從小生活的環境讓他習慣性在做事之前會先考慮結果，他不會不負責任地帶著她，走向連他自己都毫無把握且不知去向的那條路。

他們當時太小了，兩個人都太年輕了，他們沒有辦法解決任何問題，客觀來說，江起淮當時的選擇才是對的。

他將她送回安穩的歸途。

但陶枝就是不信邪，她不想先去考慮結果，即使前路荊棘纏繞，縱然會被刺得滿身鮮血，她也想和他一起闖過去。

他沒錯，只是低估了她對他的喜歡而已。

第二十六章　假裝低調的孤狼

陶枝在這一晚睡得不太安寧。

腦子被雜亂無章的夢境給塞滿，有個人用冷淡平緩的聲音念著繾綣的詩句，有個人的身影穿過了牆壁泛黃與窗簾飛揚的教室，有個人在黑暗狹窄的書桌下握住她的手說：為了我們的枝枝。

一覺驚醒，她全都不記得了。

日光透過窗簾的縫隙絲絲縷縷地滲進臥室，陶枝撐著床面直起身，揉了揉脹痛的腦袋，起身去浴室沖澡。

溫熱的水流沖走了睏倦的茫然，她裹著浴袍出來的時候，手機在床上嗡嗡作響。

陶枝拿著毛巾抓起一把滴水的頭髮，走過去接起電話。

剛一接通：『幹嘛呢！打三遍了，妳該不會還沒起床吧？都幾點了？』

陶枝趕緊把手機拿開，隔著半臂的距離都能聽見季繁的吼叫聲：『趕緊起來吧，都已經這個時間了，不在家裡就沒人管妳，還過起了日夜顛倒的日子？趁著現在——還行，來得及吃個午飯，妳收拾一下之後在家裡等我，我等等會過去接妳。』

陶枝翻了個白眼，這個人以前天天打遊戲打到凌晨四點，也不知哪裡來的自信，現在還學會教育別人不要熬夜了。

她把毛巾隨手丟在床上：「你回來了？」

『嗯，剛下飛機。』季繁那邊的聲音很大，隱約傳來機場的廣播聲，他畢業以後跟幾個朋友合夥創立了一個運動潮流品牌，每天忙著去工廠、管道投資方以及飛去各國參加時裝展，有好一陣子都見不到他。

『老萬這次在西班牙想了一些有趣的企劃，等圖紙出來後我先送去打樣，』季繁說，『要是可以的話，妳來幫我拍一組照片吧。』

陶枝乾脆道：「沒空。」

『別啊，家裡有人的話，不用白不用，』季繁拖長了聲，『放心，知道妳的價格，給妳好處。』

聽到好處，陶枝有些心動：「什麼好處？」

『新鮮花美男！』季繁興奮地說，『我在西班牙新認識的外國朋友，是個業餘的攝影愛好者，我跟他提起妳的時候他還很興奮，說是看過妳的展覽，非常愛慕妳。』

沉默兩秒，陶枝把電話掛了。

她慢吞吞地把頭髮吹乾後，將保養品一層層地往臉上拍，還化了個淡妝，在選唇膏的時候，季繁也剛好到了。

陶枝幫他開門，拿著兩支口紅堵在門口，問道：「哪個顏色好？」

就算季繁現在天天都在和時尚界打交道，也分不出女人那微乎其微的差別的口紅色號，隨手指了一個：「這個吧，適合妳，一看包裝就覺得很貴。」

他一邊說著一邊擠開她進門，往客廳掃了一圈：「付惜靈呢？」

「今天週末啊，她回家了，」陶枝對著玄關前的小鏡子細細地描好了唇，「醉翁之意不在酒？」

「閉嘴，老子酒量不好，」他嘟囔著催她，「趕快，是收拾好了沒？老陶已經在家裡等著了。」

陶枝現在住的房子離家不算太遠，如果不塞車的話，開車過去大概也只要十幾分鐘。接到陶修平以後，季繁開了衛星導航，前往預訂好位子的中餐館。

陶修平年輕的時候太拚，現在的他看起來多了幾分慈祥，除非必要否則很少出差，一上車就捧著平板，看起了最近很熱門的一檔老父親看女兒談戀愛綜藝節目。

四、五個女明星老爸坐在攝影棚裡，一邊看女兒和男朋友日常的那些雞毛蒜皮，一邊給出評語。

陶修平最近看得很上癮，不止愛看，他還會把自己代入，跟著這些爸爸們一同發表感言，他將手撐在車窗框上擰著眉，聽著其中一位爸爸的吐槽，贊同道：「確實，這傢伙一看就不太行，趕緊分了吧。」

等紅燈的時間，季繁伸過頭來看了一眼：「這個綜藝節目有什麼看頭？」

陶枝捧著電腦，開始幫之前那位芍藥花精靈篩選照片，頭也不抬地接話：「能引起共鳴，現在的老頭子都愛看這個。」

陶修平悠悠道：「我自己的兒女都不找對象，還不讓我看其他人的女兒談戀愛啊？」

「……」季繁立刻閉嘴了，陶枝努力地將自己陷進後座，假裝不存在。

到中餐館的時候剛好是正中午，陶枝剛跳下車，就看見蔣何生站在門口。見她下來，男人笑咪咪地看了她一眼，走過去跟陶修平打招呼。

陶枝看見他的時候愣了愣，立刻扭頭看向季繁。

季繁把手裡的車鑰匙丟給旁邊的泊車員，仰頭望著天，一臉無辜地吹著口哨。

這是一家環境古典靜謐的中式餐館，繞過一方庭院的曲折小路，入口的室內種著兩排竹林，隱約可以看見後面的方正木桌。

陶枝跟季繁走在最後面，穿過佈置風雅的走廊，她低聲：「什麼意思？為什麼蔣何生也來了？」

「我什麼都不知道，我都是聽老陶的，」季繁低聲說，「而且，不止他來了。」

陶枝還來不及細品他這句話的意思。

穿著旗袍帶路的服務生，面帶微笑地推開包廂的門，裡面正坐著一個男人。

陶修平看見他，笑道：「老蔣！」

蔣父也抬起頭來，笑著拍了拍他：「等你等到我肚子都餓扁了，好久沒看見你了，快來坐。」

即使反應再遲鈍，她也明白是怎麼一回事了。

她站在旁邊，乖乖地叫了一聲蔣叔叔。

蔣父笑著應聲：「快來，都坐下，看看想吃什麼。」

陶枝在季繁旁邊坐下，一抬眼就對上蔣何生的視線，男人也同樣有些尷尬的樣子，他摸了摸鼻子，笑得有些無奈。

陶枝在心裡嘆了口氣。

陶修平一直想撮合她跟蔣何生，他們兩家父母相熟，熟悉彼此，蔣家往上數三代都是醫生，蔣何生自己也是二醫大高材生，爾後又就讀了兩年的本科碩士，畢業以後在省立醫院工作。

之前為了季槿的事情，他也是跑上跑下地幫了不少忙。

等菜的時候，陶枝就聽著兩個老頭子在那裡邊商業式的互相吹捧。

蔣父倒了杯茶，笑咪咪說：「聽說枝枝現在在攝影界也是一枚冉冉升起的新星啊，何生跟我說了，前段時間還拿了一個挺厲害的獎？」

「就是國內的一個小獎。」陶枝謙虛道。

蔣父開玩笑地說：「有能力是好事啊，年輕人就是要囂張一點。」

季繁在旁邊看熱鬧也不嫌事大，接著說：「我姐這個人就是比較低調。」

陶枝不動聲色地在桌子底下狠狠踩他一腳。

這一頓飯下來也沒人提起正事，但彼此都心照不宣。飯後，季繁將兩個長輩送回去，上車的時候，蔣父還特地提醒了一句：「旁邊有一家茶樓，我們年紀大，也跟不上你們的話題了，你們年輕人自己好好聊聊。」

陶枝微笑著把人送走，等車子一消失，她才鬆了一口氣：「臉都笑僵了。」

蔣何生在旁邊好笑地看著她：「有那麼誇張嗎？」

「當然，我可是冰山人設，」陶枝一臉理所當然，不滿地轉過頭來看向他，「蔣醫生，您打算什麼時候找個女朋友，我爸和你爸天天把我們兩個湊在一起，你也不嫌累？」

「嗯？」蔣何生含笑說，「怎麼會累？不是挺好玩的嗎。」

他指了指旁邊那家茶館：「去吧，聊一些年輕人的話題。」

陶枝點點頭，邊走邊說：「我跟你實在是沒辦法聊什麼年輕人的話題，你當我家教幫我補習的時候，給我留下太深刻的陰影了，我們要是真的在一起，感覺跟師生戀沒什麼兩樣。」

蔣何生沒說話，唇邊的笑意淡了淡。

他們走進茶館，陶枝看著他點了一壺毛尖，還跟服務生要了一大杯冰糖。

蔣何生看著她拿小鑷子夾了好幾塊丟進茶杯裡，搖了搖頭：「妳這樣喝茶，茶葉本身的味道就沒了。」

陶枝喝了一口，加了糖還是苦，她皺著臉吐了吐舌尖：「老陶在家也喜歡喝茶，這種東西到底有什麼好喝的？」

女孩子的表情在這一刻變得異常生動，帶著一點稚氣，讓人忍不住想起她少女時代的灑脫。

蔣何生忍不住地笑出了聲。

兩個人認識太多年，已經很熟了，彼此在聊天說話時也沒什麼好顧忌的，天南地北什麼都能聊，從蔣何生的病人一路聊到陶枝去各地拍攝遇到的當地趣聞，聊到某一刻，有個人影擦過眼角，門口還傳來了服務生溫柔輕細的聲音：「歡迎光臨，您一位嗎？」

陶枝莫名地，下意識看了門口一眼。

他們沒去包廂，坐的是一樓窗邊散客的座位，陶枝的位子側對著門口，她剛好看清了站在門口的人。

男人穿著深色大衣，灰色的羊絨圍巾鬆垮，黑色短髮俐落乾淨，唇角平直，眼睛眨也不眨地看著她。

江起淮的視線在她身上停了幾秒，爾後也看見坐在她對面的蔣何生。

上一秒，她還在笑著說話，蔣何生就靜靜地聽，拿起茶壺往她的杯子裡倒茶。

兩個人你來我往，氣氛和諧得再也融不下第三個人打擾。

江起淮強忍著不顧一切想要走過去的衝動，趕緊移開視線穿過大廳，走進走廊旁邊的第一間包廂。

坐在裡面的陸嘉珩聽見拉門聲：「挺快的啊。」

江起淮走到一旁坐下，隨手將大衣丟在一邊，沉悶地說：「怎麼碰見的？」

陸嘉珩挑了挑眉：「現在還有我找不到的人嗎？再怎麼偏僻的日式料理店也都被我翻出來了，不是嗎？」

「不過今天是湊巧，」他用指尖敲了敲桌面，「這家茶樓，是我送給我老婆的。」

接著，他又往外指了指：「對面那家私房菜，程軼家的。順便告訴你一聲，兩家人今天在那邊吃了飯，帶家長的那種，不用謝。」

江起淮又不說話了。

他緊繃的下顎輕微動了動，像是極力克制著某種情緒。

陸嘉珩看著他這副樣子，心情頓時就愉悅了起來，但他還是好心地說：「不過我幫你觀察了一下，應該是還沒談成，完全沒有男女朋友之間該有的氣氛。」

話才剛說完，江起淮倏地抬眼。

陸嘉珩「嘖」了一聲：「你們幾個怎麼在遇到喜歡的女孩後，都是這副德行？一個連錢都不賺了，回來當什麼漫畫總編輯，另一個拋棄了華爾街，整天像跟個跟蹤狂一樣。」

他將手臂搭在桌上，身子往前傾了傾，不緊不慢地說：「兄弟，這麼說好了。」

「你要是信得過我這個……怎麼說，愛情生活兩得意的人，我也是可以教你幾招追人的方法。」陸嘉珩說。

江起淮：「……」

江起淮不指望陸嘉珩能教他什麼新招，按照之前程軼的說法，他的女朋友是憑藉著他當年死不要臉的個性才騙來的。

江起淮瞥他一眼，興致缺缺：「信不過你。」

「……」陸嘉珩把準備脫口而出的下一句話，直接塞回嗓子裡。

「不是，你怎麼這麼固執呢？」陸嘉珩說，「照你這種彆扭的性格，等你讓她意識到你是真的喜歡她，她可能早就跟外頭的那位雙宿雙飛了。」

他伸著脖子納悶道：「你說，你一走就是這麼多年，也沒留幾句話給她嗎？」

江起淮：「沒有。」

「中間也沒有打電話或是傳訊息給她？」

「嗯。」

陸嘉珩被他噎住了：「那你怎麼能這麼斷定，等你回來之後她還是單身？你至少要留下幾句話給她才行，讓她等你吧。」

江起淮轉過頭去。

隔著古秀雕花的木窗，他看著陶枝和蔣何生拿起外套準備離開，女孩子的圍巾搭了一半，尾巴垂在背後，蔣何生抬手，拽著她的圍巾幫她繞到前面來。

陶枝笑著跟他說了幾句話，然後將圍巾塞好。

門鈴一響，兩個人說笑著走出了茶樓。

她從視線裡消失了老半天，江起淮才將目光收回，眸光也低沉下去：「我不想吊著她。」

陸嘉珩張了張嘴，一時之間也不知道該說什麼才好，啞然了半晌後嘆了口氣：「你這個人怎麼這麼死腦筋呢？」

江起淮不想綁著她，在不確定自己需要花費多少年才能掙脫一切的時候，他無法說出任何一句要她等待自己的話。

她那麼好，他憑什麼讓她等？

他是不配被等待的。

江起淮從來就沒有產生過，讓陶枝停下腳步等著他的念頭，她只要堅持走自己的路就好，他會努力地追上去。

如果可以的話他絕不放手，萬一他真的來遲，而她遇到另一個值得她託付終身的人，那就是他的命，是他為自己做過的決定所付出的代價。

他毫無怨言地接受任何結果。

沒什麼遺憾或後悔，原本就是他配不上她的，明明從一開始就清楚明白這一點，卻還是忍不住自私地想要擁有她，哪怕只是一下子。他曾經不管不顧地靠近她，直到現實將他的陰暗顯露得支離破碎，將他的不堪放大，明明白白攤在眼前。

陶修平雖然沒有直接反對，但是他把她曾經的美好一點、一點地剖開來給他看，讓他放棄的從來不是別人的阻撓，而是曾經燦爛的玫瑰，差一點就要在他手裡凋謝了。

和她在一起的那半年，對他來說已經是莫大的恩賜。在那段短暫且稍縱即逝的時光裡，所有的美好都像是他從別人的手中偷來的。

他不該奢求更多。

只願我喜歡的妳歲歲皆安好，無疾亦無憂，只願我愛著的妳能找到自己的太陽，前路有光芒照耀。

而給妳幸福的那個人，不必是我。

她若是神明，他便願意匍匐在聖壇下的陰影裡，做最虔誠的信徒。

但是，只要是人就會有貪念。

信徒也不例外。

週末一過，生活又重新忙碌起來。

陶枝這份工作是沒有週末的，她給自己放了兩天假，週一上午十點準時去了工作室。

畢業以後，陶枝和大學時期認識的攝影系學長一起創立了工作室，開在北城區二環旁邊的一個藝術園區，規模不大，加上實習生也不超過十個人，但各個都是高水準的選手。

陶枝到的時候所有人都已經開始忙碌了，出外景的出外景，做後期的忙著在電腦前修圖，小錦早上八點鐘就到了，看見她過來，顛顛地跑上前遞了一杯咖啡。

陶枝接過後說了聲謝謝，脫掉外套坐在電腦前開機。

許隨年捧著杯茶，像是老佛爺似地走過來，慢悠悠地說：「早啊，陶老闆，一大清早就工作啊。」

陶枝看了時間一眼，提醒他：「十點了。」

「我這不是閒著沒事嗎？之前跟顧師兄約好要去冰島，結果他昨晚卻突然打電話給我，說是得了急性闌尾炎，要動手術，之後就沒有下文了，」許隨年散漫道，「為了這件事，我還推辭了下週的展覽，何況我什麼都沒準備，再報名也來不及，所以就閒下來了。」

「對了，」許隨年頓了頓，問她，「瑟瑟已經聯絡妳了嗎？」

「沒有，」陶枝看了他一眼，「她又怎麼了？」

安瑟瑟跟陶枝是在大學時期的攝影社認識的，這個人是個狂熱的追星族站姐，學攝影只是為了能更完美地拍出她家偶像的盛世美顏，成為自由攝影師去接各大雜誌社和街拍的外包，等錢存夠了就繼續去追她的偶像。

許隨年含糊道：「嗯……也沒什麼，妳等等就會就知道了。」

十分鐘後，陶枝果然接到了安瑟瑟的電話。

剛接起來，安瑟瑟就火急火燎：『枝枝！枝枝大神！緊急狀況！』

陶枝：「十張一萬三、二十張兩萬二，包括後期調色，給妳的友情價，別討價還價。」

『就只知道錢！』安瑟瑟唾棄她，『錢有帥哥重要嗎！不知道的還以為妳小時候連飯都吃不起。』

「我爸說過，想賺錢的人要先會貪財。」陶枝一本正經地說。

『好好好，給妳給妳都給妳，我在前幾天剛接了一個財經雜誌的外包，但我家偶像的行程有變，我現在就得去機場！』安瑟瑟說，『朋友幫幫忙，好人一生平安。』

陶枝皺了皺眉，有點不耐煩地說：「可是我不想去機場人擠人。」

『誰要妳去擠了？我當然要親眼看看我家的偶像！我說的是外包的工作。』

陶枝靠在椅子裡，拖著聲音說：「啊——最近好疲憊，身體好虛弱，無心工作。」

『再加一盒樂高街景系列，最新款！』安瑟瑟說。

陶枝撲騰著從椅子裡直起身，乾脆道：「成交，把地址傳給我。」

安瑟瑟動作很快，電話一掛就立刻把地址傳給她，後面還附帶一個可愛的貼圖：『下午兩點喔，愛您。』

枝枝葡萄：『是什麼大人物還需要外包？從雜誌社裡隨便找幾個攝影師拍幾張不就好了。』

安瑟瑟：『好像是瑞盛史上最年輕的投資總監，高價從國外挖回來的，講究吧？我打出我們工作室的旗號才搭上線的，金融圈的人，人傻錢多，反正給錢的就是爸爸。』

安瑟瑟：『我這裡還有他的資料，是個帥哥喔。』

安瑟瑟說著，直接傳了一個網址給她。

陶枝沒點開，只傳了一則語音訊息：「有帥哥妳不去，不是便宜我了嗎？」

安瑟瑟也回覆了一則語音訊息，聲音嚴肅：『我對我家的偶像一心一意、忠貞不二。』

陶枝按照地址，順利抵達辦公大樓的時候才一點多，她下車後仰頭一看，反光玻璃折射著刺眼的日光，建築的最上端立著一個恢弘簡約的大牌子，上面寫著「瑞盛投資」四個大字。

她關上車門走過去，一樓大廳門口站著一個女孩子，正在左顧右盼地來回張望。

陶枝走過去以後，女孩看見她大大的設備包，不確定問道：「安瑟瑟小姐？」

陶枝也懶得說明情況，直接點了點頭。

女孩子禮貌地微笑：「我是《明日財經》的員工，您叫我小溫就可以了，這棟大樓沒有工作證明是進不去的，我下來接您。」

陶枝看了一下她胸前掛著的工作牌，溫明月。

她側了側頭：「不去你們的雜誌社拍攝嗎？」

「因為想要直接拍出最真實的工作狀態效果，所以特地跟瑞盛商量過，直接在他們的工作地點進行拍攝，」溫明月小聲地說，「我們主編本來還想要幾張生活照的，不過被那位總監拒絕了，說是不想被拍到私生活照片，連這次的專欄都是商量了好久才談下來的。」

陶枝「哦」了一聲。

還真是孤傲的一匹狼，這麼低調的話，還上什麼財經雜誌？

溫明月帶著她上了電梯，陶枝以前沒來過投資公司，這麼一看，倒是比她想像中的還要更加人仰馬翻。電話聲絡繹不絕，老是有人站在影印機前，所有人的辦公桌上幾乎都擺著兩、三臺電腦，基金經理們恨不得再多長出兩雙手，一雙接電話、記筆記，一雙拿來敲鍵盤。

在最靠窗邊的那間辦公桌前，陶枝看見了一個熟人。

林蘇硯正看著她，他一手拿著電話，正在跟人談事情，看見她似乎有些驚訝，隔空對著她招了招手，然後繼續講電話。

陶枝朝他眨了眨眼，跟著溫明月走到最裡面的辦公室，巨大的磨砂玻璃窗隔絕了外面的視線，溫明月跟門口的祕書打了聲招呼後，秘書才開門讓她進去。

陶枝進門。

偌大的辦公室寬敞明亮，完全不同於外面的狹窄忙碌，極具現代感的簡約風格裝修，陽光透過落地玻璃窗灑在深色的地毯上，辦公桌後立著兩排巨大的黑金書架，茶几上還隨意放著兩本書以及一個空茶杯。

屋裡沒人。

陶枝將手裡的包包全放在茶几上，慢條斯理地把相機拿出來。

配件全部裝齊，也沒見到這個高貴總監的人影。

陶枝看了時間一眼，還有三分鐘。

她靠進沙發裡百無聊賴地隨意掃了一圈，視線落在那張木製的黑色辦公桌上，上面擺了一個名牌，職稱後面跟著一個冒號和三個大字：江起淮。

陶枝：「……？」

她呼吸停了一拍，反反覆覆地盯著那三個字看。

就這麼遠距離看著，她還不敢確定，陶枝將相機放在沙發上，站起身來走過去，兩隻手撐在桌邊，彎下腰後，將整張臉貼在那個名牌前面。

她剛把那個名牌拿起來，辦公室裡的洗手間門也突兀地發出聲響，陶枝嚇得縮了一下脖子後回過頭去。

江起淮拿著一張紙巾走了過來，他將沾滿雙手的水漬擦掉，然後抬起頭。

視線對上，陶枝還抓著他那個死沉的牌子，愣愣地看著他。

江起淮揚了一下眉梢：「安瑟瑟？」

陶枝有些呆滯地看著他：「啊？」

「啊……」

江起淮將沾了水的紙巾丟進垃圾桶裡，走向她，垂眼看著她手裡的東西：「喜歡的話就送妳。」

陶枝將牌子放下，闔上嘴巴後直起身：「海歸總監？」

「卡西莫多？」

「破百公斤拳王？」

江起淮歪了一下腦袋，面無表情的臉上充滿著平靜的疑惑：「妳在說誰？」

「我說的是那位明明要上財經雜誌專訪，還非得假掰地裝成低調的孤狼。」陶枝沒好氣地說。

雖然不知道是什麼意思，但是江起淮向來都願意毫無條件地接受她給他的人設，他點點頭：「所以，妳的藝名叫安瑟瑟？」

「藝名個屁，我替我朋友來的。」陶枝板著臉轉過身去，走到沙發前把相機拿起來。

她也不曉得自己為何會莫名其妙的暴躁，她現在無比後悔幫了安瑟瑟這個忙，就算再白給她十盒街景系列的樂高，都覺得自己虧大了。

她重新坐回到沙發上，轉過頭：「過來。」

江起淮走過來。

陶枝舉起相機，指著自己對面的皮沙發：「坐下。」

江起淮在她對面坐下了。

他肩寬腿長，穿著正裝的時候更顯身材，陶枝在大學時期於時尚雜誌社實習，拍過了數不清的男模特兒，但從鏡頭裡看過去，她竟然覺得，江起淮是她拍過的所有男人中最上相的。

就好像她在這麼多年也見識過這麼多男人，卻還是覺得沒有一個人能比得上他。

這個認知讓陶枝變得更加鬱悶。

她從鏡頭上面探出頭來，面無表情地說：「你不要傻傻坐著，看看書。」

江起淮也聽話地從茶几上撿了幾本財經雜誌。

他低垂著眼，唇角隨意地向下撇著，長腿交疊舒展地向前伸，人模人樣。
陶枝找了幾個角度後拍了幾張，翻看起相機後點了點頭，又命令他：「去辦公桌後面坐著。」
江起淮在看了她一眼後把雜誌放下，坐進了辦公桌前的椅子。
他這種任由她隨意擺佈的乖巧狀態，讓陶枝的心情稍微舒暢一些，她起身拖了一張椅子過去，單膝跪在椅面上，彎下腰來找角度。
憑良心說，江起淮是個非常稱職的模特兒，他話不多，而且非常配合，讓他幹什麼就幹什麼，一句廢話都沒說。
陶枝一邊指使他做各式各樣的事情，一邊緩慢地進入了狀態，她工作的時候很認真，長髮被綁成馬尾束在腦後，露出漂亮的側臉線條和白皙耳廓，紅唇輕抿，深黑色的眼睛專注地看著鏡頭裡的畫面。
江起淮靠坐在椅子裡，手裡拿著鋼筆，半寸不離地看著她。
她歪著腦袋捕捉到最後一個鏡頭：「好，差不多了。」
江起淮坐在椅子上一動也不動：「拍完了嗎？」
「嗯，」陶枝拿著相機往前翻看，「我回去再挑挑，後期處理完就會直接傳給雜誌社。」
江起淮有些意猶未盡。
他不太想就這麼讓她走了，回憶了一下之前助理跟他說的話，淡聲問：「什麼時候會再來幫我拍生活照？」

陶枝翻相片的動作一頓，疑惑地看著他：「你不是不願意被拍到私生活的照片，所以拒絕了嗎？」

江起淮點了點頭，表情平淡：「本來是不願意。」

他放下手裡的筆，看著她說：「因為我沒想到攝影師是妳。」

辦公室瞬間變得安靜。

陶枝原本因為順利拍攝而緩和下來的心跳，又開始躁動了起來。

她面無表情地關掉相機，點點頭：「挑你方便的時候吧，你直接跟雜誌社那邊聯絡就行了。」

她走到沙發前將東西裝好，沒有再多說什麼，看起來是準備離開了。

江起淮沉默地看著她拉了拉鍊，伸手去拿放在沙發靠背上的外套，突然開口：「喝杯茶再走？」

「我不愛喝茶，」陶枝乾脆道，「而且我很忙，還有事。」

「我以為妳現在喜歡了，」江起淮沒什麼情緒地說，「所以才去茶館。」

陶枝眨了眨眼，轉過頭來無辜地說：「要看對象是誰。」

這話說得明明白白，絲毫不給人臺階下。

陶枝其實算不上是特別尖銳的人，除非是真的惹毛她，否則都會留些分寸。隨著年齡的增長，比起高中的時候，她現在已經溫和了很多，這句話其實很不符合她的個性。

但現在面對眼前的他，陶枝也不知道為什麼，她的情緒突然變得尖銳敏感，迫不及待地想要離他遠一點，再遠一點，就像是在害怕些什麼。

江起淮沒說話，他斂住眸光沉默了幾秒，「嗯」了一聲。

陶枝將大衣外套穿好，轉身的瞬間，唇角也微微地沉下去。

她將圍巾掛在手臂上，拿起背包後也沒再說什麼，靜靜地走到門口，在推開磨砂玻璃門後離開了辦公室。

溫明月正在對隔壁的助理做簡單的採訪，陶枝出來的時候剛好結束，她收起錄音筆，從筆電上方抬起頭來：「結束了？我這邊也差不多了，素材也夠了。」

她闔上筆電後朝陶枝擠了一下眼睛，小聲說：「這個總監很難搞吧？我做採訪的時候真是費盡全力才讓他勉強擠出幾個字。」

「……」陶枝一時之間也不知道該怎麼回應她，露出一言難盡的表情。

幸好溫明月在瞬間就心領神會，她拍了拍她的肩，一臉感同身受：「我懂我懂，惜字如金，不過妳只要拍照就好，也不需要請他開口，應該沒有我這麼絕望。」

她在收拾好東西後邊走邊說：「不過這個總監悶成這樣，長得帥又有什麼用？跟他談戀愛肯定很無聊。」

和他談過戀愛，還覺得挺快樂的前女友本人：「……的確。」

出了瑞盛辦公大樓的時候已經下午四點了，陶枝剛上車就收到了林蘇硯的訊息，說他今天有點忙，所以沒時間招呼她，改天再一起喝杯咖啡。

順便問她今天為什麼會去他的公司。

陶枝懶得解釋太多，只是簡單說了一下是因為工作因素，還打了三個驚嘆號來強調，表示自己再也不會去了。

回工作室的時候，許隨年還站在他那一套破設備前研磨咖啡豆，見她進門，立刻露出燦爛的微笑：「回來了？工作怎麼樣？順利嗎？」

陶枝正鬱悶著，許隨年卻偏偏火上加油，她頓時把今天遇見江起淮的事情全都歸罪於他，都是因為他沒有幫安瑟瑟這個忙，沉痛道：「學長，您能不能有點事業心呢？我們這種剛畢業沒幾年，名不見經傳的小攝影，正是要產出作品來磨練水準的時候，您天天在這裡磨咖啡豆，那些攝影獎項會自己找上你嗎？」

「我這也只是希望妳能再坑安瑟瑟一盒樂高罷了，」許隨年擺擺手，看得非常開，「妳有事業心就可以了，一間工作室怎麼可以有兩個代表性人物？等以後揚名立萬了，記得幫我打打廣告。」

陶枝習慣他這副墮落的樣子道：「我明天就不來了，有什麼事就打電話給我。」

許隨年應了一聲，見她離開後才側頭看了日曆一眼，嘆道：「時間過得真快啊。」

小錦把洗好的咖啡杯遞給他，好奇問：「年哥，老大明天是有事嗎？去年這個時間，我們去阿姆斯特丹的時候她也沒跟。」

許隨年轉過頭來，笑著打岔道：「小錦也長大成人了，」他用老父親一般滄桑的口氣說，「我還記得妳第一次來工作室的時候，才二十一歲呢，一晃眼都長這麼大了。」

小錦：「……我今年也才二十二歲。」

許隨年：「是嗎，啊哈哈。」

陶枝在鬧鐘還沒響起之前就睜開了眼。

隆冬時候的清晨五點多，天色還是暗的，屋裡見不到任何一絲光亮，陶枝躺在床上，看著黯淡的天花板眨了眨眼。

已經過去幾年了呢？

她還記得幾年前的那個寒假，她被陶修平從睡夢中叫醒，踩著半黑的夜色慌亂地趕到醫院。

到的時候季槿已經快要不行了，她眼底一片青黑，身體消瘦得整個人都塌進了病床裡，精緻漂亮的臉難掩病容，鼻間還插著氧氣管。

聽見人來的時候，她吃力地半睜開眼看著她，彎彎地笑了一下。

她的聲音依舊溫柔，吐字間帶著嘶啞的呼吸聲，和緩地叫了她的名字。

她說：枝枝，媽媽有點累，想睡一下了。

她說：枝枝現在是大人了，要照顧好小繁，聽爸爸的話。

她說：很對不起媽媽沒有看著妳長大，可是媽媽也很高興，看到妳長大了。

她說：我沒有任何遺憾了。

都說親人如果在生前有什麼未了之事，離開之後都會托夢給自己的家人，很神奇的是，陶枝在這四年裡，從未夢見過季槿。

她大概是真的毫無遺憾了。

她從來沒有夢見過她，但在一開始的許多夜晚中，她會在半夜突然驚醒過來，然後後知後覺地發現自己正在流淚。

生老病死是一個再正常不過的輪迴，她不斷地長大，而父母卻在變老，在每個人的人生裡，似乎都會經歷過這種事，只是早和晚的差別而已。

陶枝只是覺得有些不捨，季槿當年給尚在繈褓中的他們，取了枝繁兩個字當名字，還開玩笑地說，希望看著他們從小小的幼苗成長為蒼天大樹，要枝繁葉茂。

這樣她和陶修平功成身退以後就可以在樹下乘涼，好好地偷懶，享受被兒女養著的悠閒日子。

而現在的他們已經綠樹成蔭、遮天蔽日，卻來不及讓她待在樹下乘涼。

陶枝在黑暗中眨了眨眼睛，慢吞吞地掀開被子爬下床，在洗漱過後換了一件黑色的羊絨長裙，準備出門。

她站在玄關門口，挑了一條暗紅色的圍巾。

小時候，季槿總是喜歡在冬天幫她穿上紅色的服裝，喜歡買紅色的帽子和圍巾給她，女孩皮膚白，搭著紅色，靈活好動地站在雪地裡，漂亮得像年畫裡的女娃娃一樣。

她慢吞吞地將圍巾一圈一圈地圍好，下了電梯後走進地下車庫，發動車子往郊區走。

到了墓園的時候天色亮起，陶枝看著大理石臺階上刻著名字的首字拼音，穿過一排排的墓碑往前走，遠遠地看見一道影子站在季槿的墓碑前。

季繁安靜地佇立在墓前，不知道站了多久。

陶枝的腳步一頓，走過去。

聽見聲音後，少年抬頭看了一眼，然後用手背抹了把眼睛。

陶枝假裝沒看見，走過去將手裡的百合花束立在旁邊，然後肩抵著肩站到他身邊。

她沒有磕頭，也沒有說任何懷念的話，只是安安靜靜地站著，看著照片裡的女人褪去了鮮豔的顏色，卻依然溫柔的笑臉。

季繁啞聲開口：「妳怎麼這麼晚？我都到了老半天了。」

陶枝垂下發紅的眼睛，平靜說：「我連早餐都還沒吃。」

「幹嘛，妳減肥啊？」季繁吸了吸鼻子，搓了搓臉，「早餐該吃就吃，別模仿現在的年輕人，妳又不年輕了，老人家就要有點老人家該有的樣子，妳不是一餐能吃八碗小餛飩嗎？」

「對你姐姐尊重一點，非得逼我當著老媽的面揍你一頓嗎？」

「反正老媽也只會任由妳對我使用暴力，看著我被妳揍她還會笑。」

「足以說明你是個多欠揍的人，我也算是替天行道了。」

陶枝轉過頭：「陶老闆呢，先走了？」

「他沒有一起過來，我起床的時候看見他剛回家，」季繁指了指放在最中間的第三束花，那束玫瑰大概在冰冷的室外暴露得有點久了，最外面的一圈花瓣還有點皺皺的，「怎麼這麼不解風情啊，給老頭留一點私人空間吧，他們談心的時候，怎麼可以帶我們這兩個當電燈泡呢？」

陶枝笑了一下，沒再說話。

兩個人待了一陣子，季繁揉了揉凍得發僵的鼻子，抱著她的肩膀轉過身：「走吧，去吃小餛飩，今天老子得看著妳一個人吃八碗。」

陶枝拍了拍他的後腦勺。

他們走過一座座墓碑，走著走著，陶枝像是用餘光捕捉到什麼，忽然停下腳步。

她愣了一下，看過去。

來過這麼多次的她卻從未注意過，在姓氏同為J開頭的那一排裡，距離季槿大概十幾個的位子，灰白色的墓碑上，老人熟悉而慈祥的笑臉撞進視線。

他蒼老的臉上佈滿皺褶，鼻梁上架著老花眼鏡，渾濁的笑眼彎起，安靜又溫柔地看著每一個注視著他的人。

照片的下面，熟悉的字跡篆刻出黑色的字。

——江清和。

——其孫，江起淮立於20XX年。

第二十七章　第3827號

市區的氣溫明顯比郊外要來得高，陶枝和季繁在家裡附近的早餐店裡，吃了幾碗小餛飩以後打道回府。

到家的時候，付惜靈剛準備出門，女孩看見她回來以後也沒多說什麼，絮絮叨叨地叫她記得吃午餐，牛奶要加熱後再喝，又囑咐冰箱裡還有洗好的草莓和她早上剛做的三明治，在發現快要來不及後，才風風火火地出門。

陶枝在笑著送付惜靈出門之後，坐在沙裡上開始發呆。

不知道過了多久，當她回過神來已經接近中午了。

沖完澡後的她緩和了有些低落的情緒，然後換上居家服，從冰箱裡拿出付惜靈早上弄的三明治。

將三明治裡的煎蛋和蔬菜先挑出來吃掉，陶枝咬著麵包，挽起頭髮，拿出相機和電腦後坐進沙發裡，準備處理一下之前幫江起淮拍的那些照片。

一張張的照片閃過，陶枝看著男人冷冽淡漠的雙眼，有些出神。

再一次遇見江起淮以後，陶枝只覺得他現在應該過得很好。

大學跳級，賓州大學的碩士也只花了一年就畢業，被國內頂尖的投資公司高價挖回國，成為最年輕的投資總監，他展露出來的，以及所有人眼裡看到的，似乎都只有他高尚、瀟灑的一面。

導致陶枝從來都沒有細想過，他是怎麼度過這幾年的。

她只是覺得危險，只是不想再一次被他吸引，不想重蹈覆轍、無法控制地朝他靠近，所以一見到他就會煩躁，一想起他就會下意識地想辦法逃離。

陶枝抱著筆電，整個人埋進了沙發靠墊裡。

她這幾年算不上是過得不好，雖然偶爾會哭，但更多時候都是笑著的，有遇上難過的事，但開心的成分更多，失去過心愛的人，但始終都有朋友陪同，一路上都有陶修平和季繁的呵護。

江起淮呢？

他本來就是個很孤僻的人，剛認識他的時候，他始終都是一個人，性格很糟糕，跟別人處得不好，也懶得跟人相處。

他家裡發生過什麼事，他在這短暫又漫長的六年歲月裡，究竟付出了多少才達到現在的成績？

他有沒有朋友，有沒有開心，有沒有像她希望的那樣，順順遂遂，前路坦蕩？

陶枝不知道，沒有了江爺爺，這一路還有誰可以陪他一起走。

隔天上午，追星歸來的安瑟瑟，急急忙忙地地衝進工作室。

她一手拎著包包，另一隻手上抱著一大盒樂高，「砰」地一聲悶響放在陶枝的桌子上。

陶枝手裡端著一杯咖啡，笑咪咪地看著她：「來啦？」

許隨年站在她旁邊，慢條斯理地喝了一口咖啡：「來啦。」

「謝禮，」安瑟瑟指著樂高的盒子，又從包包裡抽出幾張照片，小心翼翼地以雙手奉上，「附帶一張我家偶像的簽名照，這可是珍品，我忍痛割愛才給妳的。」

「我又不追星，妳割愛給我也毫無意義，」陶枝又往咖啡裡面加了一小匙的糖，「我已經把照片處理好，傳到妳給我的電子信箱了，等他們匯款之後再轉帳給我。」

「《明日財經》說要等生活照拍完才會匯款。」安瑟瑟說。

陶枝轉過頭來，迷茫地說：「什麼照？」

「生活照啊，」安瑟瑟說，「妳不是成功說服了那位大爺嗎？雜誌社還誇讚我，說會幫我加薪。」

陶枝故作鎮定地點點頭：「那妳去拍吧。」

安瑟瑟：「我去？」

「不然還要我去嗎？」陶枝無比自然道，「難道又有偶像要去機場？」

「這倒是沒有，」安瑟瑟繼續說，「不過，妳是不是跟雜誌社那邊的人說妳叫安瑟瑟啊？」

陶枝靜止了兩秒。

她糾正道：「我沒有說我叫安瑟瑟，是她們以為我是安瑟瑟。」

安瑟瑟：「然後妳也沒否認。」

陶枝撇撇嘴：「我懶得解釋啊，誰知道還會有後續？」

「那如果今天換成我去，我要怎麼說？」安瑟瑟茫然了，「『想不到吧？我才是安瑟瑟』，他們會不會說我們詐欺，然後不給錢啊？」

陶枝也茫然了：「應該不會吧？這麼大的雜誌社哪會計較這一點小瑕疵？」

許隨年看著兩個涉世未深的小學妹，在那裡大眼瞪小眼地互看，噗哧一下笑出聲來，他看向陶枝：「那妳就去幫人家拍完吧？反正只要花一個小時。」

安瑟瑟：「沒錯、沒錯。」

陶枝一時之間也不知道該怎麼解釋，她鼓著雙頰皺起眉，過了老半天才不情不願地嘟囔：「我不想去。」

「不是。」

「那個總監騙人，其實長得很醜？」安瑟瑟湊過來問。

「他行為不端？」許隨年說。

陶枝趕緊否認：「沒有！」

安瑟瑟：「你們兩個吵起來了？有過節？仇人？」

「沒吵起來！」

「看這個表情，前男友吧。」許隨年隨口胡謅道。

「……」

沉默。

陶枝低垂著腦袋，一聲不吭地摳了摳手。

安瑟瑟：「我靠！」

她瞪大了雙眼：「真是的前男友啊？你們在大學的時候談的？不對啊，高中？妳早戀啊。」

陶枝抬起頭，不滿道：「早戀怎麼了？那時候不是都流行早戀嗎？我可是個時髦的人。」

安瑟瑟嘖嘖出聲：「怪不得大學被校草追了這麼久也沒心動過。」

許隨年摸著下巴：「怪不得這麼多年都不交男朋友，念念不忘啊。」

陶枝走到辦公桌前坐下，悶悶地趴在桌子上，努力維持的冷漠事業型女強人形象，在大學好友的連番打擊下，碎到連渣都不留：「我只是因為沒遇到……」

「沒遇到什麼？」安瑟瑟說，「我們系上的那幾個都是帥哥啊。」

陶枝沒出聲，她默默地看著貼在電腦螢幕上的便利貼，半晌後才小聲道：「沒遇到比他更好的。」

安瑟瑟大大咧咧地擺了擺手：「那就說明妳還喜歡他啊，那妳更應該要去，這不是個挺好的機會嗎？」

她說著，忽然福至心靈，大澈大悟：「所以他才會同意拍生活照啊！人家擺明就是對妳還有意思。」

陶枝慢吞吞地撐起腦袋：「在我們重新見面的時候，他就表達過這個意思。」

安瑟瑟：「直球，我喜歡，然後呢？」

陶枝：「然後我拒絕了。」

安瑟瑟面無表情：「為什麼？妳還喜歡人家，人家也還喜歡妳，然後人家想追妳，妳為什麼還拒絕了？」

「我不敢。」陶枝說。

許隨年聞言倒吸了一口涼氣。

安瑟瑟震驚地看著她：「妳還有不敢做的事情啊？」

陶枝趴在桌子上，撥弄著那張貼得有點久，邊角都翹起來的便條紙，一語不發

說實在的，在這些年遇到的所有人當中，當然還是有能和江起淮旗鼓相當的男生，只是有些感覺是解釋不清楚的。

心動這種事情總是當局者迷，無論如何也說不明白。

就好像她解釋不清楚，為什麼在當年第一眼看見少年那雙剔透又淡漠的眼睛時，會想要上前搭訕，為什麼在看著他幫自己修改試卷的時候，會想就這樣一直、一直看下去，為什麼在聽著他平緩安靜地說出「以爾車來，以我賄遷」這幾個字的時候，心臟會不受控制地像是要跳出來一樣。

她清楚地明白自己不是在找一個足夠優秀的人。

只是她再也遇不到一個能夠讓她怦然心動的「殿下」。

安瑟瑟留在工作室吃了午餐，在下午的時候接到了《明日財經》打來的電話，約好了下次拍攝時間，溫明月把地址傳過來，順便給了她江起淮的聯絡方式。

不知道江起淮跟雜誌社那邊說了什麼，溫明月的態度比起剛開始交涉的時候歡快了不

少，也沒有再提出那麼多要求，讓她隨意發揮，按照補簽合約的時間把照片傳過來就好。

安瑟瑟收到以後，把手機往陶枝面前一舉。

陶枝的嘴巴裡還塞滿著西班牙海鮮燉飯，含糊道：「幹嘛？」

「地址，還有電話，」安瑟瑟說，「週六的時候我就自己去吧，妳也好好想想，這有什麼好不敢的？妳之前都敢趁學校院長睡著的時候，幫他把鬍子綁成小辮子了，現在怎麼就不敢勇敢追愛？」

陶枝咽下了嘴裡的海鮮飯，平靜說：「當年，是我追他的。」

「然後他把我甩了，選擇離開我。」陶枝言簡意賅。

「現在他又回來了。」

她把湯匙舉到安瑟瑟面前採訪她：「妳怎麼想？」

安瑟瑟滿眼冒火：「讓他去死，他憑什麼甩了妳？」

陶枝點了點頭滿意道：「我也是這麼想的。」

「但妳還喜歡他，」安瑟瑟嘆了口氣，發愁，「這可怎麼辦呢？我一邊想讓妳跟喜歡的人在一起，一邊又覺得不能就這麼便宜他。」

陶枝一言難盡地看著她：「我感受到妳內心的矛盾了。」

「因為能夠喜歡一個人這麼多年，是幾乎不可能的事情啊，不過妳對他還餘情未了，這也說明妳是真的喜歡。但絕大多數人一生中是沒有愛情的，時間久了、年齡大了，更看重的就是適合度了吧？」安瑟瑟說，「就算有，也不一定有這個好運氣能碰到對的人。」

陶枝愣愣地眨了眨眼。

「妳既然能這麼好運地遇見能讓妳喜歡多年的人，現在卻要放棄，我不管他難不難受，但妳這樣也是在折磨自己，」安瑟瑟繼續說，「所以妳別意氣用事，也別因為一時的衝動就不管不顧地拒絕，冷靜下來去好好思考，妳到底是怨他離開妳更多，還是想繼續和他在一起更多就行了。」

週六上午，安瑟瑟按照溫明月傳給她的地址，找到了江起淮現在住的社區。

溫明月這次沒來，她認為安瑟瑟在上次的拍照中沒有出差錯，這次又只是補拍幾張生活照，跟江起淮那邊也都認識，只傳了一則訊息確定她到了，就忙著在雜誌社寫專訪稿。

社區是前幾年剛落成的大樓，綠化和設施都很完善，安瑟瑟按照訊息上的地址穿過社區綠化，一棟一棟地找，然後按了電梯上樓。

她依照門牌號碼按響了門鈴。

門鈴響起不到十秒，裡面的人甚至連問都沒問就把門打開。

江起淮一推看大門，就看見門口站著一位陌生的女人，他平靜地看著她後明顯頓了頓。

女人笑得一臉明媚：「江先生您好，我是《明日財經》雜誌的攝影安瑟瑟，提前跟您約好了時間來補拍幾張專訪用的照片。」

安瑟瑟說完，就看見江起淮的目光不動聲色地往她身後掃了一眼。

空蕩蕩的樓梯間裡，除了她以外沒有別人。

男人眼底的光也暗了下去。

安瑟瑟不曉得為什麼，忽然有報仇雪恨的快感。

「您好。」江起淮抿著唇點點頭，從玄關的衣架上隨手扯了一件灰色的大衣，在換上鞋後便直接走出家門，「走吧。」

安瑟瑟愣了愣：「不進去拍嗎？」

江起淮走在前面，按下了電梯：「旁邊有一家咖啡廳，環境很好。」

安瑟瑟：「……」

你以為來的會是陶枝，所以才直接給了住址啊？

因為和預期的不符，所以連家門都不讓人進去就直接換地方，是不是太現實了！

安瑟瑟一邊默默腹誹，一邊翻了個白眼跟上去。

咖啡廳確實很近，就在同一個社區的樓下而已，出了社區大門後，步行大約五分鐘就能抵達。

環境清幽，這裡的地段不算熱鬧，上午的時間人很少，大多數的人都是來這邊喝喝咖啡、看看書，消磨掉週末的閒暇時間。

只是在安瑟瑟看到這家咖啡廳的瞬間，心裡就開始焦躁，她向前兩步，勉強笑道：「這裡太多人了，要不要換一家？」

江起淮已經推門進去了：「二樓沒什麼人。」

安瑟瑟：「……」

她的視線在一樓掃了一圈後，才飛快地跟著上了二樓，在點過餐之後開始工作。

只需要補拍幾張他工作狀態以外的樣子，安瑟瑟手腳俐落，動作很快，江起淮也算配合，只是有些心不在焉，她沒提出要求的時候，他就撐著下巴看著樓下發呆。

咖啡廳的一樓，客人進進出出，臨近過年，玻璃門上方的舊鈴鐺還綁著紅色的長絲帶，隨著空調在空中搖擺。

某一個瞬間，江起淮游離的視線忽然定住。

一樓靠窗的桌邊坐了一個人，女人漆黑的長髮披散，遮住了半張臉，從側面看起來只露出了挺翹的鼻尖，頭上戴著一頂鴨舌帽，帽沿也低低地壓了下去。

江起淮驀地站起身來，等安瑟瑟反應過來的時候，他已經離開了鏡頭，直接下樓朝那桌走去。

他站在桌邊，長長的影子斜斜刷在深色的木桌上。

陶枝頭也沒抬，彷彿對這種情況習以為常，隨口說了句：「在等人。」

「等誰？」江起淮淡道。

陶枝身體一僵，帶著被抓包的驚慌，下意識地抬起頭來。

男人居高臨下地看著她，唇角向下撇著，眸色在日光下顯得比平時更為淺淡。

他手指抵著桌沿，走到她對面坐下來，平淡道：「在我家樓下的咖啡廳，等人？」

陶枝張了張嘴，本來想說些什麼卻沒能說出口，過了老半天才道：「那是挺巧的。」

江起淮看著她嘆了口氣。

他的聲音低下來，咬字很輕：「枝枝。」

當這個稱呼橫跨了時光和歲月，再次清晰於在耳畔響起時，陶枝藏在桌子下面的手指，忍不住地緊緊蜷在一起。

他語速緩而耐心，帶著一點小心翼翼，生怕下一句話就會把她嚇跑，商量似地說：「我們談談，好嗎？」

陶枝垂下眼，長長的睫毛也跟著覆蓋下去：「談什麼。」

「對不起。」江起淮說。

陶枝的睫毛顫了顫，指尖死死地掐進掌心。

他只是將這三個字說出口，她的眼睛就紅了。

江起淮目光深邃地看著她，平靜而認真：「我不是想嚇妳，但我不知道該說什麼，我只是……」

即便他絞盡腦汁也無法在貧瘠的大腦裡找出任何語言、對她說出漂亮的話，他頓了頓後再次開口，嘆息似地說：「我很想妳。」

陶枝的眼淚已經砸在桌面上。

江起淮無法控制，用指尖輕輕地觸碰了一下她濕漉漉的睫毛，聲音低啞而壓抑：「枝枝，我每一天都很想妳。」

江起淮從小就不太喜歡說話。

大概是性格和成長環境養成的習慣，他的話始終都很少，在剛被江爺爺接回來去上幼稚園的時候，班級裡的其他小朋友會吵吵鬧鬧地圍成一圈，朝他身上丟布娃娃，說他是個啞巴。

他不在意，也不想跟無關緊要的人交流，反正只要有爺爺在就好了。

就算他不說，江爺爺也會理解他。

遇見陶枝以後，他們兩個人之間，也總是她在說。

她好像有永遠都有說不完的話，永遠都有新鮮的事情要跟他講，像一棵鬱鬱蔥蔥的小植物一樣圍著他，始終生動飽滿、生機勃勃。

所以當他們再次相遇的時候、當她突然縮起所有葉子，不再朝他探出細嫩的枝芽的時候，江起淮突然不曉得該怎麼辦。

他第一次體會到什麼是「不知所措」。

不知道該從何說起，也不知道該怎麼開口，他還來不及組織任何詞彙，她就已經轉過頭準備離開了。

在慌亂之下的他還來不及思考，只是憑本能地抓住她即將抽離的葉片，可是那片薄葉很脆弱，江起淮不知道自己的衝動是不是扯痛她了。

他像一隻圍著玫瑰，有些無所適從地在原地轉圈的大狗狗，尾巴焦急地在土地上掃來掃去，卻只得到了飛揚的塵土，他想伸出爪子稍微碰碰她，卻笨拙地只會在嬌嫩的花瓣上留下傷痕。

在聽到他說出這句話的時候，眼淚已經先一步滑出眼眶，這時候的陶枝才意識到，她其實還是恨他的。

即使她清楚知道兩個人之間的性格差異，知道思考問題的方式不同而導致他們站在分岔路口時，彼此會做出大相逕庭的選擇，即使知道他並沒有錯，她還是會忍不住恨他。

怎麼會不恨？怎麼會不委屈？就因為還喜歡，所以才覺得恨。

正因為無論如何都無法將這個人從心裡抹去，所以在再次相遇的時候才依然覺得委屈。

我也一樣。

在過去的上千個日夜裡，都很想你。

陶枝用手背抹了一把眼睛，她吸了吸鼻子，啞著嗓子說：「我不要原諒你。」

江起淮扣在桌面上的指尖動了動，爾後慢吞吞地蜷起來，他似乎還想碰碰她，卻很克制地壓抑著這股衝動。

他低沉地「嗯」了一聲。

「你也不準靠近我，」陶枝繼續說，「我這個人很怕生，不喜歡陌生人跟我走得太近。」

江起淮收回手，又應了一聲：「我知道了。」

「還有，現在追我的人很多，你要是也想加入，得先排隊領號碼牌，你不要覺得不服氣，」陶枝抬起頭，癟嘴瞪著他，雙眼還很紅，委屈地控訴道，「當初是你先不要我的。」

這句話就像是有人拿著一把鋒利的叉子，用力地插在江起淮的心頭上攪動。

江起淮看著她通紅的眼角，清了清發啞的嗓子，目光冷淡卻認真：「我沒有拋下妳，無論妳去哪裡，我都會找到妳的。」

陶枝的睫毛輕輕地顫抖了一下，她彆扭地撇開視線，不開心地小聲嘟囔：「你才不會找我，你這麼多年都沒有找過我，萬一你回來找我的時候，我連小孩都有了，你該怎麼辦？」

江起淮還來不及開口，陶枝就涼涼地繼續道：「到時候我就要你當我家小孩的乾爸，讓你天天看著我跟我的真命天子秀恩愛。」

女孩的鼻尖還紅著，嗓子啞啞的，看得出情緒比以前快樂不少，像是玫瑰乾枯的枝葉藤蔓再次被養分充盈，緩慢地重新展開葉片。

雖然沒有接受他，但至少不會再跑開了。

江起淮吐出了一口氣，人往椅子上靠了靠，他的目光被柔軟的睫毛覆蓋，讓人有種帶了幾分溫柔的錯覺：「所以，我現在領到號碼牌了嗎？」

陶枝用指尖在桌沿上刮蹭了兩下，視線來回飄了兩圈，看見桌邊擺有讓顧客寫評價和心情的咖啡杯便利貼。

她從上面撕了一張下來，隨後抽出小木盒裡的鉛筆，迅速地在便利貼上寫下一串數字後遞過去。

江起淮在接過後看了一眼，是一串手機號碼。

她換了新的號碼，怪不得一直連絡不上。

陶枝收回了手，將鉛筆重新放進木盒裡，然後故作嚴肅地說：「等通知吧。」

那一刻，女生努力維持的表情熟悉又可愛，江起淮忍不住，小幅度地翹了翹唇瓣，一本正經地回應道：「我明白了。」

陶枝點點頭，將鴨舌帽壓下後，一臉高冷地站起身。

她站在桌邊，居高臨下地看著他：「有緣再見。」

她身後的安瑟瑟在二樓看完整場戲，看見陶枝要走，她一路小跑下來跟在她後面離開咖啡廳。

陶枝板著臉一直走到了街上，才終於鬆了一口氣，她轉過頭來忐忑地說：「我剛剛表現得怎麼樣？他突然出現，嚇死我了。」

安瑟瑟比了個大拇指：「完美，女王，有氣場。」

她直接忽略陶枝哭到眼睛通紅的那一段，畢竟有些反應是最直接真摯的，大概連當事人都控制不了，不是很想重新審視丟臉的畫面。

安瑟瑟笑咪咪地看著她：「見面稍微聊幾句後，是不是覺得比憋著的自己還要更強？」

「也沒聊什麼，就說了兩句話。」陶枝小聲嘟囔，忽然轉過頭來狐疑地看著她，「妳是不是故意帶他來這家咖啡廳？」

安瑟瑟一臉無辜地高舉雙手：「真的是湊巧，是他帶我過來的，要是知道他會來這家咖啡廳，我絕對不會讓妳在這裡等我。」

陶枝勉為其難地相信了：「好吧。」

江起淮傳送了一則簡訊到陶枝的手機號碼裡，並加了她通訊軟體的好友，他等這個「通知」等了一晚，追求的對象也沒有再傳任何訊息給他。

直到隔天早上，面試官才終於通過他的好友請求，高貴冷豔地回覆了兩個字：『姓名？』

江起淮十分配合地打字：『江起淮。』

十分鐘後。

面試官說：『你排在第三千八百二十一號。』

也不知道是為什麼，她這號碼不用阿拉伯數字，而是特地用國字打出來。

大概是看起來比較有氣勢。

江起淮將毛巾放到還在滴水的腦袋上，赤腳踩著地板：『妳這個排隊人潮比我家樓下的火鍋店還要多。』

面試官：『？』

面試官：『你被刷掉了，退下吧。』

江起淮：『？』

江起淮手指頓了頓：『我想早點見見公主。』

面試官：『你想得美。』

陶枝把手機丟在床上，銀色的小手機陷進柔軟的被子裡，她鼓著雙頰，氣憤地盯著看了好一會兒。

還嫌棄她的隊排得長！

她當年追他的時候，都沒有嫌棄和他差了那——麼多分呢！

即便陶枝進了工作室以後，心情仍舊鬱悶。

今天的安瑟瑟難得坐在自己的辦公桌前，見她進來後招了招手：「來了？我看了一下之前幫前男友補拍的那幾張照片，妳看一下要怎麼調色調，才會比較自然。」

「不看。」陶枝沒好氣地說。

安瑟瑟扭過頭去，跟旁邊的許隨年對視一眼。

陶枝走到桌前坐下，再次抽出手機，看著通訊軟體上那位備註為「第三千八百二十一號」的追求者。

安瑟瑟的腦袋突然從後面伸過來：「三千八百二十一號，這是什麼？囚犯編號嗎？」

陶枝被她嚇得手一抖，手機差點掉到地上，她一本正經地說：「這是我的追求者。」

「……」安瑟瑟不知道這對男女為什麼都喜歡玩這些花裡胡哨的東西，這可能是她不了解的情趣。

安瑟瑟明知故問：「妳是一共有三千八百二十一個追求者，還是只有三千八百二十一號這位追求者？」

陶枝不想理她，她放下手機，轉身走去工作室後院。

這間工作室分前後兩院，前面主要負責接待客戶和執行日常工作，後院被改成一個小花園，兩棟獨立的小房子建在旁邊，一間是暗房，另一間是臨時休息室。

陶枝將頭髮綁起來，看了時間一眼後走進暗房裡。

裡面兩間屋子，一間是數位暗房，一間用來沖洗底片，現在大多數的照片都是用數位暗房來進行後期調整的，不過比起數位照片，陶枝其實更喜歡老式的底片。

她手邊沒有別的工作要處理，閒下來的時間就看看自己最近拍的所有照片，弄一些感興趣的東西，順便審視有沒有能讓自己感到滿意的作品。

等到她離開暗房的時候已經過了中午，陶枝走出暗房後洗了個手，然後回到工作間，她前腳剛踩進門，後腳安瑟瑟和許隨年就同時轉過來看著她。

陶枝被看得發毛，一句「幹嘛」都沒有問出口，她的視線才剛從門口接待處的沙發上飄過，又立刻被人拽了回來。

江起淮坐在深棕色的皮沙發上，低著頭玩手機，神情專注，並沒有往裡面看。

「不到十二點就來了，等了妳很久。」安瑟瑟湊過來小聲說。

陶枝：「……那妳怎麼不叫我？」

「妳在暗房裡啊！誰敢去叫妳？我怕妳說我打擾妳工作，然後把顯影液都潑在我身上，」安瑟瑟說，「而且我跟他說過妳在忙，他說不用叫妳，他在這邊等一下就好。」

她們在裡面的聲音很小，中間又隔著一道木製拉門，但江起淮還是聽見了聲音，他驀地抬起眼，透過室內的落地玻璃隔斷往裡面看過來。

陶枝和他的視線對上，趕緊閉上嘴，皺了皺鼻子走過去：「你怎麼來了？」

江起淮看了手錶一眼：「來找妳吃個飯。」

「你要自稱三千八百二十一號，」陶枝打斷他，皺著眉，不是很滿意地說，「說明你是誰，還得盛情地邀請我才行，要有一點作為追求者的自覺。」

江起淮垂著眼，平靜淡漠的臉上劃出了一點不易察覺的裂痕：「……枝枝。」

陶枝眨了眨眼看著他，一語不發，漆黑地眼睛十分明亮，像是在期待著什麼。

按照陶枝對他的了解，在正常的情況下，她這樣故意找碴，江起淮應該會馬上變得刻薄才對。

但他沒有。

江起淮只是嘆了口氣。

半晌。

「本人，第三千八百二十一號，」他面無表情地說，「盛情邀請公主賞臉吃個飯。」

「……」

陶枝努力憋笑，雙手合十，一臉圓滿地閉上了眼睛。

第二十八章　我的枝枝

仔細地回想一下，就算是從高中的時候開始算起，陶枝跟江起淮一起吃飯的頻率其實不高。

除了她跑去他家的時候，或是厲雙江召集大家一起聚餐之類的。

兩個人單獨出去吃東西，確實沒幾次。

更別提是他主動的，每一次的單獨相處，都是陶枝不忍心看他一個人吃飯，於是紆尊降貴地主動提出願意陪著他。

直到上車的時候，陶枝都還沉浸在「本人，第三千八百二十一號，盛情邀請公主賞臉吃個飯」這種十年一次的快樂之中。

有些話，就是那麼的一生一次，要在特殊的情況下才說得出口，值得用錄音筆錄下來回味終生。

可惜她剛才沒有帶著錄音筆。

陶枝遺憾地嘆了口氣，扭過頭看了駕駛座上的男人一眼。

她雖然對車子不太熟悉，但她還是認得最基本的幾個牌子。

陶枝看了他方向盤正中央套在一起的圓圈一眼，忽然有些感慨：「江起淮，你現在好有錢，你有車了。」

她非常單純又直接地說。

江起淮被她直截了當且不帶任何遮掩的話給影響，忍不住彎了一下唇角：「公司配的。」

陶枝繼續說：「我上次坐你的車的時候，還只是自行車，沒想到才第二次就有車頂了。」

她突然懷念起那時候的點滴，回憶道：「你騎得很快，到下坡的時候還不提醒我。」

江起淮猶豫了一下，忍不住說：「我提醒了。」

陶枝沒想到他居然還會狡辯：「你那個叫提醒？你再晚一點提醒的話，下坡都要過了。」

「妳自己也沒有注意。」

「我要注意什麼？你有沒有看過青春文藝片啊？女主角都不用看路，我們只要負責漂亮就行了。」陶枝面無表情地看著他，「你現在是想甩鍋給我？」

等紅綠燈的時間，江起淮把手腕搭在方向盤上，轉過頭來看著她：「沒有。」

陶枝很嚴肅地和他對視，忽然覺得自己有點幼稚。

在重新提起這些往事的時候，陶枝本以為自己早已忘卻這些距離遙遠、像是塵封在腦海中落下灰塵的記憶，沒想到再次像古老的底片一樣連成一排。

它們一卷一卷地鋪展在眼前，連早已晦暗褪色的畫面都跨越漫長的時間軸和現在相連，重新變得鮮活又生動。

不算溫暖的秋色裡，清晨的大學校園林蔭下，自行車的車輪沙沙地碾過滿地金黃色的落葉，少年的制服外套在背後被風鼓起，洗衣精的清爽中夾雜著他的氣味，迎風直撲鼻尖。

那天，她第一次認真地向喜歡的少年告白。

她不知道，江起淮是不是也正和她一樣想著同一件事，只是他看著她的表情，幾乎同時沉靜了下來。

他搭在方向盤上的那隻手，微微地抬了抬指尖。

十字路口的交通號誌閃爍成綠色，從身後傳來的清脆喇叭聲打破車內的沉默。

兩人像是同時從幻境裡被喚醒，陶枝眨了眨眼，倏地轉過頭去。

江起淮抬起的手指懸在空中，頓了一秒，重新搭上方向盤，緩慢發動車子。

江起淮挑的餐廳離陶枝的工作室不遠。

這裡有一大片藝術園區，隔著幾條街上有著畫廊、木雕和各種稀奇古怪的藝術展，再往前一點就是國家藝術館，屬於人潮密集的地方。

江起淮挑了一家西班牙菜，濃墨重彩的裝修風格，處處透出熱情又熱烈的異域風，跟神情冷漠的某人格格不入。

他們坐下點餐，陶枝偷偷看了他好幾眼。

江起淮被她盯著看了好幾次後，從菜單上抬起眼：「怎麼了？」

「沒什麼，」陶枝實在地說，「只是沒想到你會喜歡西班牙菜。」

「我不挑，只是覺得妳會喜歡，」江起淮重新看起菜單，平淡道，「之前開車路過的時候就想帶妳來了。」

「喔。」陶枝眨了眨眼睛，然後別開視線，唇角忍不住翹了翹。

陶枝確實很喜歡西班牙的風土文化，美食也很合她的胃口，江起淮挑得這家餐廳味道很正宗。飯後，陶枝大口挖著玻璃杯裡的霜淇淋，享用起甜品。

甜品下肚後，江起淮把陶枝送回工作室。

他們吃飯的時間本來就晚了一點，回到工作室的時候將近三點，陶枝本來打算今天就直接請假出去玩。

但她矜持地忍住了。

車子停在工作室門口，陶枝在下車後繞過車頭往前走，她沒有轉身去看，只是悶著頭，慢吞吞地向門口走去。

在快要走到門口時，身後的江起淮突然叫了她一聲：「枝枝。」

陶枝腳步頓住，她調整了一下表情後板著臉，裝模作樣地轉過頭來：「幹嘛？」

江起淮將車窗降到最底，手臂搭在車窗邊緣，看著她問：「下次排到三千八百二十一號的時間是什麼時候？」

陶枝頓了一下，思考著該怎麼回答他這個問題，然後她故作高冷地揚著下巴：「你繼續等通知吧。」

江起淮盯了她幾秒，驀地低下眼去，笑了一聲。

陶枝有些不自在：「你笑什麼？」

「沒什麼，」江起淮在收起笑容後重新抬起頭，唇邊還帶著來不及斂起的弧度，「那我等妳通知。」

陶枝朝他揮了揮手，彆扭地說：「再見。」

她轉過身去，像個大爺一樣背著手，大搖大擺地晃悠進屋裡。

站在門口，陶枝隱約聽見車子離去的聲音，等了一會兒，外面也澈底安靜下來，她才轉過頭。

江起淮的車已經不在門口了，陶枝抿著唇，開心地在原地蹦跳一下，忍不住揚起了唇角。

她背著手轉過身來往裡面走，許隨年剛好從裡面端著咖啡杯走過去，陶枝趕緊戳了戳唇角，然後掩飾般地往下拉了拉。

之後的幾天，陶枝依然沒有主動傳訊息給江起淮。

只是江起淮也沒有再傳給她，問她什麼時候可以面聖了。

陶枝什麼都沒有表示，只是不動聲色地傳了訊息給林蘇硯，詢問一下老同學最近的工作和生活還順利不順利，快不快樂。

林蘇硯到晚上才回覆她下午傳過來的訊息：『剛看到訊息，錢包是很快樂，別的不快樂，最近每天忙到恨不得自己能長出三頭六臂。』

陶枝橫躺在沙發上敷著面膜，在看見這則訊息後，把手機丟到一旁，勉為其難地接受這個原因。

林蘇硯都忙成這樣，江起淮大概也很忙。

她掀起面膜的時候，手機再次震動了一下，陶枝用沒沾到面膜液的小拇指滑開螢幕，畫面還停留在剛剛和林蘇硯的對話內容上。

林蘇硯：『我的老大都忙到生病了，發燒燒到快四十度，還吃退燒藥繼續在家裡工作。』

她突然把臉上的面膜扯下，從沙發上爬起來，抽了張紙巾擦了擦手，打字確認道：『四十度？你們老大？你上司？他沒去醫院嗎？』

林蘇硯：『對啊，他沒去醫院，今天也只是請假在家工作，剛剛還傳給我新的客戶資料。』

此時，付惜靈抱著電腦走進客廳，看到陶枝還沒把面膜液洗掉，靜靜地站在沙發前，一臉糾結地看著她。

付惜靈愣了愣：「怎麼了？」

「靈靈，江起淮生病了，」陶枝憂鬱地說，「很嚴重。」

「啊，」付惜靈順著她的心意說，「那妳要去看看嗎？」

「這不太好吧，」陶枝皺著眉，嚴肅道，「他只是我的前男友而已。」

付惜靈和陶枝有著多年的交情，對於她的心思和性格，付惜靈稱不上是能拿捏得分毫不差，但至少也八九不離十，她點點頭說：「雖然只是妳前男友，但大家好歹也是老同學，而且學霸現在一個人住吧？生病也沒人照顧，太可憐了，我覺得去看看也是可以的。」

陶枝被她完美的邏輯說服了。

她沉吟了兩秒後認真道：「我覺得妳說得很有道理。」

陶枝一邊說著，一邊飛速地把面膜液洗掉，出來的時候只丟下了一句話：「我去換衣服。」

「……」付惜靈嘆了口氣。

為了不讓自己顯得太刻意，陶枝穿得很低調。

米白色羊絨的連衣裙，搭配一件深色外套，她剛洗完澡，也顧不上有沒有化妝、氣色看起來好不好的這些事情了，她直奔地下停車場，掏出車鑰匙，開始導航江起淮的住處。

接近晚上九點，二環高架下面的那一段路已經塞得水泄不通了。

半個多小時以後，陶枝宛如蟒蛇般地繞過擁擠的車流並過了二環高架，將車子停在社區地下室的收費停車場，然後按照安瑟瑟上次傳給她的地址，站在江起淮的家門口。

他家的這一棟樓層數不高，每棟有兩部電梯，一層樓有三戶，各間的玄關分別開在不同的方向，中間還有隔間，有很好的隱私性。

陶枝嘆了口氣。

無論過去多少年，無論長到多少歲，她依然是那個因為想做就做，不管不顧的衝動性格。

因為想見，所以就來了。

跟幾年前的一模一樣。

陶枝就站在那個密碼鎖前，低垂著頭長長地嘆了口氣，然後湊過去按響門鈴。

等了一會兒，她聽見電梯發出很輕地「叮咚」一聲，然後緩緩打開，有人從裡面走了出來，大概是同層的鄰居。

她往裡面站了站，努力地縮進牆角裡，然後又按了一下門鈴，皺眉。

這個人怎麼不開門啊？

暈倒在裡面了嗎？

陶枝有些著急，她用指尖抵著門邊，將眼睛湊到貓眼的地方，半瞇著一隻眼往裡面看，卻只能看到一片漆黑。

剛出電梯的那位鄰居突然停下腳步，大概是覺得她行為詭異，不像好人。

陶枝轉過身來抬起眼，剛想說話，就見著這位鄰居側身靠在旁邊的隔間上，有些散漫地抬了一下眉骨：「來偷東西的？」

陶枝張了張嘴，指著裡面：「你不在家？」

江起淮直起身走過來：「我為什麼會在家？」

「你不是生病了，所以在家工作嗎？」

「嗯？」江起淮按亮密碼鎖，將所有密碼按完後轉過頭來，語氣平緩，「我的辦公室裡還有妳派來的間諜？」

陶枝頓了一下，她噎住了，心虛地別開眼。

房門應聲而開，江起淮拉開門往旁邊讓了讓：「進來吧。」

見他沒糾結上一個問題，陶枝在鬆了一口氣後踏進屋內。

他的新家跟以前的房子很不一樣。

裝修風格簡潔明亮，開放式的廚房很大，餐桌也不會因為擠到門口而讓人落不下腳。客廳寬敞，沙發茶几前的那一塊牆壁沒有電視，只放著兩排大書架，書架旁邊的落地窗前，依舊擺著一張單人的懶人沙發，旁邊的方形小木桌上擺著一套象棋。

棋還沒下完，棋面上的車直接殺過楚河漢界，而炮端端正正地架在隔岸中間，黑棋被將軍了。

陶枝站在桌前看得有些出神，恍惚間，又好像看到在窗臺前的單人小沙發上，坐著一位白髮垂髫的老人，老人家戴著老花眼鏡，手裡捧著一本書，笑得眼睛彎彎，遊刃有餘地對她說：「考慮好了啊，妳炮過來，我可是要跳馬的。」

她匆匆地垂下眼，揉了揉有些發酸的鼻尖，將視線從棋盤上移開後轉過身來。

江起淮已經脫掉了外套，他走到廚房，從冰箱裡拿出東西，然後在水槽邊洗了手，身上的襯衫布料也隨著動作，隱約勾勒出骨骼和肌理的輪廓。

這哪像是有發燒到四十度的樣子？

陶枝從口袋裡抽出手機，傳了訊息給林蘇硯：『你不是說你的老大發燒到四十度，在家工作嗎？』

林蘇硯：『對啊。』

陶枝歪著腦袋，又看了江起淮一圈：『他看起來沒什麼問題。』

林蘇硯：『？』

陶枝：『？』

林蘇硯：『妳在說誰？』

陶枝：『我說你們總監。』

林蘇硯：『？』

林蘇硯：『我說的是我們組長。』

陶枝：「……」

你有幾個老大啊？同樣是海歸回來的金融碩士，你的官位怎麼會這麼小？

林蘇硯：『但是，妳為什麼會認識我們總監？妳之前不是還說人家是卡西莫多？說人家破百公斤？』

陶枝一臉安詳地把他靜音了，在退出聊天畫面後將手機螢幕鎖起。

她做完這一系列的動作後，江起淮剛好走出廚房，手裡還端著一盤剛洗好的草莓。

玻璃水果盤裡的草莓，顆顆飽滿鮮紅，末端的葉子依然被摘得乾乾淨淨，陶枝看著水滴順著鮮豔的尖端滾下去，滴進盤子裡，小聲嘟囔：「為什麼你們家一直都有草莓？」

「湊巧就有，」江起淮將盤子放在茶几上，側頭，「吃過晚餐了嗎？」

陶枝疑惑道：「你還沒吃嗎？」

「嗯，剛下班，」江起淮再次走進廚房，從冰箱裡抽出一條掛麵，拿出幾顆番茄和雞蛋，打算煮個簡單的雞蛋麵來吃。

陶枝老老實實地坐在沙發前吃了兩個草莓，漸漸有些坐不住後，她咬著草莓跑去廚房，把腦袋湊上，看著他面前的鍋子。

即便只是簡單的雞蛋麵，連一點肉味都沒有，陶枝依然聞到一股香味。

她咬著草莓，指著那沸騰的湯鍋，聲音含糊地對著他指揮道：「三千八百二十一號，我也想吃一點，幫我煮一碗。」

女孩子的臉以極近的距離靠過來，她今天沒化妝，整潔乾淨的漂亮臉蛋，細膩得像是剝皮的水煮蛋，眼珠漆黑，睫毛根根分明。

她嘴裡咬著半顆草莓，淺紅的汁水染紅柔軟的唇瓣，還沒被吞下去的草莓，悄悄地在唇齒間露出頭。

江起淮的視線落在那顆草莓上，停了片刻，鋒利的喉結不受控制地滾了滾。

他匆匆撇開了視線：「老實一點，出去等著。」

陶枝被他趕出了廚房，一臉莫名地撇撇嘴，也不知道自己是哪裡不老實了。

她將草莓吞進肚子裡，晃悠進了客廳。

這間房子的面積看起來不大，不過格局很好，裝修也舒服，客廳另一端的走廊的右手邊第一間就是臥室。

臥室門沒關，床邊的檯燈也開著，陶枝沒有進去，只是幫他關上臥室門，在她握上門把的時候，也只是隨意地往裡面看了一眼。

依然是很簡單的房間，沒有書桌以後，比以前看起來還要乾淨，暗色牆壁上沒有任何裝飾，只有一張照片掛在床頭。

陶枝在看見那張照片的時候，停下了動作。

她的手指還搭在門把上，整個人愣在原地。

那是一張很小、很普通的落日海邊，是她第一次參加國內某個私人攝影拍賣展時所展出的作品。

因為太普通了，所以在當時無人問津。

即使再普通，即使已經過了很多年，正因為是自己的作品，所以陶枝一眼就能認出來。

照片裡，天邊的火燒雲紅得像是有人往天上擠了一瓶番茄醬，浪花捲起細沙沖向沙灘，照片最邊緣的下方，一隻纖瘦白皙的腳丫子探入鏡頭，腳面還黏著細沙，頑皮地踩進薄薄的海水裡。

而這張照片，現在應該在當年那場拍賣展上，唯一願意買下她的照片的人手裡才對。

當陶枝將臥室門關上，再次走進廚房的時候，麵已經煮好了。

番茄蛋花的清湯麵，掛麵細白柔韌，湯麵上的蔥花炒得青綠，麵碗上頭還鋪著一個小小的溏心煎蛋。

江起淮回身，將麵碗放到桌上推到她面前，又遞給她一雙筷子。

陶枝坐在作為廚房隔間的長桌前，用筷子戳破煎蛋。

嫩黃色的流心從被戳破的薄蛋白下方冒出，流淌到麵條上。

陶枝在吃了兩片番茄後放下了筷子。

江起淮坐在對面抬起眼來：「怎麼了？」

陶枝托著腦袋，撐著桌子：「不想吃了。」

江起淮跟著放下筷子：「不好吃？」

「沒有不好吃，」陶枝心不在焉，看起來有些無精打采的，「就是突然不想吃了。」

「想吃什麼？」江起淮問，「要吃雞翅嗎？」

陶枝愣了愣，她抬起頭來：「有雞翅嗎？」

「湊巧有，」江起淮看了時鐘一眼，「只是要稍微等一下才吃得到。」

陶枝沒說話。

草莓是湊巧，雞翅也是湊巧。

在日式料理店的偶遇也是湊巧，多年老友的直屬上司剛好是他也是湊巧。

就連她沒人要的照片，都剛好在他手裡。

陶枝看著他低聲道：「真的只是湊巧的嗎？」

江起淮起身拉開冰箱門，把一袋冷凍雞翅從冷凍庫抽出來，在聞言之後轉過身。

陶枝走過去，將他手裡的那袋雞翅拿過來：「你為什麼回來了？」

江起淮看著她，沒說話。

「你為什麼放棄美國的工作，選擇回國？」她輕聲問，「是因為被高薪挖角嗎？」

江起淮垂眼：「不是。」

陶枝深吸了一口氣：「上次在日式料理店重新遇見，也是湊巧嗎？」

「不是。」

「照片，」陶枝繼續問，「你臥室裡的那張，買下來的時候，你不知道攝影師是誰嗎？」

江起淮靜默了一下，淡聲答：「我知道。」

陶枝使勁地捏了捏指尖，黑眼直直地看著他，問出最後一個問題：「你還，喜歡我嗎？」

他壓低濃密的睫毛，琉璃似的淺棕色雙眸，眨也不眨地看著她，某種激烈而壓抑的情緒，不受控地向上翻湧，他張了張嘴，卻沒能發出聲音，只是輕輕地，喘息似地吐出了一口氣。

半晌，他低聲說：「喜歡。」

他聲音發啞，緩慢地，一字一字地咬著，吐字很輕，又似乎帶著很沉的重量重複道：「一直喜歡妳。」

陶枝沒有說話，捏著指尖的手指緩緩放鬆，爾後垂下。

她一直在等待的，大概就是這個。

陶枝有時候會忍不住去想，如果當年她跟江起淮沒那麼年輕，是不是一切都會不一樣？

她原本有好多還來不及說出口的話，只是當她聽到那句「別再來了」的時候，她所有的理智和耐性，被一種難以言喻的背叛和憤怒衝撞得粉身碎骨。

她從來沒有恨過他選擇離開，她只是恨他沒有選擇相信她，也相信自己一次。

她當時是帶著不再相見的決心離開的，不再去幻想有什麼以後，只是她沒有想到，再次見到江起淮的時候，她的心臟還是會不受控制地悄悄甦醒。

就連她自己都低估了對他的喜歡。

安瑟瑟之前跟她說，覺得不能這麼便宜他，陶枝當時還處於有些茫然的狀態，不能理解。

她還喜歡江起淮，其實只要有這一點就夠了，只要她還喜歡他，那麼到底是吃虧還是占便宜，又有什麼關係？誰又說得清呢？

有什麼好逃避和不安的，有什麼可委屈和抱怨的，本來就沒有任何人犯錯，兩個人之間只要還相互喜歡，只要她喜歡他，他也還喜歡她，陶枝就覺得不必計較這麼多。

她是不會輕易放棄的勇士，是一往無前的太陽，既然整理好之前的混亂情緒，那就繼續向前走就可以了。

陶枝將雞翅重新塞回他手裡，然後背著手靠在餐桌上，清了清嗓子瞥著他，嚴肅地說：「那，你還有其他的話要說嗎？三千八百二十一號。」

她板著臉看著他，在漆黑的雙眼中，透出一絲絲的期待。

情緒轉變太快，江起淮還沒反應過來。

他看著被她重新塞回手裡的冷凍雞翅，一時之間也不知道她想聽什麼，或者該說什麼才不會又把她嚇跑。

她那麼愛吃，說一些和食物相關的話應該沒錯。

江起淮耐著性子，試探性地問：「還要吃雞翅嗎？」

「……」陶枝被氣得眼前一黑，她閉了閉眼，踩著拖鞋坐回客廳的沙發。

江起淮將那一袋凍得硬邦邦的雞翅丟進水槽裡，雞翅撞擊水槽牆發出「咚」的一聲，他也沒理，洗個手就走過去。

陶枝聽見他過來，直接拽過一個抱枕，把腦袋整個埋進去，不想理他。

這個世界上怎麼會有這麼悶的人？

她暗示的難道還不夠明顯嗎！

她抱著抱枕悶了老半天，也沒聽到旁邊有什麼聲音。

陶枝揪著抱枕柔軟的布料，腦袋從上面探出來，露出一雙明亮的眼睛。

江起淮坐在她旁邊的位子，上半身微微前傾，手臂也搭在膝蓋上，側頭看著她。視線對上，他突然開口：「我不只是因為攝影師是妳，才把照片買下來的，妳拍得很好看。」

陶枝愣了愣，把下巴擱在柔軟的抱枕上看著他。

離開實驗一中以後，江起淮沒有跟任何人聯絡過。

除了季繁。

說起來也很神奇，江起淮一直覺得彼此是屬於那種互看不順眼的關係，季繁也從不吝嗇地表現出對於他的不滿，但是在私下交流過後，卻發現過程非常愉快。

他們的聯絡裡，往往是季繁說得比較多，他只是偶爾問問罷了，而季繁會跟他聊各種事情。

比如她最近一次的考試退步了一百分，她比之前還要更拚命地讀書，幾乎每天都不休息，她第一次考到七百分，整個人都要在家裡飛起來了。

她好不容易找到一間只憑美術課成績來招生的學校，可以學自己想學的專業了，她第一次拿作品參展，第一次將照片投稿到國際規模的比賽中拿了獎項。

那張照片是陶枝第一次參加的，是由一位攝影愛好者所舉辦的私人性質拍賣展，參展的都是一些名不見經傳的業餘愛好者。他當時就遠遠地看著她蹲在那張照片的相框下，兩隻手托著腦袋，認真又耐心地看著她的作品，等了好久，依舊也沒等到有人為了這張作品而停下腳步。

她就這樣等了一整個下午，從正中午等到夕陽西下，江起淮看見她站起來，揉了揉發麻的腿，像是在老家牆上蜷著的那隻貓咪一樣，看起來孤單又失落。

因為不是有名的攝影師，因此照片也沒人抬價，所以不貴，但還是花光了江起淮當時身上的所有的金錢。

他看著展場上的工作人員，精緻地將那照片一層層地包好，照片裡的夕陽染紅一大片的海，少女的腳背和小腿卻像是不願被這種鮮豔的色彩淹沒，跟她整個人一樣，顯眼又生動，溫暖而鮮活。

一如既往，一如現在。

江起淮側著頭，盯著那個還沒完全沒反應過來的女孩繼續說：「我回國，也是為了找妳；會去日式料理店，是因為知道妳去了；至於雞翅，這個確實只是習慣，」江起淮有些無奈地說，「因為妳總是喜歡一聲不吭地就往我家跑。」

他一句句說下來，陶枝的耳朵已經開始發燙了，直到聽到這句，她才忍不住小聲地反駁：「誰總是一聲不吭地往你家跑了？還不是以為你病得很嚴重。」

而讓她徹底坐不住的，是付惜靈的那句：學霸他一個人。

她慢吞吞地將他上面那些亂七八糟，左一下右一桿的直球給全都吸收掉後，揪著抱枕上的絨毛，繼續說：「所以呢？」

她第二次期待地看向他。

「所以，」江起淮深吸了一口氣，繼續說，「我不是一時興起，從離開的那天起，我就想著回來，我知道妳可能暫時無法再接受——」

他話還沒說完，陶枝抬起手來，將掌心對著他高高地舉起。

她閉著眼，心平氣和地說：「你趕緊閉嘴，你再說下去，我怕我氣到這一巴掌會直接拍到你臉上。」

陶枝急得想直接衝上去咬他一口。

怎麼會有如此不解風情的男人？

是她表現得還不夠明顯嗎？

但是此刻的陶枝很享受他主動獻殷勤的樣子，像隻大狗狗似的，萬一她主動起來，江狗狗又變回以前那個討人厭的刻薄狼的話該怎麼辦。

正當她在亂七八糟地想著這些事情時，舉在他面前的指尖忽然被人捏住。

男人的手指有些冰涼，捏著她的指尖將人拉過來，然後攏在掌心裡輕輕握住。

陶枝愣了一下後睜開眼。

指間交纏，陶枝的心猛地跳了一下。

江起淮微微地靠過來，將她懷裡的抱枕往上一拉，隔在中間，拉近彼此的距離，中間只有一個柔軟的抱枕作為遮擋。

江起淮的下顎靠著抱枕，連帶著半個身體的重量都跟著壓上去：「枝枝，我一直喜歡妳，」他的額頭往前抵了抵，眉眼收斂地看著她，目光幽深而綿長，聲音聽起來有些悶，「想重新跟妳在一起。」

客廳光線黯淡，沙發旁立著的落地釣魚燈散發出明亮的白亮，廚房的燈也沒關，透過線條簡單的隔間，點亮客廳另一端的空間。

他的呼吸近在咫尺，吐息間的氣息順著柔軟的沙發靠墊，如霧氣般包裹上來，彷彿帶著滾燙熱氣，讓人下意識想要往後退。

連空氣都是燙的。

陶枝覺得新家的暖氣和以前的那個老國宅相比，實在是給得太足夠了。

她揪著抱枕的花邊後將下巴壓進去，看著他近在咫尺的睫毛。

江起淮的睫毛應該沒有比她長，卻非常濃密，讀書的時候經常看得她心裡發癢，讓人很想扯下幾根來研究研究。

陶枝盯了一會兒後才匆匆別開視線，她垂著頭，嘴巴也跟著捂下去：「你這樣很沒誠意。」

江起淮輕輕揉了一下被他抓住的手指，虛心求教道：「怎麼樣才算是有誠意？」

以很輕的力道揉捏著她的指尖，陶枝整個人一麻，想說的話也瞬間被清得一乾二淨。

江起淮像是沒有察覺到似的，耐心地說：「現在不能接受也沒關係，妳要我等多久都可以。」

他一邊說著，一邊慢條斯理地捏著她的指尖。

女孩的手跟男人不一樣，明明看起來纖細且全是骨頭，捏在手裡的觸感卻軟得像是麵團，讓人捨不得鬆開。

就像她整個人一樣。

江起淮不受控制地想起很久之前，將她擁入懷中時的溫度。

柔軟又溫暖，就好像輕輕抱著她，甚至只是看著她，心中的那一塊黑洞也全被填滿了。

陶枝終於忍不住抽手，將抱枕又往上拽了拽，把半張臉遮起來，只露出一雙眼睛看著他：「別等了。」

江起淮頓了一下。

陶枝眨了眨眼，聲音被悶在抱枕後頭：「也沒什麼好等的。」

江起淮的呼吸停住了。

他半晌未動，似乎是有些受寵若驚，還在緩慢地理解她話裡的意思，過了片刻才開口：「我以為我得追上幾年。」

陶枝早就已經被他那頑固的腦袋給弄到沒脾氣了，她一本正經道：「你要是想再追個幾年，我也不是不能配合。」

江起淮低著眼笑了一聲：「晚了。」

他將隔著彼此的抱枕扯掉後丟在地上，牽著她的另一隻手則往後帶了帶。

陶枝的手臂被她拉過去，連帶著半個身子都跟著往前靠，她的額頭撞上他的鎖骨，還來不及直起身，就被人輕輕捏住後頸，腦袋也往上抬了抬。

江起淮覆在她頸後的手指緩慢上抬，指腹劃過脖頸處細膩的肌膚，穿過髮絲後扣住後腦，陶枝微仰著頭，眼睛都還來不及眨，只是靜靜地看著他靠過來的睫毛。

唇瓣被人輕輕咬住，舌尖抵著唇縫，溫柔而細膩地舔舐，像是耐心的狼一下一下地敲響木門，等待著裡面的白兔開啟門扉。

他和第一次的蜻蜓點水、小心觸碰是截然不同的，深入而綿長地吻她。

陶枝順從地張了張嘴，男人扣在她腦後的掌心重重地往前按住，大張旗鼓地登堂入室。

他握著她的手十指交纏、掌心灼熱，指尖用力地扣住柔軟的手背。

陶枝控制不住，從喉嚨裡溢出很輕的一聲嗚咽。

這個聲音就像是催化劑一樣，不停挑撥著他腦子裡那根緊繃欲斷的理智神經。

江起淮長腿微曲，膝蓋抵住沙發坐墊，身體跟著前傾低下，將她整個人壓進沙發裡。

他抬了抬纏著她手指的那隻手，扣在她頭頂並壓在柔軟的沙發上。

力氣太大，陶枝的手指從他的指縫中逃出來，忍不住掙了掙。

江起淮感覺到了，他停下動作，小心撤出剛剛侵占的根據地。

他開始顧慮到自己的行為會不會太過突然，她是不是不喜歡。

舌尖還殘留著柔軟和牽扯勾出又捲起的微弱痛感，男人近在咫尺的喘息灼熱滾燙，陶枝從耳尖到耳根都是紅的。她下意識咽了咽口水，平躺在沙發上自下而上地看著他，認真問道：「你真的沒發燒吧？會傳染的啊。」

她聲音嬌嫩，帶著喘息和細微的啞。

江起淮再次低下身，將頭埋進她的脖頸間，悶悶地笑出聲。

陶枝平復了一下呼吸，用力揪著他襯衫脊背處的布料，不滿地說：「你笑什麼？」

他沒說話，抵在她耳畔的呼吸一點一點地平復下來。

高大的男人壓在她身上，看起來沒什麼肉，一壓下來才感覺得到骨架的死沉，陶枝拽著他往上提了提，小聲抱怨：「你別壓著我，重死了。」

江起淮翻身下來，沙發上的空間本來就很窄，後頭還有兩個占空間的抱枕，江起淮將那兩個抱枕通通丟到地上，然後側身將人重新勾進懷裡。

陶枝被他像抱娃娃似地抱著，有些不老實地動來動去，她捏著他挺翹的鼻尖，又戳戳他的唇瓣。

她用微涼的手指戳著他的唇角，江起淮的頭一偏，叼住她的指尖輕輕咬了一下：「別動，讓我抱一會兒。」

陶枝撇撇嘴：「為什麼這麼突然？」

不接著親嗎？

就親一下嗎？

就親這麼一下下就夠了嗎？

正當她像個女流氓一樣心不在焉地想著，就聽見江起淮緩聲說：「想重新熟悉一下妳。」

江起淮閉上眼抱著她，眉眼淡淡地舒展開，像是終於放鬆了下來。

即使她不說，他也沒提，他們之間還是隔著漫長的時間和距離，就連幾年不見的親人，都無法在短時間內重新親近，更別提其他的關係。

陶枝抵著他的胸膛，撐開一點距離：「我變了很多嗎？」

「嗯？」江起淮伸手勾著她的腦袋揉了揉，然後重新放下，他說話的時候，喉結還輕微地震動著，蹭得她有一點癢，聲音低沉，帶著一些難得的懶散，「沒有，還是我的枝枝。」

陶枝驚訝地眨了眨眼，抿著的唇角悄悄地翹了起來。

即便他們都孤獨地走過很漫長的歲月，江起淮也依舊是江起淮。

是她再一次見到的時候，依然會怦然心動，那個風華正茂的少年。

是她依然想要一筆一畫將他寫在本子上，那個屬於枝枝的江。

陶枝之前一直覺得他們之間存在著一種，無論如何都無法彌補的遺憾，因為他們錯過的是彼此最好的時光。

可是此刻的她卻突然覺得，最好的時光是不能用年紀來判斷的。

十幾歲的時候可以是最好的，二十幾歲也可以，如果到三十歲才遇見值得去做的事和最愛的人，那最好的時光就是三十歲。

不是我在最好的時光遇見你，而是從遇見你的那一天開始，餘生的每一天，都將是我生命中最美好的時光。

第二十九章　我的阿淮

最近的江起淮似乎是真的很累，陶枝只是在沙發上發呆一下而已，等她再回過神的時候，耳邊已經傳來他均勻平緩的呼吸聲。

陶枝用抵在他懷抱裡的腦袋蹭了蹭，小聲叫他：「江起淮？」

沒反應。

陶枝小心地在他懷裡翻了身，仰面躺了十幾分鐘，沒有睡著，開始覺得有些無聊了。

她猶豫著要不要把他叫醒，小心側過頭來仰著下巴，人也稍微往下竄了竄，想要起身。

才剛慢吞吞地蹭下去，江起淮就睜開了雙眼。

他感受到自己的懷裡一空，垂下視線。

陶枝跪坐在地毯上，趴在沙發邊看著他：「你也睡太快了，安靜的時間好像還沒超過五分鐘？」

江起淮看了她好幾秒，像是為了確認一下她還在這裡，才撐著沙發靠墊慢吞吞地直起身。

他一隻手搭在膝蓋上，另一隻手伸到她面前。

他聲音沙啞，帶著未醒的倦意：「地板冷不冷？」

「才十分鐘就睡傻了，有地暖系統呢，」陶枝拍了拍毛絨絨的地毯，「有點晚了。」

江起淮看了書架上方的掛鐘一眼：「嗯。」

陶枝瞥他：「我要回家了喔。」

江起淮目光垂下。

他的眼底帶有一點還未完全消散的睏意，眼角微微垂下，反應變得有點遲鈍，他看了她一會兒後才低聲問：「還要吃雞翅嗎？」

陶枝有些不可思議地看著他：「你為什麼對雞翅如此執著？」

「因為妳喜歡。」江起淮淡淡道。

頓時，陶枝心頭襲來了一陣暖意，她動了動手指後忍不住起身。

「而且，我都拿出來退冰了。」江起淮繼續說。

「……」

陶枝縮回了剛要朝他伸出去的手，她一屁股坐回地毯上，面無表情地說：「冰回去吧，我要回家了。」

江起淮「嗯」了一聲，站起身來：「我送妳。」

在他回臥室換衣服的空閒時間裡，陶枝又塞了兩個草莓到嘴巴裡，然後去廚房把那袋半退冰的雞翅，重新丟回冰箱的冷凍庫。

江起淮換好衣服出來，她也剛好站在玄關準備拿外套。

陶枝穿上外套後打開門，她剛才著急出門，所以沒有戴圍巾，江起淮瞥過一眼，隨手從門口的架子上扯了一條圍巾下來。

他拽著圍巾的一端，穿過後頸壓著的長髮，再從另一端扯過來，然後將兩邊往進扯了扯，垂頭親了她一下。

大門開著，她已經站在門外，而他就這麼明目張膽、大張旗鼓地做這種事。

陶枝不自在地用手背輕輕搭了一下嘴唇，小聲說：「有完沒完啊！這裡有沒有監視器啊？」

江起淮點點頭，朝著天花板角落的一個監視器抬了抬下巴：「有。」

陶枝順著那個方向看過去，趕緊用脖子上的圍巾來遮住臉，然後悶著腦袋，頭也不抬地往電梯方向走。

江起淮家離陶枝家不算近，好在這個時間不會塞車，比來的時候還要快。

她沒有把車子開回來，暫時停在他家的停車場，江起淮開車送她回來，一路上連導航都沒開，對路線了解得像個計程車司機。

直到車子停在她家樓下，陶枝跳下車，然後看著他關上車門、把門鎖起，從駕駛座上面下來，直接朝社區裡走：「走吧，送妳上去。」

陶枝在他身後亦步亦趨地跟著。

冬夜裡的冷風像是能吹透人的骨頭，陶枝把自己的腦袋抵在江起淮的的背上，像個跟屁蟲似地黏在他後面，讓他幫忙擋風。

直到走進大樓後她才終於探出頭。江起淮側頭，看了她快要拽到腦門上的圍巾一眼：「有這麼冷嗎？」

「本來是沒這麼冷的，」陶枝走進電梯裡按了樓層，頭頭是道地說，「但是科學研究顯示，有男朋友的女生，是受不了任何一點冷的。」

江起淮看著她一臉嚴肅又正經的樣子，很輕地笑了一下。

待電梯門打開後，陶枝率先走到了家門口，她站在門前轉過頭來，指了指門：「我進去了？」

江起淮看著她：「嗯。」

陶枝轉過身來，有些依依不捨地按著密碼鎖，由於剛剛一直在外頭，她的手指被凍得有點僵硬，慢吞吞地才按了四個數字，門從裡面「唰」地被人拉開了。

季繁大大咧咧地站在門口，扯著嗓子教育她：「這都幾點了？幾點了才回來？有沒有時間觀念？」他一臉疑惑，「大半夜的妳去哪裡了？問了付惜靈，她也支支吾吾地不跟我說。」

陶枝看著他，被他的嗓門驚嚇過後也疑惑了：「大半夜的，你為什麼還在我家呢？」

季繁的表情凝滯了一下，然後有些心虛地移開視線：「我這不是關心一下妳嗎？也是好幾天沒見了——」

他說到一半，視線飄到陶枝身後，聲音戛然而止。

他心虛的表情慢慢消失了，取而代之的是一臉難以置信的怒火。

陶枝轉過頭來，見江起淮還來不及離開，她扯著他的手臂把他拉過來，清了清嗓子後正色道：「你可能還不認識吧——」

季繁終於從震驚和憤怒中回過神來，他大吼一聲打斷她：「我不認識個屁！」

陶枝完全不為所動，悠悠道：「這位呢，就是和你初次見面，你姐姐的男朋友。」

她說著，使勁地拽了一下江起淮的外套。

被她如此明確地暗示著，江起淮嘆了口氣，配合地朝季繁點了點頭，毫無情緒地說：

「初次見面，你好。」

季繁被這兩個人一搭一唱的完美配合刺激得暴跳如雷，半點形象都不顧：「他媽的！誰跟你初次見面！」

即使這個人的素質再怎麼慘不忍睹，陶枝依然不受任何影響，對著男生的後腦勺拍了一下：「怎麼還說髒話呢？叫人。」

「叫什麼？哥哥還是姐夫？」季繁一臉暴躁地看著江起淮冷笑的樣子，然後指著他說，「賤貨！」

季繁上次見到江起淮，是一年前在美國的時候。

他其實不知道江起淮當年為什麼離開，但有的時候會覺得，或許有一點是他當年揍了他一拳，還說了那些話，也不知道為什麼，他有些心虛。

所以在江起淮離開的這幾年，季繁始終都和他保持聯絡。

不知道是為了彌補還是安慰，季繁在有些時候會跟他說陶枝的近況，只要他說，江起淮就聽著，不會多問。

陶枝也沒有任何失戀後的後遺症，時間久了，季繁也覺得這兩個人都已經釋懷了。

有些時候，只是互相喜歡是不夠的。

緣分和時機更重要。

陶枝和江起淮大概就是有緣無分，沒能在一起也是一個遺憾。

季繁本來一直都是這麼覺得的。

而此時，他看著兩個人站在他面前勾肩搭背、眉來眼去，還沒完沒了地一搭一唱。

遺憾個屁！

江起淮這個賤貨，只不過是跟他裝裝樣子！

一副清心寡欲又老實的樣子，就這麼裝了六年，原來是在這裡等她！

自己居然還對他充滿愧疚和同情，甚至願意主動跟他說說陶枝的事情。

這他媽的不是羊入虎口嗎？

季繁覺得自己被利用了。

他深吸了一口氣，在冷靜下來過後看向陶枝，像個大家長似的嚴肅地說：「妳進來。」

陶枝看了他一眼，想了一下後，還是決定配合他，打算先安撫一下炸毛的季繁。

她輕輕拽了拽江起淮的外套袖口，走進去了。

季繁看著她進去，目光移到江起淮身上：「你先滾。」

他說完，「砰」地一聲在他面前把門甩上。

在大門發出一聲巨響之後，季繁的心裡忽然產生出一種難以言喻的滿足。

從高一到現在，八年過去了。

他終於頭一次給江起淮一點令人身心舒暢的臉色。

他背著手轉過身來，陶枝正在脫外套，付惜靈在旁邊小聲地跟她說話。

「你們聊了什麼啊？怎麼待這麼久。」付惜靈問。

「就隨便聊聊。」陶枝把外套搭在一邊，笑咪咪地說。

「咳咳。」季繁清了清嗓子。

付惜靈坐到陶枝旁邊，理解似地點點頭：「你們兩個和好了？」

陶枝：「我們還——」

她趕緊湊到她耳邊，小聲地說了幾個字。

季繁：「喂，哎哎——」

付惜靈在聽見陶枝說的話後，眨了眨眼：「學霸的效率還真是讓我意外。」

陶枝眼睛彎彎地：「我還挺喜歡他這樣的。」

季繁被無視了五分鐘，就這麼乾站在客廳中間，無奈道：「妳們理理我？」

付惜靈抬起頭來，一臉疑惑：「你怎麼還沒走？」

「沒開車來？」陶枝往外揚了揚下巴，「你現在下樓的話，江起淮應該也還沒走，你可以請他送你回去。」

「不是，」季繁一臉暴躁地抓了抓頭髮，「妳跟江起淮怎麼回事？和好了？」

「是的。」陶枝說，「我們不能和好？」

她的表情平靜又淡定，彷彿這是理所當然且再正常不過的事情，反而讓季繁噎了一下：

「你們兩個都這麼多年沒見了。」

陶枝：「他有女朋友了？」

「沒有……」季繁頓了頓，「吧？」

「我也剛好沒有男朋友呀，」陶枝繼續說，「單身男女談個戀愛，不違法吧？」

季繁瞪著她，一時之間確實也想不到江起淮有哪一點讓他非說不行。

但有些事情，他不在意，也不代表所有人都可以不在意。

過了老半天後，季繁嘆了口氣，他摸了摸鼻子，側身靠著牆邊說：「妳想跟誰談戀愛都可以，我管不著，也覺得沒什麼，但老陶那邊怎麼說？」

陶枝的表情凝滯了一下，試探性地說：「最近陶老闆的思想似乎開明不少，不是天天都會看戀愛綜藝節目？喜歡看別人家的女兒秀恩愛。」

季繁冷笑一聲：「那妳試試？妳看看這個人如果換成他女兒，他還會不會喜歡。」

陶枝顧不上去打探陶修平現在的想法，第二天上午，陶枝才剛到工作室，就接到因為大學實習而認識的雜誌社副主編的電話。

對方開門見山，絲毫不拖泥帶水，直截了當邀請她來拍《SINGO》三月號的雜誌封面。

三月號的月刊正處於換季潮，是每年僅次於九月號的重頭戲，封面人物往往會從半年前就開始挑選，剩下的時間則全部用來思考創意設計，並且要留下足夠的時間重拍。

而《SINGO》的三月號封面，陶枝是他們找的第三個攝影師。

因為時間比較緊湊，對方直接把契約書傳過來，等小錦確認過沒問題之後，陶枝也在晚上要到了封面模特兒的照片和資料，在隔天就去了雜誌社。

副主編任瑩已經在攝影棚門口等了，兩個人關係不錯，任瑩一見到她就熱情地擁抱了一下。

陶枝一邊跟著她進去，一邊小聲地說：「怎麼回事啊，哪有人會換攝影師的？照片不行的話重拍不就好了？這不是會得罪人嗎？」

「美國剛畢業回國的太子爺坐鎮，他沒有明顯地趕人，是攝影師自己離開的，」任瑩無奈道，「反正妳等等就會知道了。」

她一邊說著，兩個人已經走進了攝影棚。

《SINGO》的攝影棚很專業，裡面的設備一應俱全，邊上的白茶桌前坐著一個男人，粉襯衫、錫紙燙。任瑩大概已經提前跟他打過招呼了，所以他知道陶枝的身分，跟在她後面的小錦剛放下包包，他的視線就掃了過來：「陶老師？看起來很年輕啊。」

陶枝假裝沒聽出他話裡的意思，打開背包後取出相機，平靜道：「年輕有為。」

錫紙燙：「……」

錫紙燙震驚，從來沒見過如此坦然自誇的人。

他扭過頭大聲地問：「這位陶老師幹這行多少年了？以前可從來沒聽說過這號人物啊。」

陶枝看了他一眼：「我畢業一年了。」

錫紙燙故意做出一副很驚訝的表情：「一年啊，那您現在應該還處於學徒的水準吧？」

字字句句都是覺得她經驗不足，在懷疑她的水準。

這個人陰陽怪氣起來確實是很令人討厭，不過跟許隨年相比，還是差了一個段位。

陶枝挑了一個定焦鏡頭，不緊不慢地裝著：「小太子，對攝影如果有什麼不滿呢，我建議你在人家上門之前，先找人先篩選一遍再說，不要等人都到了，你才在這裡穿個袍子，又畫符又念咒的。把攝影圈的人都得罪一遍，對你來說有什麼好處啊？你打算以後都親自幫自家的雜誌拍照，還是隨便找一點三流的攝影師來應付應付？」

陶枝裝好鏡頭，前前後後走了兩步，找了一下距離和角度：「我工作的時候不喜歡旁邊有無關緊要的人念經，你如果對我有什麼不滿，等照片出來的時候，你一張都別想要，到時候再來質疑我的工作能力，好嗎？」陶枝好聲好氣地跟他商量，順便空出一隻手來拍了拍他的肩膀，勸道，「《SINGO》家的大業也扛不住你這麼敗，手下留情吧。」

語畢，她直接走到前面去跟封面模特兒交流了。

錫紙燙一臉茫然地看著她，又轉過頭來看向小錦，不可思議道：「她居然敢這麼跟我說話？」

小錦也疑惑地看著他：「你又不是皇帝。」

「……」

錫紙燙覺得，這個攝影師和她的助理都挺有意思的。

錫紙燙有些起勁了：「好，我就看看她能拍出什麼花樣，」他坐直身子又問道，「妳老闆有男朋友嗎？」

「沒有，」小錦說，「但她也看不上你。」

「妳又知道她看不上我？歡喜冤家知道嗎，這叫不打不相識！」錫紙燙捏著瀏海往下捋了捋，又左右甩了兩下頭髮，「我長得也還行吧？」

小錦目不斜視地說：「她不喜歡留錫紙燙的，說很像泰迪熊。」

錫紙燙：「……」

這個太子爺確實是個吃硬不吃軟的，這一整天下來，陶枝再也沒有聽見這位陰陽師聒噪的聲音。

一直到傍晚才終於閒下來，她利用空閒時間傳訊息給江起淮。

他應該也還在忙，過了十幾分鐘才回覆：『接妳？』

陶枝一邊喝水一邊看手錶，隨手就把自己的位置傳給他。

他的公司離雜誌社不遠，陶枝將東西收拾好後遞給小錦，搭上外套下樓，準備在一樓大廳等。

辦公大樓的大廳落地窗前，幾排沙發圍著圓桌，右手邊還有一家咖啡廳，以植栽隔出了一塊休息區，陶枝一邊低著頭玩手機，坐在最旁邊的空沙發上面等了一會兒，霎時感覺到旁邊的位子輕輕一陷。

陶枝抬起頭來。

錫紙燙甩了一下瀏海：「陶老師，等人嗎？」

陶枝面無表情地看著他飛揚起來的狗毛：「等男朋友。」

錫紙燙愣了愣：「妳的小助理不是說妳沒有男朋友嗎？」

陶枝懶得跟他多說，轉過頭來繼續玩手機。

她點開和江起淮的聊天框，開了一個共享位置。

剛開始只有她一個人的標記，過了一陣子後，江起淮的小座標也擠了進來。

陶枝看著離她只有這麼一點距離的圖示，在幾乎要重疊的時候慢慢地靠近，她「咦」了一聲，轉過頭去。

手機上兩個小小的座標重疊在一起。

陶枝仰起頭來看著站在後面的人，忍不住抿起嘴角：「餓了！」

江起淮垂著頭，在看見她的時候，眉眼也跟著柔和了下來：「想吃什麼？」

「都可以，路上再說吧。」陶枝站起身來，繞過還坐在旁邊的錫紙燙。

她剛走過去，錫紙燙突然出聲：「江起淮？」

陶枝愣了一下後轉過頭去。

江起淮側頭看了他一眼。

錫紙燙不確定道：「是你吧？我靠，好巧啊！你不是在華爾街嗎？怎麼回國了？」

江起淮面無表情地看著他，平靜的臉上寫著兩個字：你誰。

像極了當年季繁轉到實驗一中來的第一天。

陶枝有點想笑。

但錫紙燙並不在意，他興奮地自我介紹了一番以後開始寒暄，陶枝勉強從他一堆廢話裡，提煉出少得可憐的有用資訊——

江起淮碩士時候的同班同學，剛畢業回國。

人家都已經工作一年多了，你才剛畢業回國，你怎麼還好意思說呢？

陶枝就看著錫紙燙跟江起淮要了聯絡方式，兩人在加完彼此好友以後道了別，走出辦公大樓的時候，陶枝好奇地問：「你真不記得他了呀？」

江起淮：「不記得了。」

陶枝把腦袋往下縮了縮，躲進圍巾裡看著他打開車門：「我覺得他挺容易讓人印象深刻的。」

她鑽進副駕駛座的時候，江起淮看了她一眼，然後繞過車頭坐上車，沒說話。

陶枝起初還沒注意到，直到車子開離好一陣子，她收起手機抬起頭來，才發現他唇角向下撇著，始終一聲不吭。

等紅燈的時間，陶枝湊過去看著他，戳了戳他下撇的唇角：「你怎麼了？」

江起淮頓了一會兒，忍不住淡淡地問了一句：「他為什麼容易讓人印象深刻？」

陶枝：「……」

就為了這件事悶了一路？

陶枝忍著笑意看向他：「就，話挺多的，性格很活潑。」

江起淮點點頭，表情也沒什麼變化：「話少的就讓人印象不深刻。」

陶枝一臉鄭重其事地跟著點頭：「是這樣沒錯，那怎麼辦？」

江起淮側過頭來。

冬天日短，兩邊的路燈已經亮了起來，溫暖的黃色光線順著車窗和擋風玻璃透進車裡，朦朧而明亮。

十字路口的直行紅燈很長，紅色的阿拉伯數字不停地跳轉。

江起淮垂著唇角看了她幾秒，單手撐著方向盤後靠過來，低下脖頸側著頭湊上去，力度不輕地咬了一下她的下唇。

陶枝痛得「嘶」了一聲：「你幹嘛啊！」

江起淮含著她的唇瓣舔了舔，低喃道：「加深一下印象。」

江起淮的這一下咬得有些用力，悶聲不吭地，像是帶了一點鬱悶和不開心。

紅燈跳綠，陶枝也同時把他推開，江起淮掃了路況一眼，直起身來跟著車流向前。

他原本低垂著的眉眼微微揚起，心情應該是好了一點。

陶枝用指尖碰了碰嘴唇，痛感減輕，但還是覺得有點麻麻的。

「說說話就咬人，」她無語道，「你是狗嗎？」

江起淮從容道：「我怕妳記不住我而已。」

車子開出去這一路，天空以肉眼可見的速度黑下來，一月也即將迎來尾聲，眼見離過年就只剩下半個月的時間，街上已經開始佈置起鞭炮形狀的燈串以及貼著倒福的紅燈籠，年味十足。

陶枝被這副景象提醒，突然想起一件事，她想問問他今年是怎麼安排過年的。

剛要開口，目光落在他那張淡漠冷冽的側臉，猶豫了一下後，還是把話吞了回去。

江爺爺不在了，不知道他家現在的情況如何，他是不是一個人過年。

江起淮用餘光瞥見了她的動作，看著前面的路，沒回頭：「怎麼了？」

「沒什麼，」陶枝轉頭，懶散地靠回副駕駛座，隨口說，「你們賓州碩士是不是要讀兩年？」

「正常來說是要的，」江起淮說，「不過學分修夠了就可以畢業。」

江起淮一直是個學霸級別的人物，所以陶枝早就習慣了，她對於他成績好、大學碩士都跳級的這種事沒什麼真實感，直到今天遇到錫紙燙以後，她才意識到，能在賓州大學讀不到一年就完成了兩年的課程，是一件強得離譜的事情。

「理論上是可以，但實際來說是不可能吧，」她感慨道，「你到底是怎麼做到不到一年就畢業的啊？」

江起淮單手操控方向盤，上了高架橋：「我不休息。」

陶枝反應了一下後才問：「那你一直都在讀書和工作嗎？」

江起淮「嗯」了一聲。

陶枝難以想像，她睜大了眼睛看著他問：「那你每天睡幾個小時啊？」

「三、四個小時吧，」江起淮隨意道，「我一直都覺得很少。」

陶枝愣住了。

即使心裡還有一堆話想說，她卻沒有繼續問下去，也沒辦法再問下去了。

不知道是因為他的話，還是他說這些話的時候，那毫不在意的模樣，她忽然覺得舌尖像是被碳酸汽水澆淋，有點澀。

雖然只是幾句話，沒有更多的描述，但陶枝也能大概想像到他這幾年的生活過得如何，甚至只是囫圇猜了個大概，就及時制止掉腦海裡所想像出來的畫面。

不能細想。

他一個人會不會覺得辛苦，會不會孤單，累不累，都讓她不能去想。

在和他重逢以後，陶枝一次也沒有問過江起淮，你這些年過得如何。

起初的她以為自己無法想像，直到這一刻，她想起墓園裡的江爺爺，以及他褪色的慈祥笑臉，陶枝才忽然想明白。

她不是忘了，只是不敢問。

她怕聽見他說自己這幾年過得不好。

之後的一路上，陶枝都不再說話。

在讓路的片刻，江起淮側頭看了她一眼，女孩歪著腦袋抵在車窗上，緊閉雙眼，濃密的睫毛蓋出一片陰影，呼吸輕而均勻，像是睡著了。

在車子停下的時候，她才驚醒過來。

「到家了嗎？」她揉了揉眼睛後伸了懶腰。

江起淮靠過來，伸手幫她把安全帶解開：「不吃飯了？」

「喔，」陶枝含糊地嘟囔一聲，「我忘了。」

她拉開車門後下車，車外的冷風吹醒了睡得有些發沉的腦子，陶枝站在街邊來回看了一眼後才反應過來。

沿著街邊走到轉彎處就是夜市街，路口有一家便利商店，再往前走就是燒烤店，是以前帶江起淮來過的那家。

陶枝：「咦？」

江起淮把車鎖好，隨手將她的圍巾往上拽了拽：「走吧。」

陶枝跟著他走到那家燒烤店，她後來也沒怎麼來過這家店了，也不記得上次來是什麼時候，陶枝站在門口看了一圈。

店面比以前大了一倍，大概是把隔壁也租下來了，還多了幾個服務生，不再只是老闆一個人在外場忙碌。

陶枝和江起淮挑了一個靠牆邊的位子坐下，然後看著他先點了一份炒飯。

她忽然想起高中的時候，她帶他出來吃燒烤時，少年什麼也不吃，只是安靜地點了一份炒飯。

東西點完，江起淮把菜單遞給服務生，還順手從後頭的箱子裡抽出兩瓶啤酒，在打開以後往前一推。

陶枝：「？」

「知道妳的習慣，」江起淮說，「小酒鬼。」

吃燒烤必喝酒，還是她當時告訴他的。

雖然她很多年不喝了。

陶枝只是猶豫了一下，就很乾脆地接過來，立刻把杯子灌滿。

江起淮因為要開車所以沒喝，陶枝倒是很來勁，大概是因為戒酒太久了，突然被他拉開閘門，有些克制不住。

她的酒量一直都很差。

不到兩瓶啤酒下肚，她的眼皮就開始發紅，單手撐著下巴，另一手則拿著筷子，努力想戳掉盤子裡的烤蝦頭。

江起淮就這麼看著她戳了半天：「妳幹嘛呢？」

「我幫它脫衣服。」陶枝說。

「……」

江起淮嘆了口氣，把她的蝦夾進自己的盤子裡，他抽出濕紙巾擦手，然後把蝦殼剝掉。

他把剝好的蝦丟回她的盤子裡，又抽了一張乾淨的濕紙巾來擦拭沾滿醬汁的手指。

陶枝默默地看了自己碗裡的蝦子一眼，然後抬起頭來，直勾勾地看著他。

江起淮將手指擦乾淨，抬眼：「怎麼了？」

陶枝皺眉看著他，不滿地說：「你為什麼要脫我的衣服？」

江起淮：「……」

他面無表情地把她還剩半瓶的啤酒拎走，然後端起茶壺幫她倒了一小杯茶水：「喝茶吧。」

燒烤攤的茶大多數都很清淡，幾乎連茶味都沒有，跟溫水沒什麼差別，但陶枝聽到這個字的時候，還是皺了皺鼻子：「我不喜歡喝茶。」

「嗯，妳喝茶還要看對象。」江起淮了然地說，一邊舉手叫了服務生。

這時候的陶枝有些遲鈍，想不起來自己之前為了氣他都說些什麼，一時之間沒聽清楚他的話。

她嫌棄地看著那杯茶，然後看見服務生把一碟蜂蜜遞給江起淮。

江起淮舀了兩小匙的蜂蜜加在她的茶杯裡，又重新放在她面前：「甜了。」

陶枝愣了愣。

她捧著小杯子看了一會兒，才慢吞吞地說：「我朋友說，甜的茶水是不對的，會喝不出茶的味道。」

江起淮低著眼，漫不經心道：「無所謂，妳想怎麼喝就怎麼喝，不用管是對是錯。」

陶枝看著他，眨了一下眼睛。

她喝得有些過頭，不止眼皮，就連鼻尖和臉蛋也跟著微微泛紅，她翹著腿，突然沒頭沒尾地說：「我很久沒喝醉了，上一次喝醉，是在升學考結束後的聚餐上。」

江起淮抬眼後耐心應聲：「確實很久了。」

陶枝微抬起下巴，看著他說：「那天我去找你了，但我沒找到。」

江起淮愣了愣。

陶枝將面前的盤子和杯子往前一推，趴在桌子上，聲音低落地重複道：「我沒有找到，你不見了。」

她把下巴墊在手臂上，歪著腦袋回憶起來，語速很慢：「那天很熱，還有好多蚊子，我就坐在那裡，」她虛虛往前一指，「坐在那裡看照片，你留了好多照片給我。」

她看了很久。

他的小時候，那些她不曾參與過的時光，他珍貴的祕密，他藏在心裡從未跟任何人說過、最重要的東西。

他離開的時候都沒有帶走，彷彿這些東西對他來說都已經不再重要。

因為不再重要了，所以被他棄若敝屣。

因為都不重要了，所以他不要了。

陶枝忽然抬起頭來看著他，眼睛有些紅，聲音不受控制地哽著，帶著一點委屈的恨：「你連照片都不要了，是不是打算永遠都不要我了？」

江起淮看著她，喉嚨動了動，沒說出話。

像是因為坐久而壓麻了身體，全身連帶著心臟，都像是被一排排極其細小的針尖刺傷，泛起痠麻的疼痛感。

江起淮不知道當時的自己是抱著什麼樣的心態。

在他們分開的那一天，他有太多話想告訴她，可是直到最後，他一個字都沒能說出口。

他不想讓她等著，他想讓她一路瀟灑、大步向前，走向更寬闊的天空。

但萬一，她對他還有一絲留戀。

如果真的有那麼萬分之一的可能，她有一天突然一時興起，回過頭來看了他一眼。

他將照片一張一張地取下，又一張一張地貼回去，將它們整整齊齊地排在牆上，耐心地等待著它們的主人所期望等到的那個人。

那是他無法跟任何人訴說的期盼，是他無論如何也想牢牢抓住的那隻手，是他僅存的最後一絲陰暗和私心。

他想讓她知道，我是如此的喜歡妳。

我在很早之前，在我們在一起之前，在妳喜歡上我之前，我就一直喜歡妳。

少年時期的江起淮一直以為，在他們這段關係裡的陶枝是遊刃有餘的。

她有過男朋友，她輕車熟路地靠近他，自然而然的和他親暱，然後輕而易舉地讓他臣服。

所以他當時選擇離開。

他以為自己對於她來說其實沒那麼重要，江起淮從來就沒有感受過成為別人「最重要的人」，是什麼樣的感覺，就連江清和，他心裡都清楚地知道，對於江清和來說，最重要的人其實是江治。

他沒有想到真的會有一個人覺得，他也是如此重要的存在。

是他做錯了。他完全低估和輕視了她當時的決心，和一片真誠的喜歡。

陶枝眼睛通紅，執拗又堅持地看著他，就好像這是橫在她心裡的一根刺，她在喝醉的那一天種下了，所以從那之後，她再也不碰酒。

直到再一次喝醉，她固執地想將它拔出來。

江起淮卻不知道該怎麼向她解釋清楚。

他說不出任何話，半晌後才啞聲開口道：「我想留給妳。」

陶枝吸著鼻子看了他一下，然後打了個酒嗝。

「你想要我等著你回來嗎？」她遲鈍地說。

「想，」江起淮說，「但我希望妳不要等我。」

陶枝有些莫名其妙地看著他，不理解他這句話是什麼意思。

她費勁地整理了一下思路，卻還是不太明白。

她放棄了，不開心地癟癟嘴，悶悶地哽咽著說：「可是你過了這麼久都不回來，也沒有想回來。」

江起淮將目光輕輕落在她身上，聲音低著：「枝枝，我每天都想快點回來找妳。」

所以將睡眠時間壓縮到極限，然後把剩下來的所有時間都用來讀書和工作。

在離開她的那段日子裡，哪怕提早一個月，提早一天也好，他都想快點回來。

但他不能心急，既然已經決定要走上這條路，他就只能一路朝著出口的方向走，他不能回頭，只能竭盡全力地加速，拚命朝著路的盡頭跑去。

在江清和去世以後的那段時間裡，或許幾週，又或許更長的時間，江起淮曾一度覺得自己鑽進了絕望又偏執的死巷。

他生命中的色彩消失得太突然，讓人措手不及，甚至在他還來不及反應的時候，事情就已經發生了。

他忽然覺得自己這十幾年的生活，就像一場笑話。

他所有的堅持彷彿功虧一簣，他沒有辦法保護任何人，最終也沒辦法做到任何事。

江起淮忽然就不想再往前跑了。

他放任自己被沼澤一點一點地吞噬，累得連手指都懶得再掙扎。

直到他接到季繁的電話。

他跟他說，陶枝沒聽從家人的話跑去C大讀了一個奇怪的專業，說她幾乎花光了所有的零用錢，買了超貴的相機和鏡頭，說她成天跟大學社團裡認識的朋友去世界各地奔波，到處拍下一堆亂七八糟的照片。

說她興致勃勃地參加了一個攝影拍賣展，信心滿滿地認為自己的照片能被名家爭搶，美滋滋地覺得自己真是個天才攝影少女。

那天，江起淮坐在床邊一直等到了天亮。

他茫然地抬起頭，然後看見窗外熹微的晨光。

他去了季繁說的那個拍賣攝影展。

他當時已經不知道熬過多少個夜晚，各個方面的狀態其實都很差，他不知道自己為什麼要去，大概只是想用最後一些力氣，下意識地想要抓住一點什麼。

他恍惚地看著地圖抵達了拍賣展，她拍的那張照片究竟是黃昏還是黎明，他都辨認得有些模糊。

他只知道，她拍了兩輪太陽。

一輪伴著滾滾紅雲，遙遠地掛在天邊的海平線上。

另一輪踩著海水、踏著光，然後再一次明朗地照進混沌的泥沼裡，朝他走來。

陶枝覺得自己是聽不懂江起淮所說的這些話的。

可是在恍惚之中，她又感覺自己從中聽懂了一些什麼。

燒烤店裡的氣氛熱鬧沸騰，暖氣開得很強，靠著牆邊熱呼呼地烘著，在一片喧囂裡的陶枝，半垂著眼趴在桌子上，像是睡著了。

江起淮起身去結帳，隨後幫她把外套披上，微微彎下身子說：「枝枝，回家了。」

陶枝偏著頭，皺了皺眉後扁扁嘴：「枝枝為什麼要回家？」

「太晚了，枝枝早點回去休息。」他耐著性子說。

陶枝看了他一眼，不知道有沒有聽懂，過了老半天後才慢吞吞地站起來，披著的外套也沒穿，就直接往外走。

江起淮拿著她的圍巾跟在後面。

陶枝沿著街邊筆直往前，江起淮一路跟著，她在走出十幾尺遠後忽然轉過頭，趾高氣昂地說：「我想喝優酪乳。」

江起淮垂著頭，忽然沒由來地笑了。

陶枝莫名其妙地看著他：「你笑什麼？」

「沒什麼，」江起淮指了指街道對面的便利商店，「要去買嗎？」

「要。」陶枝眼睛一亮，小跑過去直接進了店裡。

江起淮進去的時候，陶枝正站在冷藏櫃前，她手裡已經拿了五、六瓶優酪乳，仰著臉盯著冷藏櫃裡的另外一瓶，剛抬手想拿，卻發現兩隻手都被占滿了。

於是將剛剛拿好的全都抱在懷裡，打算伸手繼續拿。

她才剛把指尖探出去，忽然有一隻手從她身後更高的地方伸過來，在她之前將那瓶優酪乳拿走。

江起淮將那瓶堆在她滿懷的優酪乳上頭，他看著她吃力地抱著一堆優酪乳瓶，有些好笑：「抱好，別掉了。」

陶枝用下巴抵著優酪乳瓶蓋，含糊地說：「你不是只有一百六十公分嗎，怎麼拿得到？」

實在是時隔太久的事情。

江起淮看著她，唇角一鬆：「妳在喝醉的時候，還能把以前喝醉發生過的事情全都串連起來？」

「我喝醉以後的記性很好，」陶枝的眼底含著朦朧的醉意，一臉懊惱地小聲嘟囔，「我應該先喝一瓶啤酒再去考升學考的。」

江起淮：「……」

等她終於挑好，抱著滿懷的瓶瓶罐罐跑到收銀檯前，江起淮也準備結帳。

她挑了十幾瓶的優酪乳，收銀員拿了一個袋子將它們全都裝好，陶枝美滋滋地拎過來，率先走出便利商店：「走吧。」

江起淮跟在她後頭，看著她往前走，走歪了就伸手將她往旁邊帶一帶，把她掰回正確的方向。

陶枝就這麼被他帶著走到了車邊。

她在副駕駛座的門前站了一會兒，看著他：「江起淮，我要開車。」

江起淮：「？」

他直接拉開車門：「明天再開。」

陶枝不願意，堅定地說：「我就是要今天開。」

江起淮直接把她塞進車裡：「妳今天開的話，只會開去警察局。」

陶枝不情不願地被他塞進副駕駛座，江起淮繞過車頭上車。

她直勾勾地盯著他，眼睛眨也不眨，江起淮還來不及把車鑰匙插進洞口，她忽然動了。

她踢掉了高跟短靴，單膝跪在副駕駛座上傾身湊過來，然後跨過中間的阻擋，直接跨坐在他的身上。

她將手臂勾上他的脖頸，分開的膝蓋兩側也跪在他的腿邊，用拇指指腹抵住稜角分明的下顎線，居高臨下地看著他。

視線對上。

下一秒，陶枝忽然降低了身子，女孩將柔軟的胸脯壓下，帶著溫暖的體溫以及淡淡的酒氣，呼吸像羽毛刮蹭著，曖昧而綿長。

「阿淮。」她叫他。

江起淮的眼神沉沉地看著他。

「我很喜歡你，」陶枝輕聲說，「一直都很喜歡。」

江起淮愣了愣，很低地應了一聲：「嗯，我知道。」

雖然他知道得有點遲了。

但萬幸還來得及。

「所以，」陶枝看著他，深黑色的目光沉靜，薄薄的眼皮連帶著眼角都是紅的，不知道是因為喝醉還是其他的原因，「你別丟下我了。」

她的聲音很輕，語速很慢，咬字有些含糊：「你別再丟下我了，我會傷心的。」

她像一個被欺負後委屈至極的小朋友，固執又認真地看著他，一字一字地說。

江起淮的喉嚨滾了滾，這種情緒像隆冬裡深而厚重的雪，鋪天蓋地壓下來，把人壓得又痛又壓抑。

他將掌心落在她頭頂，輕輕地揉了揉她的頭髮，然後將她抱進懷裡：「對不起。」

陶枝仰起頭來，歪著腦袋看著他：「你為什麼要道歉？」

江起淮低下頭，親吻她發燙的眼皮，移到稍涼的眼角：「讓我的枝枝傷心了。」

不知道陶枝是被哪個字給取悅到了，她彎起雙眼，睫毛眨動，掃著他的唇，有點癢：

「但是你的枝枝，是很寬容的枝枝。」

江起淮低笑了一聲，順從道：「嗯，我的枝枝最寬容。」

「說是這麼說，」陶枝話鋒一轉，「我也不可能這麼輕易就原諒你。」

陶枝微微抬起頭來移開了一點距離，然後一本正經地說：「你今天得讓我開車才行。」

小酒鬼在喝醉後，向來都非常難伺候，看起來和平時差別不大，講起話來也條理分明、思路清晰，但總會提出一些稀奇古怪的任性要求。

直到車子開到家門口，陶枝還在為江起淮不允許她酒駕的事情發脾氣。

她明明在最後都退了一步了，表示願意只踩油門和剎車，由江起淮來操控方向盤，兩人默契配合，完美上路。

他還是不同意。

陶枝瞇著眼，看著車子開進地下停車場，找了一個車位停下後熄火，江起淮轉過身來。

她迅速把眼睛閉死。

四周悄然無聲，緊閉的雙眼透不進半點光亮，連感覺都在酒精的麻痺下變得有點遲鈍。

過了老半天，陶枝都沒有聽見任何動靜，最後實在是忍不住了，再次把眼睛睜開一條縫，朝旁邊看過去。

江起淮靠在駕駛座裡，冷著一張臉，毫無情緒地看著她。

被抓包後的陶枝和他對視幾秒，然後若無其事地歪著腦袋，緩緩靠近副駕駛座裡，重新閉上雙眼後繼續裝睡。

坦然得像是什麼都沒發生一樣。

江起淮忽然笑了一聲。

陶枝睜開眼，不滿地看著他：「你笑什麼？我正在發脾氣呢，你不哄哄我就算了，還笑我。」

「那要怎麼哄？」江起淮虛心求教。

「這還要我教你？」陶枝撇嘴。

江起淮頓了頓，思索了一下，在解開安全帶後下車，繞到另一側。

他拉開副駕駛座的門，站在車門旁，朝她伸出雙手。

陶枝看著他的動作，愣愣地問：「幹什麼？」

「哄哄妳，」江起淮側著腦袋，下巴往電梯那邊微抬了一下，「抱妳上去。」

陶枝眨眨眼，嘟囔著說：「就這麼一小段路，別這麼矯情。」

「要不要，一句話。」

「要，」她瞬間坐直了身子解開安全帶，仰著腦袋笑咪咪地朝他抬起手，聲音黏糊糊地說，「殿下抱抱我。」

靠近電梯的車位一般都是私人的，江起淮停的地方就有一點遠，離電梯口還有一小段距離。

本來說好抱著她的，但陶枝在被抱起來之後覺得有點彆扭，最後還是讓他背著往前走。

她把下巴擱在他寬闊的肩膀上，手臂摟著他的脖子，鼻息淺淺地噴灑在他裸露於外面的頸側皮膚上，帶起酥酥麻麻的觸感。

陶枝把手指垂在他胸口，指尖繞在一起：「江起淮。」

「嗯？」

「我在去看我媽媽的時候，看見了江爺爺。」陶枝說。

江起淮的腳步微停了一瞬，然後繼續往前走。

「爺爺是生病了嗎？」她輕聲問。

喝了酒之後的她變得更多話，總是能說出平常無法說出口的話。

「意外，」江起淮說，「瓦斯爆炸。」

陶枝沒說話。

她只有在新聞報導裡見過這種意外事故，前幾年的老國宅因為瓦斯管線年久未換，磨損嚴重，導致瓦斯在外洩後爆炸，進而引發火災，這件事後來也被政府關切，在大批排查下全數換新，所以到了近幾年都沒再聽說過這樣的新聞。

江爺爺是那麼好的人。

憑什麼好人都要遇見這麼多不幸的事情。

陶枝忽然覺得難過，她晃了晃腿，情緒很低落地說：「那個討厭鬼呢？」

她沒有明說，但江起淮知道她問的是誰。

「死了，」他低垂著唇角，毫無情緒地說，「瓦斯爆炸。」

陶枝愣了愣。

她沒有繼續問下去，江起淮也就沒再說話，他背著她平穩地往前走，按亮電梯按鈕的時候，陶枝身上的冷汗幾乎浸透了背上的衣料。

她到現在還記得這些新聞，是因為大一的那年假期，付惜靈在一家報社做短期實習生。每天跟著帶她的老師跑來跑去，晚上回來後都要向她報告自己一整天去了哪裡，接觸到了什麼事件。

當時的陶枝將身心都投入在自己新買的一堆鏡頭上，也就隨便聽聽，沒有太在意。

但其中一場因瓦斯洩漏而爆炸的事故，還是給她留下了一點印象，據說在事發當天的時候，附近的鄰居都很幸運的不在家，只有出事的那一戶，父子二人死亡。

她壓根兒也沒有將這件事和江起淮串聯在一起。

而這個意外，恐怕也不只是個意外。

她腦子裡一片混亂，恍惚間，聽見耳邊有人在叫她，陶枝猛地回過神來，才意識到自己已經到家門口了，江起淮站在門鎖前耐心地看著她：「密碼。」

陶枝咬著嘴唇，報了一串密碼。

江起淮按開門鎖後推門進去，付惜靈今晚大概又在加班，屋子裡一片漆黑，誰都不在。

陶枝回身關上了房門，晃了晃腿。

江起淮將她放下來，側身看著她拍開廊道燈。

玄關光線幽微，陶枝背靠著門也沒進去，她仰著頭看向他，聲音有些啞：「是江爺爺嗎？」

江起淮逆著光，看不清楚情緒：「是吧。」

陶枝的眼眶有些發熱，她往前走了半步後抱住他，將腦袋埋進他的懷裡。

她一手環著他的腰，另一隻手搭他背上，很輕地順著了幾下：「沒事了。」

她的手柔軟溫熱，聲音很淺，低柔又輕緩：「爺爺老啦，也累了，所以只能保護阿淮到這裡了。」

她抬起頭，在昏暗之中看著他，漆黑又明亮的雙眼有些濕潤：「以後就輪到枝枝接班了，」她踮起腳尖，用手指摸了摸他漆黑的短髮，輕聲說，「我會一直、一直陪著我們的阿淮。」

江起淮看著她，聽著她溫柔的話，感受著被她觸碰所傳遞過來的力量。

少年時年輕氣盛，似乎還有點英雄情結，覺得事情要做到最完美才行，覺得自己要保護全世界，要做心上人的保護傘。

殊不知，其實沒有哪一條路是可以做到完美的，在做出選擇的時候，就開始面臨失去了。

誰都不需要成為誰的天空。

而是都要在對方的攙扶下披荊斬棘，做彼此的英雄。

第三十章　還是當年的他

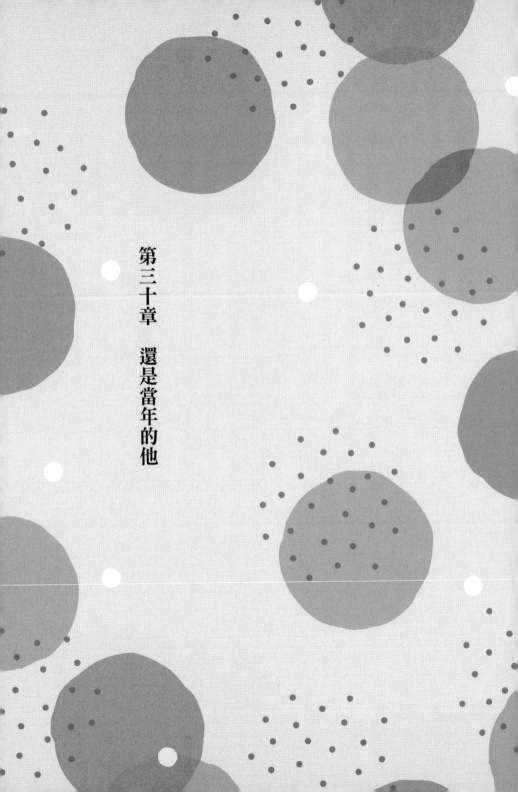

陶枝本來就忙了一整天，在喝醉以後又折騰了一整晚，大概是累了，所以在江起淮去廚房裝蜂蜜水的片刻，她已經倒在床上睡著了。

衣服沒換、妝沒卸、澡也沒洗。

埋在枕頭裡的女孩只露出半張臉，眉頭皺著，嘴巴癟起來，不知道是夢見了什麼不開心的事。

江起淮將蜂蜜水放到床頭櫃上，坐在床邊的地毯。

他垂眸看著她，輕輕用指尖順了順她擰在一起的眉，然後畫過挺翹的鼻梁，落在柔軟的臉頰上。

江清和的離開很突然。

在陶枝發生那件事情之後，江治因故意傷人被逮捕，因為是個累犯，所以被判了幾年。再次被放出來的時候，江起淮已經上大學了。

江治被釋放的那天，江清和一反常態地去把他接回來。

他瞞著江起淮把江治帶回家，做了很多好吃的，幫他買了新衣服，帶他去洗澡和理髮。

江治有沒有變化，江起淮不知道，他是後來才知道，江清和讓他在家裡住了一個星期。

一週後的某天下午，江起淮接到了江清和的電話。

老人的聲音沒什麼不對，依然是不急不緩，笑呵呵的語氣，光是聽著，就彷彿能想像到他眼鏡後那雙笑得彎彎的眼睛。

江起淮在那段時間裡，趁著假期時段和一位研究所的學長一起在外地做研究，要學的東西太多，每天都很忙。江清和只跟他講了幾句話，在掛掉之前突然問：『阿淮，你上次幫我申請的那個通訊軟體，該怎麼樣才能撥打視訊電話？』他慢悠悠地說，『爺爺想看看你。』

江起淮應了一聲：「好，等我晚上回飯店的時候再教您。」

江爺爺連說好，頓了頓後又突然說：『算了……還是算了，不看也行。』

他聲音很低，喃喃道：『爺爺想在最後幫幫你，我怕看見你之後，爺爺就捨不得了。』

當時的江起淮還來不及細想他這句話的意思。

他在當晚回到飯店以後打了電話給江清和，還打了一通視訊電話，但是江清和都沒有接。

第二天，他接到了醫院和警局的電話。

江清和是當場死亡的，在消防員趕到的時候，江治還剩下一口氣，他被送到了醫院搶救，沒過幾個小時後也宣告不治。

員警說，江治當時是被江清和護在身下的，大概是父母在孩子面對危險的時候，出於本能的反射動作。

當時的江起淮站在醫院蒼白的燈光下，看著醫生遞過來的死亡通知書，還有些茫然，不明白到底發生了什麼事。

他們前一天才剛通過電話，老人家還興高采烈地告訴他，隔壁棟的趙老頭家多了一個孫女，白白胖胖的很讓人喜歡，也興致勃勃地要他教自己怎麼打視訊電話。

為什麼才過了一晚，一切就變得不一樣了？

後來的幾天，江起淮接到幾位鄰居的電話，由於出事的那天本來就是工作日，會待在家裡的人很少，而江清和早在很多天之前，就提前用各種理由，把當天有可能留在家裡的鄰居全都支走。

江起淮想起了老人跟他說的最後一句話。

他說，看見你，爺爺就捨不得了。

江起淮不知道，江清和是不是真的會在看見他以後覺得捨不得。

他只知道，他終究還是捨得了。

陶枝的這一覺睡得並不安穩。

先是做了一大堆亂七八糟的夢，後來就夢見有一隻狗不停地舔著她的臉，從眉毛舔到眼睛，又到鼻梁，最後用濕潤的鼻尖抵在她的臉上。

陶枝睜開雙眼，看見江起淮坐在床邊的地板上，手指也搭在她臉上，唇線緊繃、睫毛低垂，淺淡的眼眸幽暗，彷彿看不到盡頭。

陶枝只是輕輕一動，他就像是猛地被驚醒，近乎茫然地轉過頭來，視線像失焦似的，空空地看了她幾秒，爾後才抓住實景。

「醒了？」他聲音沙啞。

陶枝朝他眨了眨眼：「我睡了多久？」

江起淮看了手錶一眼：「沒多久，」他將放在床頭櫃上的蜂蜜水遞給她，臥室裡的暖氣充足，水還是溫的，「先喝一點水，然後洗個澡再睡。」

陶枝沒動，側身躺在床上看著他。

江起淮也沒催她，只是耐心地等著她緩神。

陶枝將手肘撐在枕頭上，爾後抬起頭來看向他：「殿下。」

這個稱呼塵封了太久，江起淮頓了一下：「嗯？」

「沒事，我只是覺得，」陶枝黑眼彎起，微挑的眼角還帶著惺忪睡意，她看著他嘆了口氣，滿足又依戀地說，「雖然過去很多年了，但你還是枝枝的江起淮，這種感覺很好。」

江起淮愣了愣。

他微低著眼笑了一聲，原本鋒利冷然的眉眼被黯淡的夜燈給籠著，看起來淡漠又溫柔。

「我永遠是枝枝的江起淮。」

年少的時候，最大的願望無非是「希望我喜歡的人也能喜歡我」。

但長大之後，也可能會無奈地變成「希望我喜歡的人，也能遇見他喜歡的人」。

陶枝一度覺得，她的願望從前者變成了後者，並始終都在洗腦與安慰自己這沒什麼。

生活本來就像一列火車，會在某一站停下，總有些人沒辦法陪伴自己坐到終點站。

她沒想過他會回來。

甚至在這些年，她始終都不敢有這樣的期望。

因為某些想法只要有了開頭之後，就會像失控一樣，沒完沒了地朝外翻湧。

昏暗的臥室內，只開有一盞放在床頭的星空夜燈，星星點點的明白色亮光，映照在天花板和牆壁上，陶枝撐著腦袋看著床邊的人，然後傾身探頭過去。

她伸長了雙手來捧著他的臉，往上抬了抬，然後閉著眼，吻上他的唇。

江起淮靜了幾秒後才回過神，他隨手把手裡的蜂蜜水放到一旁的地板上，反客為主地用掌心扣著她的後腦，弓著腰低垂著頭。

他力道很重，動作卻綿長。

陶枝從原本趴在床邊主動探身過去的姿勢，變成了半靠在床頭，仰著頭，被動地接受他的親吻。

腰肢發軟，身體滾燙。

舌尖被他抵著，在撤開一點距離的時候，陶枝大口呼吸空氣，看著他的眼神有些迷茫。

他的聲音也同樣帶著喘息，嗓音沙啞低沉：「要洗澡嗎？」

陶枝的心臟重重地跳了一下，她順從地點點頭：「要。」

江起淮輕輕啄了一下她的唇：「去吧。」

陶枝稍微回過神來，她舔了舔嘴唇，然後結結巴巴地問：「那，洗了澡以後要幹什麼……」

她這話暗示得直接又明顯，江起淮碰著她唇瓣的動作頓了一下，然後笑了。

他笑得低沉，連眼裡都含著一絲笑意，看著她說：「睡覺。」

陶枝抿了抿唇，慢吞吞地蹭下床，走進了主臥室的洗手間。

她心跳快得像是整個都要蹦出來一樣，耳道裡像是在開飛機，轟隆隆的震耳欲聾。不知道是酒精的作用，還是因為過於緊張，腦子還有一點暈，整個人輕飄飄的，甚至有點不知道此時的自己該幹什麼。

她將頭髮盤起後，飛快地洗了個澡，赤腳出來的時候，輕敲了一下洗手間的門。

「你幫我拿一件睡衣。」陶枝一邊隔著門小聲說，一邊想著為什麼都到了這種時候，她還要在乎穿不穿睡衣出去這件事。

但就這麼直接地走出去，還是有些艱難。

「在哪裡？」江起淮問。

陶枝告訴他，只過了一會兒後，洗手間的門從外面被敲了兩下，雖然門把被轉開，但江起淮並沒有進來，只從門縫裡伸進一隻手，遞過一件粉色的睡衣。

她什麼也沒穿，兩個人只隔著一道虛掩著的門，她在門裡、他在門外。

陶枝的腦子跟著臉頰和耳朵一起沸騰，她根本顧不上也沒心思去看江起淮幫她拿了什麼，只是飛快地拽過來，然後「砰」地一聲壓上門。

她靠在門上長長地吐出一口氣，然後做了兩次深呼吸，把衣服抖開後，直接往腦袋上一套。

粉白色的睡裙將她整個人從頭到腳都蓋住，領口只露出一截脖子，其他地方遮得非常嚴實。

陶枝滿腔緊張的熱血和醉酒以後的衝動，全被疑惑給澆熄了一些。

她歪著腦袋走出洗手間，江起淮正坐在床邊，聽見她出來後，抬起頭看過來。

他朝她招了招手。

剛澆熄了一分的衝動又重新燃起來了。

她走到床邊後，慢吞吞地爬上去躺好，黑亮的眼睛眨也不眨地看著他，然後咽了咽口水。

江起淮拉上棉被，將她整個人蓋進去，一直蓋到脖子，然後隔著柔軟的棉被拍了拍：

「睡吧。」

陶枝被他包到只露出了一顆腦袋：「啊？」

江起淮：「睡覺。」

陶枝：「……」

陶枝忘了自己是怎麼睡著的。

起初是難以置信，後來是心情複雜，再後來大概是真的累了，她感受著他的氣息在周圍籠罩，忽然有一種難以言喻的安心，眼皮就再也撐不起來。

這一覺睡到日上三竿才起床。

眼睛還沒睜開，太陽穴的脹痛感就先一步在黑暗中一蹦一蹦地傳來，陶枝趴在床上，將腦袋栽進枕頭裡，拿起被角摀著嘴，用力地打了個哈欠。

她迷迷糊糊地睜開眼睛，窗簾半拉開著，陶枝瞇著眼將手背搭在眼皮上，緩慢地適應著明亮的光線，昨天的事情又一點一點地在他腦子裡倒帶。

從燒烤店到車裡，從車裡到家，從家門口又到了臥室。

陶枝抹了一下眼角後，轉過頭看向床邊。

沒人在，江起淮應該是早就離開了，畢竟他今天還是要上班的。

也沒想到這個人所謂的「睡覺」，真的只是字面上的意思。

陶枝忽然覺得跟正直的江同學比起來，她實在是太齷齪了。

她仰起頭看了床頭櫃一眼，蜂蜜水沒了，取而代之的是放在小夜燈旁的小容量保溫瓶。

陶枝伸手把夜燈關了，又拿起了旁邊的保溫瓶。

掰開扣子後按開杯蓋，輕飄飄的熱氣從杯口上升，陶枝將杯子斜了斜，用嘴唇小心翼翼地碰了碰裡面的水。

溫溫熱熱的，並不燙。

她坐起身後靠在床頭，捧著杯子小口小口地喝著。

緩和了嗓子乾啞的感覺，陶枝一邊捧著保溫杯，一邊掀開棉被下床，在看到身上的睡裙時，她稍微頓了一下。

被人連哄帶騙地趕去洗澡也就算了，還要想這些有的沒的。

陶枝捂著眼睛，懊惱又丟臉地嗚叫了兩聲後，將保溫瓶扣好放在桌上，轉身進了洗手間裡準備洗漱。

她昨天因為偷懶沒有洗頭，乾脆直接洗了個澡，一邊繼續回味昨天晚上發生的事情。

雖然某些細節讓她覺得自己像個色魔一樣丟人，但總體來說，她跟江起淮的進展讓人覺得心情舒暢，身體裡像是住了一隻小鹿一樣，在草地上歡快地狂奔。

濕漉漉地走出浴室後，陶枝看了江起淮挑的那件睡衣一眼。

她已經多年沒穿過這件睡裙了，好像是高中的時候買的，因為布料很舒服，陶枝也一直沒丟。

長長的裙擺垂到腳踝，泡泡袖與娃娃領，領口和裙擺上都墜著軟軟的花邊，像中世紀的洋娃娃裙。

看起來清純又幼齒。

她叫他去放睡衣的那層衣櫃裡面拿，而他就幫她挑了這麼一件。

江起淮居然喜歡這種類型的？

陶枝用指尖捏起來那件睡裙，看了幾秒，對於江某人的審美頗為嫌棄，手指一鬆，重新丟回架子上。

她裹著浴袍走出來，哼著歌拉開衣櫃櫃門，打算抽一套居家服穿上，才剛拿出衣服，目光就瞥見一旁的黑色睡裙。

陶枝視線一頓，在那一團黑色上面停了兩秒後，將它抽出來。

純黑色的蕾絲情趣睡衣，只有關鍵的部位遮有幾塊布料，剩下的地方全是若隱若現的黑色紗質布料，做做樣子地遮擋著，和裸體沒什麼兩樣。

就像模特兒在伸展臺上走秀時，身穿的最新款性感內衣。

這件睡裙還是她在二十歲生日的時候，從安瑟瑟那裡收到的禮物，陶枝剛拿到的時候看了一眼，覺得有點慘不忍睹，而且這個實用性基本上是百分之零，就一直放在櫃子裡沒有穿過。

套一句安瑟瑟的話來說，二十歲了，也是時候接觸一下骯髒的成人世界。

可惜陶枝一直都來不及骯髒一下。

就連昨晚的那種氣氛，都沒有成功地骯髒一下！

江起淮是不是那方面有問題！

她歪著腦袋，將這件勉強可以稱作睡衣的東西，拽到身上比對了一下，又想起江起淮幫她挑的那件幼齒風格睡袍，直覺他不會喜歡這種極端的成人世界風格。

大概是昨晚的事情燃起了她某方面的興趣，陶枝還覺得挺新鮮的。

房子裡靜悄悄的一片，上午十點，付惜靈也應該去上班了，家裡現在只有她一個人。

陶枝忽然坐不住了。

她躍躍欲試。

還蠢蠢欲動。

她將浴袍扯掉，指尖勾著那些黑色的蕾絲帶，研究了好一會兒，想著這件睡衣該怎麼穿，然後費勁地把它套上。

穿完後的她迅速地跑到洗手間，照了照鏡子。

鏡子裡的人除了腰細，還有一雙大長腿，純黑的睡衣襯托出了膚色的白，露得性感又不顯低俗，臉也素淨漂亮。

唯一美中不足的是，腦袋上還頂著一團粉紅色的吸水毛巾，像電影《功夫》裡的包租婆，讓整體畫面扣掉了不少的分數。

陶枝將腦袋上的厚毛巾扯下後丟在一旁，一頭半濕的長髮散下來，她在鏡子前來回轉了幾圈，欣賞了一下自己的絕美身材，然後歡快地跑出了洗手間。

她拿起手機，點開了一個模特兒走臺步的音樂歌單，將手機音樂調到了最大聲，然後挑了一首《Sexy back》。

播放鍵按開的同時，震耳欲聾的音樂在整個臥室迴盪，沙啞而磁性的男低音，伴隨著B-box和極強的復古風格合成電音，性感又激烈地挑逗著空氣和耳膜。

陶枝瞬間覺得自己被王牌名模給附身，此時的她正身處在燈光閃爍且人潮滾滾的秀場，而她就是整場裡最亮眼的明星。

她甩了一下濕漉漉的頭髮，伴著富有節奏感的音樂，開始在臥室裡走臺步，墊著腳尖從窗邊走到床頭，然後一個瀟灑地回頭，又走到了洗手間門口。

她把洗手間門口作為伸展臺的終點，單手搭著門框擺了幾個姿勢，狂甩著一頭長髮，然後看著前面的虛空眨了幾下眼睛，對著空氣瘋狂拋了十幾個媚眼。

走完一圈，手機裡的歌已經順著歌單，自動切到了下一首，陶枝還沒爽夠，覺得沒穿高跟鞋的話，好像少了那麼一些感覺。

她準備去鞋櫃裡挑一雙高跟鞋回來。

她從臥室那頭繞過來，一邊往門口的方向走，一邊跟著音樂的節奏，搖頭晃腦地抬起眼來。

當視線落在門口的瞬間，她整個人都靜止了。

不知道是什麼時候，她的臥室房門被人開了一條不寬的空隙，江起淮斜歪著身子，倚靠在門框上看著她，手裡拿著她平時擺拍用的木托盤，盤子上面放了一杯牛奶和三明治。

他沒走。

他竟然沒走！

他為什麼沒走！

陶枝根本沒聽見任何聲音，她不知道他什麼時候站在這裡的，也不知道他已經在這裡看了多久。

她只是忽然覺得，江起淮這張淡漠到毫無情緒的臉，竟然也有掩藏不住表情的一天。

此時此刻的他，彷彿在看動物園裡的大猩猩一樣，露出了奇異的眼神。

大概是陶枝臉上的呆滯與尷尬，以及混雜著絕望的情緒太過於強烈，江起淮還是非常體貼地，率先打破了凝固的空氣。

他推開門走進臥室，將手裡的托盤放到床頭櫃上，然後看著她丟在地上的浴袍、床上的居家服，以及枕頭邊轟隆作響放著音樂的手機。

最後，他的視線落在她身上，掃過她濕漉漉的長髮、白膩柔軟的胸口、柔韌纖細的腰、筆直修長的腿，最後回到她沮喪又絕望的臉上。

「往好處想，」江起淮沉吟了片刻，若無其事道，「高中時期的秋褲，似乎也沒有那麼尷尬了。」

陶枝忽然覺得，人只要活著，就不能低估了人生。

比如她高中的時候還覺得，被喜歡的人看到難看的秋褲，大概就是她人生中最絕望的事情，沒想到隔了七年，卻被喜歡的人看到她穿著情趣內衣在走臺步。

而且他還再次提及。

陶枝面無表情看著他，指著門口：「出去。」

江起淮沒動，只是抬了抬眼，似乎是剛想說些什麼。

陶枝瞬間三步併作兩步撲到門口，墊起腳，用雙手捂住他的眼睛。

「你什麼都沒看見，」她壓著聲音威脅道，「你瞎了，知道嗎？」

和女孩溫熱的身軀貼合，少了一層布料的阻隔讓觸感更加鮮明，壓上來的時候，也不曉得被哪個部位的柔軟紗料給刮蹭了一下虎口和指尖。

觸覺與剛才的視覺相結合，不停地撩撥著緊繃又脆弱的神經。

江起淮喉尖一滾，低聲應了：「嗯。」

陶枝深吸了一口氣，臉上尷尬得通紅，她死死地捂著他的眼睛，生怕露出半點縫來讓他看見：「那你出去！」

她遮住他的眼睛，擺弄著讓他背過身去，然後把人往外推，直到推出了臥室。

江起淮剛被推出去的下一秒，門就被「砰」的一聲嚴實地關上。

「……」江起淮背靠著臥室房門，聽著裡面音樂聲停下，然後安靜下來。

他低著眼嘆了口氣，伸手揉了揉發脹的眼眶。

江起淮在洗了把臉後走進廚房，將冰箱裡的葡萄洗好，裝進水果盤裡，又看了冰箱裡的食材一眼，煮了一鍋牛肉湯。

他看了一下臥室的門，想著讓陶枝一個人緩緩，下樓去車裡拿了筆電上來，坐在客廳沙發上處理工作。

牛肉的香味逐漸飄散出來，等事情都忙完後已是中午，臥室裡面依然沒有半點聲響。

江起淮將闔上的筆電放在旁邊，起身走過去。

他站在門口敲了敲臥室門：「枝枝。」

沒聲音。

江起淮又叫了她一聲：「吃飯了，餓不餓？」

臥室裡面依然沒人吭聲，一片死寂。

江起淮等了五秒後說：「我進來了。」

這回，陶枝低低的聲音瞬間從門裡響起：「不準進來。」

江起淮不管她，直接壓開了門把手。

門沒鎖，江起淮把門推開了一點後，等了幾秒才走進去。

陶枝整個人癱在床上，被子從腳丫子蓋到腦袋，只露出了一點頭頂。

江起淮輕輕點了點她的頭頂，無奈道：「陶枝。」

陶枝整個人裹在被子裡，像隻小動物似地蠕動了一下，抓著棉被邊角，往上拉了拉，把露在外面的頭頂也罩進去了。

江起淮拉著被子邊，緩慢地掀起了一點。

陶枝露出了半張側臉。

她已經把衣服換掉了，穿了一件柔軟的白色棉質短袖居家服，兩隻手臂壓在身體下，把自己捲成一條，看起來非常自閉。

江起淮笑了一聲。

陶枝聽見了，依然把臉栽在枕頭裡不肯抬起，只是不高興地在被子裡扭動了兩下，然後踹他。

江起淮一把抓住她白嫩的腳丫子，把她的腳踝重新塞回了被子裡，扯著唇角問：「妳幹什麼呢？」

「我自閉。」陶枝的聲音悶悶的。

江起淮忍著笑問：「為什麼自閉？」

「我不想跟你說話，」陶枝委屈地說，「你不要管我，我想一個人待著。」

江起淮：「也不是什麼大事——」

陶枝一把扯開了棉被，轉過臉來憤怒地打斷他：「你還說！你為什麼還要提起我的秋褲！」

「這都已經過去多久了！你為什麼還要提起！」

陶枝是真的覺得丟臉，越說越沒面子，說到後面，連眼睛都紅了：「我怎麼會知道你還在我家，我以為家裡沒人了，我就是沒有穿過才想試試看的。」

陶枝矯情地哽著嗓子：「你還笑我，我都這麼丟臉了，你還嘲笑我。」

江起淮都愣了。

他從來沒有見過，有人會因為覺得丟臉而委屈成這樣，還差點把自己給氣哭的。

江起淮坐在床邊，耐心地說：「才不丟臉，不是挺可愛的嗎？」

他想起陶枝一個人在房間裡自嗨的樣子，忍不住又笑了一聲。

陶枝澈底怒了，她探出藏在被窩裡的兩隻腳，用力地踢在他身上：「你還在笑！你就是想看我出醜！」

江起淮忍著笑，舔了舔唇角，任由她踹他，然後輕輕地拽著她的腳踝：「這怎麼算是出醜呢？」

「算，」陶枝小聲地，委屈地嘟囔，「我等一下就要把它丟掉，我一輩子都不會再穿了。」

「為什麼不穿，」江起淮用手指蹭了蹭，以指腹摩擦著滑膩的肌膚，帶起一絲絲的酥麻，「穿起來那麼好看。」

陶枝忍不住縮了縮腳，卻沒能抽動。

江起淮扣著她的腳踝，指尖劃過了纖細的踝骨，動作輕緩，低聲道：「以後就天天穿給我看。」

江起淮沒有去公司，在家裡面陪了她一整天，只是他也沒有閒下來，在把祖宗請出臥室吃午餐以後，就一直抱著電腦在工作。

陶枝也匯出了昨天在《SINGO》攝影棚拍的照片，她幾乎在棚裡泡了一天，照片拍了一大堆，陶枝在大量的照片裡一張一張地挑，然後打開修圖軟體做後製。

一整個下午，兩人各做各的事情，一個靠在沙發上，另一個坐在落地窗前的榻榻米矮桌前，氣氛和諧又靜謐。

直到六點多，這份寂靜在付惜靈回家的時候被打破。

付惜靈今天難得沒加班，在大門的密碼鎖被打開後，女孩背著包包先進了家門，然後說：「你做的飯真的能吃嗎？會不會中毒啊。」

「瞧不起誰啊？妳以為我在國外的時候，是怎麼活下來的？」季繁跟在後面，兩隻手各提著兩個大大的塑膠袋。

屋裡，陶枝和江起淮幾乎同時轉過頭去。

季繁頓住了。

付惜靈：「咦？」

陶枝：「咦？」

付惜靈：「學霸來了。」

陶枝指著她身後的那位：「你怎麼來了？」

季繁在看見江起淮的那一瞬間，表情就變了，他瞇了瞇眼：「你來我姐的家幹什麼？」

江起淮其實有點懶得應付、他那宛如三歲小孩的幼稚挑釁。

但這麼多年過去，作為唯一一個跟他始終都有聯絡的高中朋友，並且還讓他了解到了這麼多陶枝的情況，江起淮還是決定配合他一下。

江起淮：「你來你姐的家幹什麼？」

季繁不爽道：「這裡是我姐的家，我來怎麼了？」

江起淮點點頭，往旁邊沙發的方向抬了抬下巴，平淡道：「沒怎麼，隨便坐吧。」

季繁：「……」

這裡是你家嗎？

付惜靈看了江起淮一眼，又看了季繁一眼，最後看看陶枝。

陶枝朝她眨了眨眼。

付惜靈明白地點頭，扯著季繁的外套就往廚房拉：「快點，魚還在袋子裡呢。」

季繁被她拉著進了廚房，將袋子裡的食材一樣一樣地拿出來，然後去水槽邊洗手。

付惜靈已經洗好了手，正在拆一捆菠菜，她一邊摘菜一邊低聲說：「你為什麼不喜歡學霸啊？」

季繁低著頭：「我沒有不喜歡他。」

付惜靈「喔」了一聲，小聲說：「那你為什麼只要一看見他跟枝枝待在一起，就跟炸了毛的貓咪一樣？」

季繁皺了皺眉，理所當然道：「那是因為他配不上枝枝。」

付惜靈一噎，一時之間也不知道該怎麼反駁。

她頓了頓說：「我看你還挺支持枝枝和蔣醫生的呢，還幫忙把人騙出去吃飯。」

季繁從袋子裡把魚拿出來，滿不在乎道：「吃再多頓飯也沒用，枝枝又不喜歡他。」

所以江起淮就是不一樣，人家喜歡。

付惜靈翻了個白眼，心道：你這不是挺明白的嗎？

「我也覺得學霸配不上枝枝。」付惜靈贊同道，「不過就是什麼最年輕的投資總監，這麼多年也只喜歡枝枝一個人，然後工作好、賺得多、長得帥、個子嗎……」

付惜靈停了一下，抬起頭來打量他一番，然後慢吞吞地說：「也就稍微比你高一點吧？除此之外也沒什麼好的。」

「……」季繁也不知道為什麼，聽著江起淮被付惜靈這麼一說，反而更討厭他了。

不巧的是，上一秒才被他更討厭的人，就在這時候進了廚房，垂著眼，不緊不慢地捲起了袖子：「我來吧，要煮什麼？」

付惜靈看了季繁一眼，放下手裡的菠菜，跟他說了幾道菜名。

江起淮掃過擺在流理臺上的食材一眼，點了點頭。

付惜靈出去了，陶枝正抱著手機窩在沙發裡，聽見她出來後抬起頭來，朝她招了招手。

付惜靈湊上前看了一眼：「妳在幹什麼？」

陶枝手裡的手機停在了通訊軟體的改名畫面，她點著螢幕，一字一字地輸入進去，然後操作了一通，最後把螢幕鎖上。

付惜靈看了她手裡的手機一眼，沒有保護套。

她指指廚房：「學霸的手機？」

陶枝點點頭，一臉正色道：「我剛剛有拿他手機嗎？」

付惜靈搖了搖頭，嚴肅地說：「沒有。」

季繁一個人在國外的時候有做過菜，陶枝吃過幾次，味道勉強還過得去，但遇到江起淮，明顯只能做輔助的工作。

兩個人動作很快，陶枝和付惜靈的綜藝節目才剛看到一半，正窩在沙發裡，探討哪個男人還要更帥的時候，就已經開飯了。

陶枝把平板關了，跳下沙發後跑過去，把腦袋湊到江起淮旁邊往前看，五菜一湯，還有一大盤的可樂雞翅和清蒸魚。

幾個人落座，陶枝忙了一下午早就餓了，都是熟人也沒什麼規矩要注意，迫不及待地率先拿起筷子，夾了一隻雞翅到碗裡。

啃到一半，她像是突然想起什麼似的，嘴巴裡叼著個雞翅抬起頭來，然後伸出筷子又夾了一隻，放在江起淮的碗裡。

「嚐嚐你自己的手藝。」她咬著食物，含糊不清道。

江起淮輕敲了一下她的腦袋：「吞下去再說話。」

季繁坐在對面，被迫欣賞了將近一分鐘的噁心情侶互動，隨後翻了個白眼，拿起手機對著桌子拍了一張照片，然後點開通訊軟體來發文。

配字——本大爺的手藝。

完全把江起淮透明化，將功勞全部占為己有。

發完，他更新了一下動態，隨後往下拉了拉。

一則一則看過去，直到滑到某則貼文時候，季繁停下了動作，他面無表情地盯著手機螢幕，看了長達三分鐘，然後抬起頭來，用著像是被雷劈過似的表情看向江起淮：「不是，兄弟，你談個戀愛都談成這樣了？」

江起淮認真地夾著陶枝給他的雞翅，專注地將視線落在上面，頭也不抬道：「哪樣？」

「還哪樣？」季繁笑了，他再怎麼單純也不覺得江起淮會發這種東西，但這並不影響他依然想噁心他一下的心情，「你自己看看這篇貼文，才剛發的，怎麼會不記得了呢？」

江起淮放下筷子，拿起桌邊的手機點開通訊軟體。

他的個人頁面很乾淨，基本上什麼東西都沒有，卻在此時多出一點不一樣的東西。

他的名字被改掉了，四個字兩兩疊在一起，後面還多了一個桃子形狀的小圖示。

——枝枝桃桃（桃子.jpg）。

點開第一則貼文。

——LOVE！LOVE！我的女朋友世界第一可愛！

下面是一張陶枝的自拍照片，女孩坐在電腦後面，歪著腦袋托著下巴看向鏡頭，頭上還綁著包包頭，唇角翹起，狹長微挑的眼也笑得彎了起來。

貼文是在一個小時前上傳的，下面已經一堆留言了：

厲雙江：『？』

蔣正勳：『……？』

趙明啟：『我他媽？』

王褶子：『老師恭喜你們。』

林蘇硯：『啊？』

後頭還有一些同事們對上司感到遲疑，卻不失親切的祝福，言語之間還包含了一些不易察覺的驚恐。

江起淮：「……」

陶枝安靜地咬著雞翅，若無其事地看向一旁，還忍不住偷偷地用餘光瞥他，想看他會有什麼反應。

江起淮坐在陶枝的旁邊，看著與他的畫風產生極端分裂的貼文，至少沉默了一分鐘。

他手指動了動，平靜地將她的自拍保存下來，然後在她熱切的注視下，換成了個人主頁的封面。

陶枝：「？」

在換上新封面才不到十分鐘的時間，這則貼文的下面又多出了好幾則留言。

這個人平時孤僻到恨不得全世界的人都別跟他說話，沒想到留言區還挺熱鬧的。

陶枝翹著的唇角也往下壓了壓，指著他剛設好的封面說：「江總監，這樣會不會太張揚？」

他露出了一副什麼也沒幹的無辜模樣。

江起淮盯著那個封面，滑了幾下螢幕後說：「我看他們都這樣。」

陶枝還沒反應過來：「誰？」

江起淮：「有女朋友的。」

他說這句話的時候認真又平淡，好像只要跟談戀愛有關的事情，他就覺得模仿別人準沒錯，開始一絲不苟地跟著學習。

陶枝忍著笑意，嚴肅點點頭：「確實，而且還得在上頭加幾個字。」

江起淮側了側眼，看著她：「嗯？」

陶枝指著那張照片上面的空白處說：「這邊要寫上——『別亂看～個人主頁』。」

江起淮：「……」

兩個人在那裡你一言我一語的，看得季繁的眼眶都快要突起，他實在忍不住地翻了個白眼：「我就是太閒了，非得來吃這麼一頓飯。」

「還好你來了，我也不是很想單獨跟他們兩個一起吃飯，」付惜靈在旁邊小聲說，「得有一個人來陪我當電燈泡。」

這頓飯吃得是幾家歡喜幾家嘔，季繁都快被噁心到瞎了，晚餐才好不容易吃完。

男人做了飯，陶枝和付惜靈就負責收拾洗碗。將瓶瓶罐罐都洗完後，一離開廚房，就看見季繁和江起淮分別坐在沙發的兩端，各自盤踞著半壁江山，一個看電視、一個玩手機，氣氛安靜又肅穆。

聽見兩人出來的聲音，江起淮放下了手機後抬起頭，而陶枝在走過來的時候，無意間掃了他的螢幕一眼。

儘管他螢幕切得迅速，還是讓陶枝隱約地看見了剛才的自拍照在他螢幕上一閃而過。

這麼愛看啊？

陶枝挑了挑眉，覺得自己又找到一點新鮮事。

付惜靈把洗好的水果端過來，陶枝的工作還有最後一點沒做完，抱著電腦在旁邊忙碌。

季繁像屁股底下沾了膠水似的，一動也不動地坐在沙發上，面無表情地看肥皂劇，似乎打定了主意，只要江起淮不動，他就不走。

陶枝在後期也折騰了好一陣子，始終沒什麼靈感，又嫌季繁的肥皂劇太吵，抱著電腦回去了臥室。

在她進去沒多以後，江起淮準備去一趟洗手間，剛起身，季繁瞬間就做出反應，一臉警惕地看著他：「你要去哪裡？」

「……」看在陶枝的面子上，江起淮覺得自己還能再多忍他兩分鐘。

他指指廁所門，冷漠地邀請他：「一起去？」

季繁噎了一下，扭頭重新坐回去了。

付惜靈看著他這一系列的神奇反應，有些無法理解地說：「人家談個戀愛你也要看著。」

季繁靠進沙發裡，沒出聲。

他也不知道自己到底為什麼要這樣。

大概是因為他隱約感受到陶枝在這幾年來，始終在那段感情裡載浮載沉。

又看著她時隔多年，因為他的回來，彷彿再一次找回了遺失很久且最鮮活的那一片靈魂。

他原本就跟江起淮不怎麼對盤，當年是看在陶枝的面子上，才勉強接受了他，但時間久了，兩個人相處起來也還算和諧。季繁雖然從沒說過，但其實對於他來說，早已把江起淮當成了朋友。

我拿你當兄弟，你表面上跟我勾肩搭背，背地裡就變成我的姐夫。

你還曾經讓她那麼難過。

季繁絞盡腦汁地想了想，也想不出什麼適合的說法來跟付惜靈解釋，有些話，讓他一個大老爺說出口，就會顯得比較矯情。

過了半天，他繃著臉吐出了幾個字：「我就是見不得江起淮幸福。」

「……」付惜靈的腦子裡瞬間閃現出了一百本暴取豪奪、相愛相殺、霸道總裁折磨我等等的小說情節。

付惜靈喃喃道：「也不知道是你不對勁，還是我不對勁。」

季繁和江起淮在晚上九點多的時候就離開了，在臨走之前，季繁還特地提醒了陶枝，週末記得回家和陶修平吃飯。

季繁沒有搬出去住，不過忙起來就會出差好幾天，常常有好幾個禮拜都不在家裡，他不在帝都的時候，陶枝通常在一週會回家大概三、四次，陪陶修平聊聊天、吃個晚飯。季繁回來，陶枝也至少每週都會回家一次。

季繁說著這些話的時候，陶枝一邊應聲，一邊下意識看了江起淮一眼。

她原本想著今年過年帶著江起淮一起回去，倒也沒有別的想法，只是不想讓他在這樣的日子也一個人。

他現在已經有她了。

但是見家長，還跟著回去過年的這件事，本身就會給人帶來一種無形的壓力。

陶枝還來不及跟江起淮商量，也沒跟陶修平說。

陶修平甚至都還不知道，江起淮已經回來的這件事。

陶枝一直惦記著這件事，接下來的幾天都有些心不在焉。

週五晚上，她從工作室離開後直接開車回家。張阿姨在幾年前辭職回了老家，陶修平新請的阿姨話不多，不過做的飯倒是一樣好吃。

陶枝到家的時候，晚飯已經準備的差不多了，陶修平正坐在沙發裡拿著平板，看著他那個最新的綜藝節目。

幾個單身的男男女女，在同一個屋簷下共同生活一段時間，一起做飯、做家事、聊聊天，然後配對。

陶修平看得興味盎然，一手端著紫砂壺倒茶，眼睛都不捨得離開螢幕，遺憾道：「為什麼沒人選三號？那個女孩很好啊。」

陶枝脫了外套坐過去，看了一眼：「您這是提前步入老年期呢，快過年了，公司不忙啊？」

「怎麼可能天天都忙，還要勞逸結合啊，」陶修平說，「我已經兩個禮拜沒有看這檔節目了，好不容易有空了。」

「上次那個爸爸座談會的節目呢？」陶枝問。

「播完了，一對沒結果，還分了一對，」陶修平幸災樂禍道，「我早就知道那傢伙不行了。」

語畢，他又悠悠道：「在這個節目裡，別人家的女兒都換了好幾個對象，我女兒倒是一個都沒有。」

陶枝就是在等他說這句話。

她還來不及開口，季繁就從樓上下來，聞言翻了個白眼，扯著嗓子道：「不用著急了，她有了！」

陶修平沉默了幾秒，轉過臉來看向陶枝：「妳有了什麼？」

「……我有男朋友了。」陶枝老實地說。

她說完，看見陶修平隱隱地舒了一口長氣。

陶修平的心臟也從嗓子落了回去，他點點頭，繼續看著綜藝節目。

一時之間沒人說話，陶枝就這麼陪著他看了幾分鐘，陶修平又忽然又轉過頭來說：「其實爸爸細想了一下，妳還小，談戀愛的這件事，也不是那麼著急。」

陶枝眨眨眼：「您不是一直在催我嗎？」

陶修平手一攤：「我這只是閒著沒事，找事做罷了。」

陶枝點點頭，從茶几的水果盤裡拿了一顆葡萄，翹著二郎腿說：「關於我的新男友，您有什麼想問的嗎？」

「我有什麼好問的？」陶修平手一擺，瀟灑道，「妳要談戀愛是妳的事，我好奇妳的對象要幹什麼？」

陶枝：「真的不問？」

陶修平：「多大了？哪裡人啊？做什麼工作？父母是在做什麼的？」

「……」

陶枝不想再跟他賣關子，老實地說：「爸，您認識的。」

陶修平「嗯？」了一聲。

「長這麼大，我也只有過一個男朋友，」陶枝看著他，慢吞吞地說，「就，始終都只有那一個男朋友。」

陶修平瞬間就明白她的意思。

他在一瞬間了然，甚至沒有意外的情緒，只是表情明顯比剛才還要淡了一些：「還是那個人？」

陶枝抿了抿唇：「陶老闆，這都什麼年頭了，你該不會還因為家庭的關係而反對吧？」

陶修平有些好笑地看著她：「這就開始了？我一句話都還沒說啊，我叫妳分手了嗎？」

陶枝撇嘴：「您是不會直接讓我分手，您只會拐彎抹角的算計我。」

陶修平「嘿」了一聲，將手裡的茶杯放在茶几上，抬手敲了她的腦袋：「爸爸還沒有反對，我只想問妳，妳要拿什麼跟我保證，他的家庭和成長環境對他的性格沒影響？妳又拿什麼保證，他一定不會有妳不知道的另一面？」

「枝枝，爸爸一直都知道，妳是一個個性很衝動的孩子，」陶修平嘆道，「但妳是我女兒，我也有自己的自私，爸爸希望妳以後能跟一個可以給妳溫暖的男孩子在一起，而不是讓妳還需要把自己的溫度分給他。」

「我願意分給他，」陶枝咬了一下嘴唇上的肉，固執地說，「而且，是他先改變我的，因為是他我才會想讀書、想努力、想變成更好的人，怎麼看都是我賺了。」

陶枝不知道，為什麼所有人都會覺得江起淮不好。

他明明溫暖又有力量。

即使是在那些沒有他的歲月裡，他帶來的溫度也依舊堅定、恒久地影響著她。在她偷懶的時候，在她想要放棄的時候，在她覺得辛苦的時候，在她幾乎走不下去的時候。

曾經的陶枝在孤獨地站上山頂時，以為自己再也找不到終點了。

直到很多年後她才明白，江起淮從來就不是她的終點，他始終是那座無聲地將她托起，支撐著她一路攀登而上的山川。

他一聲不吭、一言不發，卻沉默而厚重地，成為了她全部的力量。

陶枝明白如果沒有他，在她的餘生裡，大概也不會有山頂的存在。

陶枝把話說完後，陶修平也沒再接話，直到晚飯時間快要結束的時候，父女倆都默契得沒再談論過這個話題。

直到陶枝放下筷子，拉開椅子準備上樓的時候，陶修平才突然出聲：「有時間就帶回來吃個飯。」

陶枝的動作定在原地，她愣愣地轉過頭來，慢吞吞地理解了一下他的意思。

然後，她努力地繃著表情看著他。

「別憋了，眼睛都快彎得看不見了，」陶修平嘆了口氣，「別想得太美，我這可不是表態，也得先了解他一下。」

陶枝笑咪咪地猛點了兩下頭，然後繞過餐桌小跑過去，伸開手臂重重地摟了一下陶修平的脖子。

力氣大得讓陶修平差點窒息。

「爸爸最好了！」陶枝抱著他歡快地說，然後鬆開手，顛顛地跑上樓了。

陶枝美滋滋地回臥室，趴在床上，迫不及待地點開通訊軟體找江起淮。

直到女孩的影子消失在樓梯上，陶修平才緩慢地理解整件事情。

他扭頭看向季繁：「她都多少年沒這樣了？」

「二十年左右吧。」季繁說。

陶修平摸著脖子，回味了一下他可愛女兒的熱情抱脖，突然有些後悔了：「你說，我是不是應該早點同意這件事？」

季繁：「……」

第三十一章　見家長

江起淮一連加了好幾天的班。

年關將近，各行各業都十分忙碌，辦公室也會有好幾個禮拜，即便到了晚上十點左右也依然燈火通明。

當陶枝傳訊息過來的時候，江起淮正在開會。

林蘇硯站在投影螢幕前，對著簡報進行激情的演講，江起淮的手機在口袋裡連續震動了好幾下。

一開始他還沒打算理會，讓對方等了幾分鐘，大概是因為沒有等到他的回應，又開始瘋狂地持續地震。

照這個頻率看來，傳訊息的人大概是那位公主。

江起淮不動聲色地抽出手機，點開訊息看了幾眼。

才剛入眼，就看見某人一口氣傳了好幾張自拍。

並且還在持續地彈出。

每一張的動作和表情都不同，自拍照不斷地洗刷著他的聊天畫面，穿長裙的、大衣的、牛仔褲的。

而最新的一張是海邊的泳裝照，女孩穿著一件白色比基尼趴在沙灘上，身上披了一塊淡色紗巾，半濕的衣料貼在身上，腰肢的曲線也若隱若現。

江起淮：「……」

前方的林蘇硯還在認真分析資料，旁邊的秘書也努力敲著鍵盤，專業的術語和嚴肅的氛圍充斥著整個會議室。

而他們的投資總監在會議桌下，偷偷看著自己女朋友的濕身泳裝照。

江起淮眼皮子一跳，終於忍不住地傳了一個問號。

見他終於回覆後，陶枝也停下了照片的傳送。

枝枝葡萄：『桃桃子！你醒啦！』

江起淮用三秒的時間來消化這個名字，然後看了自己被改掉的名字一眼，立刻就明白了。

他還來不及打字。

枝枝葡萄：『下次呢，如果想看女朋友的照片，不需要偷偷摸摸地只盯著那一張看，我的相簿裡有一萬三千張照片，你想看多少都可以。』

枝枝葡萄：『有穿衣服的。』

江起淮還在理解這句話。

陶枝繼續傳。

枝枝葡萄：『也有沒穿衣服的。』

江起淮：「……」

江起淮發現陶枝在傳訊息的時候，臉皮還挺厚的。

他靠進椅子裡，垂著眼盯著手機上的那幾行字，隔著螢幕都能想像到，這傢伙現在露出什麼樣的表情。

江起淮覺得，不能就這麼被她牽著鼻子走。

他捏著手機邊緣轉了一圈，又抓回來繼續打字：『只有照片？』

陶枝秒回：『？』

江起淮繼續：『沒有當面的嗎？』

陶枝：『？』

江起淮慢條斯理地打字：『等我下班過去。』

枝枝葡萄：『？』

枝枝葡萄：『哥，我現在在家裡，您饒了我吧。』

江起淮反應了一下，她指的應該是陶家的老房子。

他看了她充滿「低頭認錯」的回覆一眼，將手機放在桌上，繼續開會。

陶枝本來只是想逗弄一下江起淮的，等著他一會兒刻薄一會兒沉默的時候再調侃調侃，沒想到這個人直接順著她丟出去的話繼續說，差點讓她嗆出了還含在嘴裡的糖果。

她將手機丟在床上，把裝著糖果的小盒子扣好後放到一旁，翻了身平躺在床上，思考著禮拜一的時候去接江起淮下班。

有些事情，比起用傳訊息的方式表達，她更想直接當面跟他說。

結果計畫好的事情也沒能實施，不僅江起淮忙，連陶枝自己也持續忙碌了好幾天。

《SINGO》的封面照片，比她想像中的還要更折磨人一點。

也不知道是不是沾了江起淮的光，錫紙燙的態度也沒那麼討人厭了，陶枝還算愉快地和他進行著合作，她結合三月號的主題和封面模特兒的妝髮氣質，挑了幾張不同角度的照片當試了各種後製，卻還是覺得少了一點什麼。

商業雜誌的封面照和其他的不一樣，陶枝投稿參加國際各種攝影賽事展覽的照片，看重的是內容和技巧，是照片本身所記錄下來的生動和瞬間，而商業雜誌所需要的，是第一眼就讓人移不開視線的濃郁衝擊感，要擁有能讓同類型雜誌瞬間黯淡，極具攻擊性的張力才行。

兩個人各忙各的，將近一個星期都見不到面。

週四晚上，陶枝終於調整出了最滿意的後製效果，把照片全都傳了出去。

她把椅子往後一滑，高舉雙臂，伸了一個大大的懶腰，又打了個哈欠，癱在椅子裡放空了一會兒後，拿起手機看了時間一眼。

江起淮最近每天都在加班，陶枝看著林蘇硯天天大罵「幹金融業簡直生不如死」的貼文，還截圖傳給江起淮，而他卻表示自己沒有看見。

大概是設定了觀看權限，卻唯獨忘記了陶枝這位老大的家屬。

時間還早，陶枝坐在位子上轉著圈，發呆了好一陣子，才慢吞吞地抓起車鑰匙出門。

下班後的尖峰時段已經開始了，等到陶枝跟著長蛇似的車流，緩慢挪動到了瑞盛的辦公大樓時，已經過了一個小時了，她停在地下停車場，想著時間還早，準備要傳訊息給江起淮的時候。

她一抬頭，剛好看見他從前面的電梯走出來。

陶枝「咦」了一聲，輕按兩下喇叭。

江起淮轉過頭來，看見了她的車，還有她的一顆小腦袋。

他走到車窗旁，抬手抵著她的腦門，將她的腦袋往車裡按了一下：「妳怎麼來了？」

「你怎麼這麼早下班？」陶枝說。

江起淮看了她一眼，沒說話。

陶枝笑道：「哦，是不是想我了？打算早點下班去找我？」

江起淮明顯頓了一瞬，但臉上卻沒有半點表情：「我來開？」

「不用，」陶枝完全沒被他這個蹩腳的打岔給轉移注意力，她再接再厲道，「你看，你一想我，我就來找你了，傳說中的心有靈犀就是這麼回事吧？」

江起淮笑了一聲，繞過車頭上了副駕駛座，將安全帶扣死後，看著她發動車子。

陶枝的車技其實不怎麼樣。

倒也不是不熟練，而是她開起車的樣子，光是看著就覺得非常不沉穩，她總是喜歡放一些重金屬的背景音樂，聽著聽著就忍不住跟著晃，人跟著晃也就算了，手也會晃個不停，連帶著方向盤也跟著晃。

付惜靈曾經坐過她開的車，在下車的時候乾嘔了十幾分鐘。

江起淮像是見過了世面一樣，就算陶枝蛇行地開著車，他依然紋絲不動、波瀾不驚，甚至也沒有問她要去哪裡，就乖乖地坐在那裡，任由她開著車往前跑。

陶枝在甩開方向盤後上了高架橋，車流也排成一排，規律地緩慢往前爬行，她側了側頭：「你怎麼不問我要帶你去哪裡啊？」

江起淮抬了抬眼，淡淡道：「總不可能把我給賣了。」

陶枝有些驚嘆他的敏銳。

趁著塞車的片刻，她轉過頭來眨了眨眼睛，看著他叫了一聲：「男朋友。」

江起淮在聽到稱呼後，抬起頭。

「見家長嗎？」陶枝繼續說。

江起淮的表情沒什麼變化，也毫無反應似的，只是輕輕顫動了一下單邊的睫毛。

他下意識地舔了一下嘴唇，語速很慢地問：「現在嗎？」

陶枝點了點頭說：「就現在吧，我本來是想先跟你商量一下，問問你的想法，然後再跟我爸那邊打聲招呼，訂個日子。」

陶枝頓了頓，繼續說：「但我突然覺得沒那個必要，只是跟家人見面吃個飯而已，不想要那麼大費周章。」

江起淮的心尖彷彿被人輕輕撥動一下。

「我什麼東西都沒準備。」他說。

陶枝想了一下後，也覺得是該拿點東西的，至少帶一些水果之類的，於是點頭道：「那等一下去超市買點東西吧。」

車子開到了陶枝的老家附近，高中時期的江起淮在這裡上了半年的家教課，對這一片也是熟門熟路。

兩個人先去了最近的一家大型超市，將車子停好後上了樓。

三層的超市，日常用品一應俱全，江起淮推著車子跟在她後頭，看著陶枝以「第一次登門拜訪」為由，將零食瘋狂地丟進推車裡。

她丟了不少的巧克力和果凍軟糖，喜歡偏甜的優酪乳，洋芋片只拿了兩包，應該是不太常吃。

年關將近，在超市最中央的貨架上，有著一箱箱疊放整齊且包裝精美的年貨禮盒，江起淮提了幾盒放進車裡，想著下次拜訪的時候，再正式帶一點東西過去。

陶枝抱著一袋焦糖餅乾走過來，在丟進車裡的時候，偷偷看了他的表情一眼，小聲說：「這樣是不是太突然了？」

「嗯？」江起淮的視線還落在禮盒上，「什麼太突然？」

「就，也沒提前跟你說，」陶枝說，「如果你不太喜歡，或者覺得需要準備一下的話，下次再來也可以，我就只是一時興起，其實本來也沒有這個打算的。」

她才剛說完，江起淮就立刻轉過頭來看了她一眼：「這可不行。」

陶枝愣了愣：「什麼不行？」

「一時興起，」江起淮盯著她說，「對我也是嗎？」

陶枝在過了幾秒後才理解他這句話的意思，她仰著頭很快地說：「當然不是，我說的一時興起，指的是今天就帶你回家的這件事，我如果對你——」

她解釋到一半，看見男人無聲地彎起了唇角，才意識到自己被耍了。

陶枝瞬間閉嘴，朝著他翻了個大大的白眼，懶得理他了，擺著手大步往前走。

眼看著把她逗到有點炸毛後，江起淮笑了一聲，繼續推著車子跟在她後頭。

兩個人買了滿滿一車的東西，在等排隊結帳的時候，陶枝隨手翻了翻車裡的東西看了一遍，視線一瞥，飄到了旁邊貨架的最上方。

以前逛超市的時候，在看見這東西時，也沒覺得什麼，不曉得這次是哪裡出了問題，陶枝莫名地覺得有些尷尬。

她心虛地移開了視線，才剛把腦袋轉向一邊去，頭頂就忽然被人輕輕抓了一下。

陶枝瞬間凝固，像是做了什麼虧心事被抓包一樣，她無意識地縮了一下肩膀。

江起淮的掌心覆在她腦袋上，聲音也從上面傳過來：「我沒有不喜歡。」

「……」

你喜歡什麼啊？別亂喜歡啊！我什麼都沒看！

陶枝更慌了。

江起淮繼續說：「不過這次確實沒有準備，只能等下次登門的時候再補上了。」

陶枝愣了一下，然後緩緩地仰起臉來，抬著下巴從下往上看著他。

江起淮的語氣平緩，音色很低：「枝枝願意帶我回去，我很高興。」

陶枝帶著江起淮回家的時候，陶修平正在客廳跟著電視上的教學，做著天鵝臂運動。

兩個人提滿了東西踏進門，就看見陶修平背對著玄關的方向站在瑜伽墊上，一邊高舉著手臂，一邊看著眼前的電視。

電視機裡傳來了富有磁性的女聲，平緩而溫柔：「調整呼吸，跟著我的節奏一起律動，來，讓我們一起念——一二三四、一二三四。」

陶修平深吸了口氣：「一二……三四……」

陶枝：「……」

江起淮：「……」

陶枝將手裡的袋子放在地上，走過去歪著腦袋看他：「爸，你在幹什麼呢？」

陶修平聽見聲音後轉過頭來，有些意外：「妳怎麼回來了？我還以為是為小繁呢。」

他一邊說著，一邊將視線往後一掃，看見了站在後頭的江起淮。

陶修平差點被口水嗆到。

他還保持著丹頂鶴似的姿勢，單腿站在瑜伽墊上，雙臂高舉展翅欲飛，原本還盡力保持的平衡，也澈底被突發情況給影響，陶修平另一隻腳落地，差點沒站穩。

但他瞬間就調整好了表情。

畢竟是坊間陶校花的基因提供者，陶修平面容英俊，又在商場上打拚了這麼多年，板著臉不笑的時候，自然有一種上位者的肅冷氣勢。

他平靜地看著江起淮，沉聲道：「小江來了？」

江起淮點了點頭：「打擾了。」

電視裡的女人還在舒展著手臂，陶修平也沒關，就像是四十幾歲的老男人沒事在家裡做天鵝臂運動，是一件十分正常且稀鬆平常的事情。

他甚至若無其事地看向江起淮，指著電視問他：「這個，做過嗎？」

「沒有。」江起淮平緩道。

陶枝忽然萌生出了一股不祥的預感，她上前一步：「爸爸——」

陶修平看過來，父女倆誰都沒說話，用眼神進行了幾回合的對話。

——妳怎麼不提前跟我說今天要帶他回家？

——誰會知道你每天都在家搞這些有的沒的？

——誰知道妳今天會帶人回來？

——您還不如像平時那樣繼續看綜藝節目呢。

陶修平轉過頭，拒絕繼續跟陶枝做眼神交流。

然後，他朝江起淮招了招手說：「不會也沒關係，這個很簡單，跟著電視學就行。」

他似乎是打定了主意，認為今晚不能讓他自己一個人尷尬，勢必要把江起淮這個罪魁禍首也拖下水，眼神和善地看著他說：「來，叔叔教你。」

江起淮：「……」

陶修平說出這句話的時候語氣和緩、眼神真摯，甚至還帶著某種意義不明的堅持和試探，像是只要江起淮敢拒絕，下一秒他就會直接把他轟出家門一樣。

陶枝抿著唇站在旁邊，看看陶修平，又看看旁邊這位，忍笑忍到臉有點疼。

雖然她是蠻想看江起淮跟著老爸一起做天鵝臂的，但看著他僵著臉站在旁邊的樣子，陶枝莫名覺得他還挺可憐的。

就在江起淮剛想走過去的時候，陶枝終於忍不住噗哧一聲笑了出來。

她扯著江起淮的手臂，直接往樓上跑：「行了陶老闆，您自己玩吧，我帶他參觀一下我的臥室。」

陶修平斜她一眼：「妳那間狗窩有什麼好參觀的？」

「他第一次來家裡，總得看一下女朋友的閨房長什麼樣子。」陶枝臉不紅、氣不喘地說。

陶修平也懶得揭穿她，冷笑了兩聲，擺擺手後從瑜伽墊上下來，踩上拖鞋把電視關了。

陶枝面不改色地拽著江起淮往樓上跑，為了展現真實性，嘴上還念叨著：「你不知道哪個是我房間吧？」

江起淮：「……嗯。」

陶枝往樓下瞥了一眼，故作大聲地說：「這間才是我的，旁邊是季繁的。」

江起淮嘆了口氣。

陶枝壓開房門將他拉進去，她的房間跟以前幾乎沒什麼差別，除了少了一些亂七八糟的娃娃。至於其他的公仔和絨毛玩具，都已經在她現在的租屋處裡見過了。

搭在沙發上和椅背上的衣服也都沒了。

書桌乾淨，書本全都整整齊齊地擺在旁邊的書架上，那些高中時期用的課本和練習卷，被小說與攝影的讀物和影集給取代，書桌另一邊的牆壁上還貼著一塊照片牆。

江起淮在看見那塊照片牆的時候，腳步一頓。

他看到有些出神。只占了書桌旁邊空出來的一小塊牆面上，貼滿了照片和便利貼，中間有一塊小小的軟木板，上面有幾張用小圖釘釘著的照片。

陶枝沒有注意到他的視線，她扒在門口再次往下看了一眼，才縮回腦袋關上門，轉過身來。

江起淮的目光已經移開了。

陶枝靠在門板上看著他，悠悠道：「懷念嗎？早戀對象。」

江起淮低下頭，笑著舔了一下嘴唇：「挺懷念的。」

陶枝站在門口，沒有說話。

雖然江起淮只來過一次，但在很長的一段時間裡，陶枝偶爾會覺得，這間臥室裡到處都有他的影子。

角落裡有他裝起來的零食，書架上有他擺放好的公仔，有的時候，陶枝會在一大清早起床，拖著睡意未消的腦袋緩慢地拉開衣櫃，恍惚間會不自覺地想起少年跌坐在衣櫃裡，露出那張茫然又錯愕的臉。

而那個人，切實地再一次站在了這裡。

陶枝搭在門板上的指尖動了動，直起身來走到床邊坐下，有些遺憾地說：「可惜現在不用偷情了，總覺得好像少了那麼一點刺激。」

江起淮瞥了她一眼：「要多刺激？」

陶枝想了想，說：「就是羅密歐與茱麗葉的那種，兩個人雖然相愛卻不能在一起，但是克制不住地被對方的荷爾蒙給瘋狂吸引，於是在深夜時偷偷地在房間裡祕密約會。」

她越說越起勁，亂七八糟的東西也一股腦地冒出來，開始口無遮攔：「還有，不是有那種情色小說嗎？爸爸和媽媽都在家，我和哥哥卻在房間裡——」

陶枝頓了頓，沒有繼續說下去，只是意味深長地看著他。

江起淮有些麻木：「在房間裡什麼？」

陶枝有些無言：「你懂不懂情趣啊？就是要在這裡留白才更有韻味。」

江起淮很平靜地側了一下頭，淡聲說：「所以是什麼？」

「……」

陶枝面無表情地坐在床邊，朝他招了招手：「過來。」

江起淮走過去。

他今天穿了一件黑色的高領毛衣，沒打領帶，陶枝掃了他兩眼，不知道從何下手，她皺著眉想了一下，然後纏著他的毛衣往下拽了拽。

「放低一點。」陶枝指揮他。

江起淮順從地彎下腰。

陶枝單手拽著他，脊背直起略微向上頂了頂，仰起脖子後吻上他的唇。

她身穿貼身的羊毛連衣裙，勾勒出女孩子纖細曼妙的曲線，下巴高高揚著，白皙的脖頸拉得修長。

大概是男人與生俱來的本能，江起淮單手撐著床邊低下去，另一隻手則無意識地扶住了她的頭，往上壓了壓。

唇齒之間在纏綿了片刻後分開，陶枝纏著他毛衣的手指也漸漸軟下來，她縮著發麻的舌尖，費力地吞咽了一下，身子往後傾了傾，想要拉開距離。

只要她往後一步，他就會向前，幾乎不給人喘息的空間。

陶枝仰躺進柔軟的大床裡，纖細的手指被有力的指節扣著，按進了羽絨棉被，唇舌的舔吻在安靜的臥室裡，發出低而曖昧的聲響。

半晌，江起淮抬起頭，喘息聲就滾在她耳邊，溫熱低沉。

陶枝舔了舔發麻的嘴唇，微張著嘴，小口小口地平復呼吸，下意識地抬了抬被壓住的腿。

她剛把膝蓋屈起。

「別動。」江起淮啞聲說。

陶枝動作一頓，老老實實地放下了，腿窩卡在床邊，小腿順著垂下去。

「就是這個。」她聲音軟綿綿地小聲說。

江起淮有些心不在焉，低著嗓子：「嗯？」

陶枝勾著他的脖子，將人輕輕往下拉了拉，在他耳邊說：「在房間裡做的事。」

她柔軟濕潤的唇瓣貼著他的耳廓，然後明顯感覺到，壓在身上的男人比剛剛還要僵硬。

陶枝莫名地有種得逞的滿足感，她抿著唇放鬆下來，自下而上地看著他，眨了眨眼：

「江起淮，你怎麼不說話？」

江起淮眼皮一跳，閉上了眼。

陶枝繼續道：「你為什麼不理我了？」

江起淮倏地睜開眼，瞇著眼睛居高臨下地看著她，眼睛深而黑。

「就這樣嗎？」他忽然啞聲說。

陶枝有些沒反應過來：「嗯？」

「在房間裡做的事，」江起淮自上而下地逆著燈光盯著她看，眉眼遮掩在陰影裡，聲音低緩，像是危險的暗示，「這樣就夠了嗎？」

陶枝忍不住縮了縮脖子。

見他好像有點被惹毛了，陶枝飛速地認錯：「夠了、夠了，就算不夠，現在的時間和地點也不適合。」

「……」

妳也知道不適合。

江起淮看著她這副搞事過後想要息事寧人的樣子，頓了幾秒，他忽然將頭埋在她的頸肩，剝開衣領，洩氣一般地往細緻的脖頸上輕咬了一口。

陶枝頸側一涼，尖銳細小的疼痛也隨之襲來，她小聲地叫了一聲，然後捂住脖子不滿道：「你怎麼可以咬人啊？」

江起淮翻身而起，站在床邊瞥了她一眼，那個眼神就好像在說：妳心裡沒數嗎？

陶枝有數歸有數，卻沒有表現在臉上，她撐著床面坐起來，毫無愧疚之意地往臥室裡面指了指，善意提醒道：「洗手間在裡面，殿下您自便。」

江起淮：「……」

江起淮從洗手間出來的時候，臥室裡已經沒人了。

晚餐也準備得差不多，陶枝率先下了樓，江起淮在推門離開的時候，就看見她正站在沙發旁邊跟季繁扭打在一起。

說是扭打在一起也不太對，陶枝手裡拿著一隻細長的蟒蛇玩具，季繁手裡舉著一個抱枕，一邊拿抱枕往她身上拍，一邊靈活地躲開陶枝的攻擊。

還邊打還邊互相辱罵：「你一回來——就打我！你還不如不要回來！」

季繁：「我要是知道——妳曬恩愛曬到家裡來了！我寧可凍死在外面！」

江起淮：「……」

陶枝看見他下來，一邊拚命地用布偶毆打季繁，一邊抽空回過頭來：「下來啦，來吃晚飯。」

季繁手裡的抱枕被陶枝丟到一邊去了，他靈活地壓著沙發，又抽了一個抱枕過來，再度加入戰局。

客廳裡的抱枕和絨毛玩具滿天飛，大概是礙於江起淮的關係，陶修平終於看不下去了，走過去敲了一下兩人的腦袋：「都二十幾歲的人了，還當自己是十幾歲的小孩啊？趕緊去洗手，過來吃飯了！」

陶枝的蟒蛇被丟到一邊，她撇撇嘴，跑過來扯著江起淮往餐廳走：「來吃飯。」

江起淮被她安排在自己的旁邊後坐下，又起身去幫阿姨把飯菜端上了桌。

陶枝看見他過去，也自告奮勇地跑去廚房拿碗筷。

這一頓飯吃的意料之外的和諧。

江起淮本身的話就不多，聽著陶枝和季繁在那邊吃飯邊打鬧也沒什麼反應，只要陶修平問話，他就回答。

陶枝一邊跟季繁說話，一邊注意著他這邊的情況，陶修平沒有過問任何關於他家裡的事情，只聊了一些工作上的事和無關痛癢的家常，態度也很正常。

沒有說半句讓陶枝擔心的話。

相安無事地吃完，陶枝鬆了一口氣，飯後的她站在廚房門口，看著江起淮幫阿姨把碗筷拿進廚房，然後又被阿姨趕了出來。

陶枝看著他被推出來，開玩笑道：「你怎麼在跟我們家的阿姨搶工作啊？」

「有點不習慣。」江起淮平淡道。

在他說完這句話後，兩個人幾乎同時頓了一下。

陶枝在說這句話的時候沒想那麼多，江起淮也是，只是在他第一次近距離接觸到她平時的生活環境，那些對她來說都是理所當然的事情，對於江起淮而言，都會讓他感到渾身不自在。

廚房裡的阿姨將碗筷丟進洗碗機裡，響聲若隱若現，陶枝仰起頭，看著江起淮站在餐廳酒櫃旁的陰影裡，眼睛低著垂下去，表情很淡。

她抿了抿唇，慢吞吞地牽過他的手指：「不用習慣這些。」

江起淮抬眼。

陶枝握著他的食指，指尖在柔軟的指腹上捏了捏，她耳尖有點紅，聲音很輕地小聲說：「反正你以後要負責洗家裡的碗。」

這話說得讓江起淮心裡一軟，又有一點想笑。

他反手握住捏著他指尖的那隻手，像揉麵團似地搓了搓，「我洗碗，那妳要幹什麼？」

「我陪你洗，」陶枝正色道，「我在旁邊給你愛的鼓勵。」

江起淮：「……」

他還不能沉默，陶枝一定要得到他心服口服的贊同和肯定：「怎麼樣？這個買賣是不是很划算？」

江起淮笑了一聲。

「確實，是我賺了。」

能把她騙進家門。

怎麼想都是他占了天大的便宜。

飯後，江起淮在客廳裡陪陶修平聊天，陶修平對這一方面很有研究，兩個人聊起了融資、股票，還有板塊之類的，陶枝一個都聽不懂。

她坐在旁邊百無聊賴地玩手機，覺得那兩個男人說的話就像天書一樣。

消耗完手遊的體力後，她打開了社群軟體，開始看起了一些網友分享的可愛貓咪影片，最後點進了幾個平時關係比較好的攝影師的帳號，看了他們最近的照片一眼。

在滑手機的片刻，陶枝看了陶修平一眼。

男人這種生物，似乎無論年紀，只要能和對方有一個共同話題就能聊上，對彼此的印象也會自然而然地上升一個等級。

但對她來說實在是太無聊了。

正當她仰頭靠在沙發上，抱著抱枕玩手機的時候，忽然有人從被抱枕遮擋的地方，輕捏了一下她的手。

陶枝一頓，用餘光瞥了坐在旁邊的江起淮一眼，不動聲色地在抱枕下側手捏了回去，爾後鎖上了手機，若無其事地跑上樓。

正當她站在二樓樓梯口前，扒在扶手上往下看時，有個人卻冷不防地出現在她的身後：「看什麼呢？」

陶枝嚇得一哆嗦，瞬間轉過頭去。

季繁拿著一瓶可樂站在他的臥室門口，看起來是剛出來。

「看這兩個人要聊到什麼時候，」陶枝撇撇嘴，「金融話題實在是無聊死了。」

「老陶很高興吧，」季繁也湊過來，將手臂搭在扶手上，跟著她一起往下看，「我們平時也沒辦法跟他聊這些，都不感興趣，也不懂。」

他頓了頓後轉過頭來：「妳應該挺高興的吧。」

陶枝點點頭。

她當然對老陶願意跟江起淮聊天的這件事而感到開心，陶修平雖然這幾年變了很多，但是他對江起淮的接受度還是不高。

如果江起淮能自己討他喜歡，那陶枝就連作夢都會笑。

她搖頭晃腦地想著，然後聽見季繁在旁邊冷笑了一聲。

陶枝轉過頭來，看了他手裡的可樂一眼：「哪裡拿的？我看冰箱裡沒有啊。」

季繁往後指了指：「我房間。」

陶枝二話不說，站直了身子推門進去。

季繁：「哎？」

他跟著進去的時候，就看著陶枝蹲在他的小冰箱前，挑揀著瓶瓶罐罐的汽水和啤酒，在最後挑了一瓶桃子口味的汽水。

陶枝把汽水打開後關上了小冰箱，轉過身來喝了一口，納悶地看著他：「你為什麼這麼不喜歡江起淮啊？」

「因為我打不過他。」季繁走過來站在她身邊，吊兒郎當地說。

陶枝板著臉看向她，舉起手來作勢要打他。

季繁笑著往旁邊躲了躲，陶枝白眼一翻，垂下了手。

季繁的笑容斂了斂，重新站過來。

他坐在小冰箱上喝了一口可樂，靜了幾秒後才說：「倒也不是針對他或者不喜歡他，只是我答應過老媽，我會保護妳。」

陶枝愣了愣。

「我知道妳一直覺得老媽更喜歡我，就像我始終都覺得陶老闆更喜歡妳，但是老媽在臨走之前跟我說的最後一句話，是叫我保護好妳，」季繁說，「我覺得有些感情呢，是父母無法控制的，要完完全全地保證能端平一碗水，是一件多麼困難的事情啊。我覺得吧，偏愛其中一個，也不代表不愛另一個，相反的，她可能到離開之前，都覺得自己對妳有所虧欠。」

季繁將手裡的最後一點可樂喝完，轉過頭來：「所以，也不是真的這麼討厭他，可能只是覺得他打算要跟我搶工作，就下意識地不太開心。」

陶枝側著頭，忍不住笑了一聲。

看著她笑，季繁納悶道：「不是，我難得這麼認真，妳怎麼還笑啊？」

陶枝：「因為你認真的時候就是這麼好笑啊。」

「……」

季繁嘆了口氣。

兩個人都沒再說話，冰鎮過的桃子汽水酸甜冰涼，充斥著整個口腔，刺激著味蕾和喉管，陶枝捏著玻璃瓶，仰頭喝了幾口，聽見季繁忽然叫了她一聲：「姐。」

他很少這樣叫她，上一次是在季槿去世的時候。

陶枝頓了頓。

季繁將手裡的空可樂罐放在桌上，他耳朵有點紅，似乎很不自在，卻極其認真地說：

「雖然我的工作被搶走了，但是有人能代替我的位子保護妳，我還是挺高興的。」

陶枝看著那雙和她相似的雙眼，安靜了一瞬。

雙胞胎真的很神奇。

他們不明說也能大概猜到彼此的想法，甚至在有些情況下，當其中一個人的情緒波動很大時，另一個人也會心神不寧。

他們就像是本該屬於同一個靈魂，卻因為上帝的捉弄而被一分為二。

她小的時候其實和季繁長得很像，可以從一、兩歲時候的照片上，看見兩人幾乎長得一模一樣，隨著時間的流逝，反而越來越不像了。

到現在，也只剩下眉眼的輪廓有幾分相似。

冰涼的玻璃瓶將涼意傳遞到指尖，陶枝低下睫毛，笑了一下。

「姐姐也很高興，看著我們阿繁長大了。」

第三十二章　殿下，求求你了

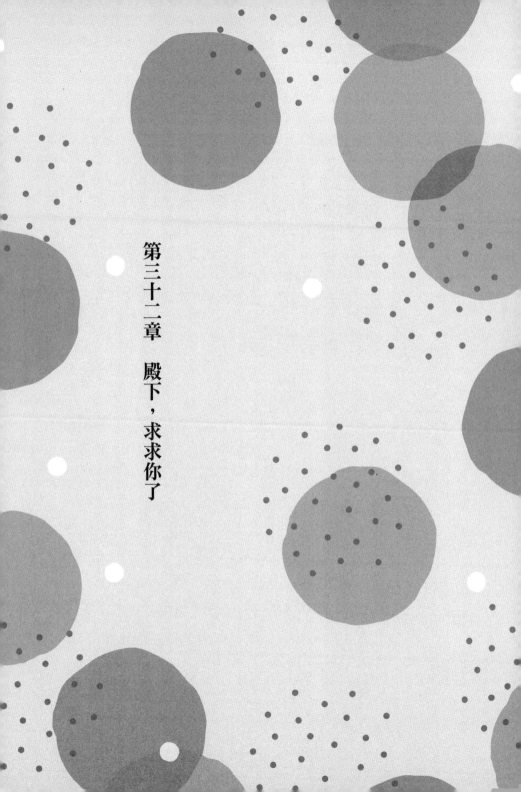

江起淮上樓找人的時候，陶枝不在房間裡。

他原本以為陶枝在聽了他們的對話後，因為覺得無聊就已經回房了，結果一推開門，臥室裡一片安靜，連燈都沒開。

他開了燈後走到洗手間門前，敲了一下門。

沒聲音。

江起淮走到她的書桌前，拉開椅子坐下，抽出手機後點開了通訊軟體。

他把訊息打好以後將椅子轉了一圈，手肘抵著書桌的邊緣按下傳送。

等了一會兒，陶枝還是沒回，不知道她到底是跑去了哪裡。

連在自己家裡都能跑到不見人影。

江起淮將手機放到書桌上，隨手抽了一本她桌上的攝影書來看。

她桌上的書很少，幾乎都整整齊齊地豎立排在桌邊，大概是因為不常回來住，所以很久都沒看了，書上還落了一層薄薄的灰塵。

江起淮拿著那本攝影書翻看了兩眼，目光從面前立著的書本書脊上掃過。

少了一本擠在那裡就變得鬆散許多，其中的兩本書也歪歪地斜過去，露出了原本被擠在最裡面的本子。

江起淮的視線停在上頭，手指頓了一下，放下了手裡的書後將那一本抽出來。

一本封面泛黃的英文作文集，書頁的邊緣也已經磨損出了毛邊，頁腳有一道捲起來的折痕，不知道已經被人翻看了多少次。

他低垂著眼，翻開了已經有些軟的封面。

然後，他看到了裡面的扉頁。

江起淮捏著書頁的手指一寸寸收緊，僵硬得像埋在寒冬雪夜裡的凍枝。

幾乎只是瞬間，少女垂著頭拿著筆、抿著唇，一筆一畫地將自己的名字寫在上面的畫面，直接竄進了他的腦海，他甚至清晰地記得，那天下午的陽光落在她身上時，她黑髮上泛起的柔軟絨毛，低垂著的長睫上有光粒掉落。

只是上面的幾個字和他記憶中的比起來，早已面目全非。

橢圓形狀的水漬在扉頁上的幾處落下，在泛黃的紙上留下了更深的痕跡，浸濕的那一塊書頁也微微地泛起了褶皺。

而她就那麼執著又倔強地，在這些痕跡裡寫下了她曾認了命的不屬於，筆筆刻骨，字字銘心。

陶枝回房間的時候，江起淮正閉著眼仰躺在沙發上，手背搭在眉骨上頭，悄無聲息，像是睡著了。

吃晚餐的時候，陶修平拉著他小酌了一杯白酒，陶枝以為他是酒勁上來了所以不太舒服，輕輕走過去俯身看他。

她剛湊過去，江起淮手腕一抬，睜開了眼睛。

他的眼神有些渙散，呆滯地看了她幾秒，眼角微微發紅。

陶枝愣了一下，坐在他旁邊摸了摸他的臉，有些冰涼，也不熱。

「你不舒服嗎？」她湊過去問。

江起淮很慢地回過神來。

他轉過眼，喉結動了動，聲音低沉又乾澀：「枝枝。」

陶枝應了一聲。

他沒動，還是繼續叫著她：「枝枝。」

他咬字又低又慢。

「在呢在呢，」陶枝不明白他怎麼了，只是以為他不能喝白酒，她拍了拍他的背，「你先穿個衣服，我跟我爸說一聲，我們回家了喔。」

江起淮閉了閉眼，站起身來：「我跟妳一起下去。」

他起身出了臥室，陶枝跟著他下去和陶修平打了聲招呼，但是這時候的他看起來又神思清明、語氣平淡，沒有半點喝醉的樣子。

兩個人出了門，陶枝一邊掏出了車鑰匙開車，一邊狐疑地轉過頭來：「你真的沒事吧？」

江起淮盯著門口地燈的光源點，有些出神，隔了幾秒才「嗯」了一聲。

看起來不太聰明的樣子。

江起淮喝了酒不能開車，陶枝本來是打算幫他叫計程車，讓他自己回家的，想了想後還是不太放心，就直接開車把他送回去了。

到家的時候已經晚上九點多，陶枝扯著江起淮上了電梯，一進門，她插著腰指揮他：「把外套脫了。」

江起淮將外套脫掉，隨手丟在一邊。

只是喝了一點酒就開始亂丟衣服了。

陶枝往客廳沙發的方向一指：「去坐著，我幫你準備蜂蜜水。」

江起淮看了她一眼：「我沒醉。」

「我相信你了。」陶枝十分敷衍地說。

她一邊說著，一邊走到廚房，掀開了他們家的各個櫃門：「你家的蜂蜜放在哪裡？」

江起淮嘆了口氣，走過去打開冰箱門，從裡面拿出了一小罐蜂蜜。

陶枝接過來，用電熱水壺裝滿水，座上通電。

她靠著流理臺，皺著眉看向他，教育道：「你剛剛怎麼沒說你不能喝白酒啊？之前看你啤酒跟清酒一杯杯地接著喝，還以為你挺能喝的呢。」

江起淮沒說話，他垂著唇角走過去，舉起手來抱住她。

將頭埋在她的頸間，呼吸頻率平緩，聲音有些悶地重複道：「我沒醉。」

他的情緒明顯很低沉，似乎不太高興。

但陶枝也想不出他為什麼會忽然不高興。

就這麼被他圈在身前，他的黑髮也刮蹭著她的耳廓，有些癢。

她略歪著腦袋，不自在地稍微蹭了兩下，剛要說話，人就僵了一下。

江起淮輕輕地咬著她頸側的軟肉，順著淡青色的動脈血管一路舔吻上去。

「枝枝。」他在她耳邊低喊了一聲。

陶枝人一顫。

他一寸一寸地勾勒著她的耳廓，延伸到唇角，然後咬住她的舌尖。

陶枝整個人都發軟，她抬起手臂勾著他的脖頸，江起淮順勢扣著她的腰，將人輕輕往上一提，坐到了中島檯面上。

水壺裡的水燒開，輕微而刺耳的沸騰聲響遍了整個廚房，水面咕嚕咕嚕地冒著泡泡，熱氣順著壺嘴一股一股地撲出來。

陶枝胡亂地將長裙裙擺翻上去，用修長的雙腿勾著江起淮的後腰，她含著他的舌尖，輕咬了一下，然後退了退，漆黑漂亮的眼睛像是刷上了一層朦朧的霧。

她看著他舔了舔嘴唇，聲音軟而勾人：「做嗎？」

江起淮笑了起來。

「做什麼？」他低聲問。

陶枝渾身的熱度都在蔓延，耳尖像是要燒起來了一樣，她再也說不出更過火的話，不知道是因為羞恥還是生氣地瞪了他幾秒，然後憤憤地垂下頭，輕輕地吮了一下他的喉結。

江起淮仰起頭，笑意被她全數吞下，喉嚨間也不受控制地溢出了一聲沉沉的喘息。

陶枝像是成功報仇了一般，再次抬起頭來，江起淮還來不及開口，她的手就已經探下去了。

江起淮腹部的肌肉瞬間繃緊。

他低下眼，女孩雪膚紅唇，正滿意地看著他，眼角還帶著緋紅的豔色。

「這不是挺乖的嗎？小殿下。」她意有所指道。

江起淮聽見了最後一根神經繃斷的聲音。

他閉了閉眼，聲音已經很啞了：「枝枝。」

陶枝軟軟地應了一聲當做回應。

「我沒準備。」

陶枝愣了一下，抬眼：「什麼？」

「套子。」

「……」

陶枝用了十秒鐘的時間來消化了這件事。

一個有女朋友，性方面看起來也十分正常的成年男人，家裡竟然沒有備著這種重要的生理用品。

這一瞬間，陶枝很想鄭重其事地問他一句：江起淮你是不是真的有障礙？

陶枝茫然地看著他，真心誠意地好奇道：「你難道不想跟我睡嗎？」

江起淮有些無奈：「沒有男人會不想。」

「那你為什麼……」陶枝艱難地斟酌了一下措辭，「沒準備？」

「我沒打算現在就做，」江起淮抬起手，刮蹭了一下她染著紅痕的眼角，動作輕慢，「怕把妳嚇跑了。」

因為失而復得，因為問心有愧，所以每一步都走得小心謹慎。

怕她不喜歡，怕她不願意，怕她經歷了太多年的陌生，對他已經變得不再適應和習慣了。

江起淮本來打算慢慢來，一步步緩慢地重新靠近她。

陶枝聽懂了。

剛剛被慾念沖昏頭的腦袋也清醒了幾分，她點點頭道：「所以，你要徵求我的同意才打算開始準備？」

江起淮沒說話。

陶枝當他默認了，她別開眼，指尖在他的手臂上輕輕刮了兩下，慢吞吞地說：「那我同意了。」

語畢，房子裡沒了聲音。

江起淮沉默地看了她幾秒，身子忽然往後撤了撤，轉身走出了廚房，把她一個人丟在中島上。

陶枝：「……？」

她看著他走到客廳，拿起剛剛隨手丟的外套，然後從口袋裡掏出手機來，低著頭擺弄了一會兒。

擺弄完，他將手機放回褲子口袋，又重新折返了回來。

「你去幹什麼了？」陶枝一臉疑惑地問。

江起淮走到她面前，像抱小孩一樣，豎著把她抱起，一邊往外走一邊說：「叫外送送套子，要等三十分鐘。」

「……不是，」陶枝還有點恍神：「我覺得改天也可以。」

「嗯，」江起淮應著聲，抱著她走出了廚房，穿過客廳後進了臥室，「不改了。」

陶枝晃了晃腿，雙手撐著他的肩膀，往後仰了仰，睜大眼睛茫然地看著他：「那你這三十分鐘要幹什麼？」

她話才剛說完，就被人丟到了床上。

陶枝整個人陷進了柔軟的羽絨被裡，周圍都被棉被上清冽乾淨的氣息籠罩。

下一秒，味道的主人就霸道地壓上她的身子，灼熱的指尖挑起了她身側長裙的拉鍊，一寸一寸地拉下去。

空氣中些微的涼意帶起了一陣顫慄。

江起淮低下脖頸，側頭含住了她軟軟的耳垂，聲音低啞：「這三十分鐘，可以用來伺候妳。」

臥室裡沒有開燈，光線隱隱約約地從半掩著的門口透進來，淺白色窗紗後的萬家燈火，猶如一盞盞小小的天燈，井然有序地漂浮在漆黑的夜空。

一片寂靜中，所有的感官都變得更加敏銳，微涼的空氣和滾燙的觸覺形成對比，激起人無邊無際的顫慄。

陶枝的下巴尖揚起，脖頸被拉得修長，半被動地承受著親吻，舌尖發麻，耳邊響起清晰又微弱的吞咽聲。

她半瞇著眼，在影影綽綽間看見了掛在床頭的那張相片。

大片滾滾紅雲潑墨似地在淺紫色的天際散開，淺紅色的海面上細浪翻湧，彷彿滾進此時此刻的現實，所有的思緒以及身體，都跟著在那一片浪潮中不受控制地沉浮。

陶枝吸了吸鼻子，指尖死死地纏著柔軟的被單，費力地微微抬起頭。

江起淮在感覺到她的動靜後，緩緩抬起頭來，他的睫毛壓下去，眼尾微挑，漂亮透澈的淺棕色瞳仁，在此時被籠在昏暗的陰影裡，呈現出一種濃郁的暗色。

他看著她發紅的眼角，濕漉漉的漆黑眼睛，下顎的線條繃住，壓抑地喘息了一聲，嘴唇貼著她的耳垂，聲音沙啞：「枝枝。」

陶枝抓著他的肩膀，視線也跟著看過去，迷茫地尋找他。

在他冷然淡漠的眉眼上染上慾色，平靜低淡的聲線變得滾燙，他舔了舔嘴唇，修長漂亮的手指像是點燃了火苗，在觸碰過的每一寸土地上燒灼。

陶枝忽然萌生出一種難以言喻的暢快。

她從未想過江起淮會有失控的一天，也無法想像他失控時的樣子。

他看起來永遠理智冷靜，永遠謹慎漠然，永遠站在高遠的雲端，俯視睥睨著眾生和萬物。

陶枝忽然抬起手來。

她勾著他的脖頸扯下去，吻住他的唇，將他拉到了塵世間。

在某個瞬間，她難耐地揪住被單，忍不住弓起腰背時，江起淮突然停下動作。

他低下身子，虛弱地壓在她身上，然後將她抱在懷裡，近乎無聲地嘆了口氣。

陶枝睜開眼，有些不理解地看著他：「怎麼了？」

江起淮將頭埋下去，聲音很低：「半個小時有這麼久？」

陶枝：「……」

江起淮像是發洩似地，輕輕咬了一下她的脖頸，聲音裡帶著很淡的不爽和煩躁：「過得比開會的時間還要慢。」

「……」

陶枝直接笑了起來。

陶枝實在忍不住地癱在床上，笑到連纖瘦的肩膀都在顫，她一邊笑一邊抱著他，在他背上順了順：「你怎麼這麼急啊，高冷禁慾江起淮？」

江起淮抬起頭，瞇眼看著她。

女孩的眼角還帶著動情的紅痕，唇瓣嫣紅，她把身子往上縮了縮，用膝蓋蹭著他，催道：「快點，說好要伺候我的，你行不行啊？」

真是無法無天。

無論過去多少年，無論在什麼事情上，她都不知道「收斂」這兩個字該怎麼寫。

江起淮低著眼，指尖濕軟。

陶枝整個人緊繃地縮成一團，剛剛囂張的笑意戛然而止。

他垂頭親了親她溫熱而顫抖著的眼皮：「這樣伺候還行嗎？」

她很小聲地說：「行了。」

她的激將法相當有效，江起淮像沒聽見似地繼續動作，聲音低緩說：「行了嗎？」

陶枝的指尖掐著他的手臂：「行了行了。」

江起淮虛著眼：「這樣就行了？」

陶枝像是某種小動物一樣地嗚咽了一聲：「江起淮……」

他似乎有些不滿：「妳叫我什麼？」

她聲音都發顫了：「殿下、殿下，求求……」

江起淮笑了一聲：「求早了。」

陶枝整個人都被完全陌生的感覺給支配，渾渾噩噩地在浪潮裡沉浮，直到某一刻，手機鈴聲在臥室裡響起，打破了滿室的旖旎。

兩個人同時停住。

江起淮頓了兩秒後直起身來。

陶枝也長長地舒了口氣。

她鬆開拽著枕頭的手，睜開眼，看著他下床走到床邊，然後從床頭櫃上抽了兩張衛生紙，慢條斯理地擦手。

紙巾蔫地被丟到一邊，陶枝紅著臉別開頭，然後用枕頭來捂住眼睛。

一片黑暗裡，她聽著他一邊接起電話，一邊走出臥室。

等了一會兒，陶枝偷偷地掀開了一點枕頭，往外頭看了一眼。

門外有說話的聲音，沒說幾句後，大門被關上，江起淮拎著他剛到的外送走進來。

他站在床邊，將外送的袋子丟在床上。

陶枝從枕頭上面露出了一雙眼睛，眨了眨眼看著他：「我想了一下，要不我們今天就到這裡吧？」

江起淮將袋子裡的東西倒出來，慢條斯理地拆：「說一些我能聽懂的話。」

「我爽了，」陶枝老實地說，「感謝您的伺候。」

江起淮點點頭，翻身上床，撈起她的手腕，翻上去一扣，親了親她的嘴唇：「那換妳來伺候我吧。」一整個晚上，陶枝對於很多細節的感受都挺模糊的，只有他的聲音帶著喘息的低啞，一聲一聲，像上癮了一樣，不厭其煩地叫著她。

以及她無論如何都起不了任何作用的求饒。

他極其溫柔而克制，卻又冷漠強硬地，一遍又一遍地親著她的額頭和眼角，咬著她的耳垂和嘴唇。

他像一隻壓抑了許久之後，終於逃出牢籠的野獸一樣，將她給禁錮起來，還把她生吞活剝下肚，優雅又緩慢地進食。

他把他的食物從床榻移到了窗邊，爾後又到了浴室，將她放在洗手臺上，看著鏡子裡的人迷茫又豔麗的眉眼，聽著她用軟而輕的聲音叫他，一點一點將他潛藏著的癮頭和暴戾給全數勾出。

她將神拽入凡塵，然後以自身作為祭品獻身於神明，完成最純淨的祭典。

深濃夜色中，江起淮抱著她走進浴室，將她從頭到腳洗乾淨。

溫熱的水流沖刷，陶枝舒服地長吐了一口氣，整個人像一隻樹懶一樣掛在他身上，扯了一下他半濕的黑髮，聲音懶懶的，有些啞：「江起淮。」

江起淮應了一聲，聲音裡有飽餐一頓後的倦怠懶意：「嗯？」

「我錯怪你了，」陶枝說，「你是真的厲害。」

江起淮：「……」

陶枝真誠地誇獎他：「我很滿意。」

「……」

陶枝想了想，繼續道：「除了第一次吧。」

「……」

江起淮將蓮蓬頭掛回牆上，嘆了口氣：「消停一下吧，喉嚨不痛嗎？」

「有一點，」陶枝撇了撇嘴，軟趴趴地說，「我想喝水。」

江起淮用浴巾把她包起來擦乾淨，然後再將她抱回床上，轉身出去倒水。

廚房裡剛燒開的水現在已經涼下來了，溫熱的溫度剛好可以直接喝，他端著水杯回房間的時候，看見陶枝正坐在床邊，有些嫌棄地看著床面。

他將水杯遞給她：「怎麼了？」

陶枝接過來，咕咚咕咚地喝了半杯，才說：「我不想在這張床上睡覺。」

江起淮從善如流：「妳也可以睡沙發。」

「……」

陶枝震驚地看著他：「你能不能說點人話，這就是你現在對我的態度？」

她指著一片狼藉的床說：「你就不能換一套床單？」

江起淮挑眉：「我以為妳指的是，這張床會讓妳回想起不怎麼美好的記憶。」

陶枝將水杯遞給他，不情不願地承認：「那說不上是不美好。」

江起淮看著她有點紅的臉，低笑一聲。

陶枝有些不滿。

他走到衣櫃前拉開櫃門，抽出一套新的床單，抬了抬下巴：「去旁邊等一下。」

陶枝乖乖地下了床，坐到窗邊的單人小沙發上，托著下巴，看著他把床單扯到了地上，把新的鋪上去：「江起淮。」

「嗯？」

「你今天是不是不太高興？」陶枝忽然說。

他今晚的樣子，也不像是喝醉了。

江起淮頓了頓，將床單上的褶皺撫平，轉過頭來。

他坐在床邊朝她抬了抬手：「來。」

陶枝顛顛地走過去，鑽進他懷裡。

他身上有很好聞的味道，不是什麼爛大街牌子的男士香水，洗衣精混著他自己的氣息，就像他整個人一樣，清冽而冷淡的乾淨。

陶枝非常喜歡他的味道。

她抱著他的腰，將腦袋埋進他懷裡面蹭。

江起淮任由她蹭著：「妳是小狗嗎？」

陶枝皺了皺鼻子：「所以你不開心嗎？」

江起淮抱著她，指尖纏著她微濕的髮尾，把下巴擱在她的頭頂上：「嗯，不太開心。」

陶枝將他另一隻手抱在懷裡，玩起他的手指：「為什麼不開心？」

江起淮將她身上的浴巾扯下去，然後把棉被拽過來，把她包進去，低緩說：「我覺得，我對妳做了殘忍的事。」

陶枝太贊同這句話了。

她深沉地點了點頭，沉痛道：「我剛剛服軟的時候，你就應該停下的。」

江起淮：「……」

陶枝指控他：「你這個人真是太冷酷了。」

江起淮唇角略彎：「妳指的是這個？」

「那你指的是什麼？」陶枝莫名。

江起淮低下頭，很平靜地說：「我在想，我當初是不是應該給妳一個交代。」

陶枝愣住，靜靜地看著他。

江起淮不知道，如果當初能夠更自信地確信未來的某一天，他還能如此幸運地將她擁入懷中，他會不會做出和當時完全不同的選擇。

年少時太幼稚，太不成熟，總是容易想得太多，又想得太少。會擔心過去，會計畫將來，會自以為是且理智地做出自己覺得最適合的選擇，唯獨忘記了坦誠，忘記了眼前的此時此刻，這個選擇會不會傷害到他想要守護的人。

江起淮輕輕抱著她，往上抬了抬，把頭抵在她的頸窩上，呢喃似地說：「我在想，如果我當初像我的枝枝一樣勇敢，是不是就不會讓妳哭。」

臥室裡荒唐的氣息散盡，滿是靜謐。

陶枝垂著頭沒說話，抓著江起淮的手玩，從指尖到骨節分明的修長手指，又從掌骨明晰的手背到消瘦的手腕，然後抓著他的腕骨。

對於陶枝來說，其實過去的事情就是過去了，沒有必要再提起，有過委屈和埋怨，但更多的還是心疼和不捨。

人似乎都是這樣，如果是自己受了傷，還可以執著又堅定地走下去，可是一旦因為自己的原因而間接影響到了重要的人，就會開始質疑，會迷茫，會一時之間不知道該如何走下去，不知道自己的選擇是對的還是錯的。

陶枝甚至設身處地地想，如果她是當時的江起淮，會不會跟他做出完全相同的選擇。

她不想讓他被禁錮在過去的事情裡，她所期待著的，是他們將要一起走過的以後和未來。

「談戀愛就是這樣的，」她輕聲說，「會哭，會不開心，兩個人性格不同、想法不一樣也要磨合，齒輪要一點一點地咬，但大多數的時候都是開心的啊。」

「而且，你為什麼要把所有的過錯都攬在自己身上？本來就不完全是你的問題，」陶枝仰起頭來，不滿地看著他，「你覺得自己做錯了，可是我也不覺得我當時的決定是對的，那個時候的我，不是也有點衝動嗎？」

她不情不願，勉為其難地說：「當時的我在一時之間覺得自己被你背叛了，本來就知道你是那種只要別人不問，你就連一個屁都放不出來的狗屁性格，也知道你是因為什麼原因才會那樣說，我因為一時賭氣就什麼也沒問。」

少年時的江起淮缺了一份坦誠，而她卻多了一點衝動。

想要成為一個完美的人，實在是一件難事。

就是因為難，就是因為會碰壁，會做錯事情，會後悔，會不甘，所以人才會不斷、不斷地長大。

哪有人從一出生就能做到面面俱到的完美？

她握著他的手腕，微微抬了抬，將手指鑽進他的指縫裡，十指交纏，溫熱的掌心也貼合在一起：「你看，我們兩個明明都有過錯和錯過，但最後還是走到了現在，這件事情本身就很難得了，也說明我有多喜歡你。」

她重複道：「江起淮，我很喜歡你。」

江起淮的睫毛微顫，眼神很深地看著她。

她一直活得透澈又清醒。

不拘泥於往事，不糾結無關緊要的人，只跟著自己最純粹的欲望一路向前。

正因為如此，她才像不滅的焰火，永遠溫暖又明亮。

他沒說話，陶枝扣著他的手晃了晃：「你怎麼沒說你也很喜歡我？」

她把手一甩，扭過身來，抓住了他的耳朵，不滿地說：「快點，你不喜歡我嗎？」

江起淮任由她捏著耳朵，耳廓立起來，看起來就像一隻大狗狗。

他被她捏著往前拽了拽，順勢低下了頭，微涼的唇瓣貼了貼她的額頭，聲音輕得像是要融化在空氣裡：「我很愛妳。」

陶枝靜了一瞬。

她走神了片刻，有種沒聽見的錯覺，在反應過來以後，睜大眼睛看著他：「你再說一次。」

江起淮扯了扯唇角：「說什麼？」

「就是剛剛的那句！你別裝傻！」陶枝從他懷裡鑽出來，伸出長腿跨坐在他的身上，大腿處拉扯著，痠痛。

她「嗷」地叫了一聲，力度卸下，軟趴趴地重新趴回他身上。

江起淮嘆了口氣，將手探進棉被裡，不急不緩地幫她揉腿：「妳就不能老實一點嗎？」

「這到底是誰的錯？」陶枝鬱悶道。

江起淮語氣悠悠的：「我的。」

陶枝抬著腦袋，面無表情地指控道：「江起淮，你每次承認錯誤的時候都很沒有誠意，尤其在說『我的』──這兩個字的時候，一點都不認真。」

「……」江起淮想收回之前關於她不拘泥往事的想法，這個女孩明明就喜歡記仇又愛翻舊帳。

「我很認真啊，因為本來就是我的。」

他低著眼笑了一聲：「公主永遠都不會有錯。」

第三十三章　我會一輩子對她好

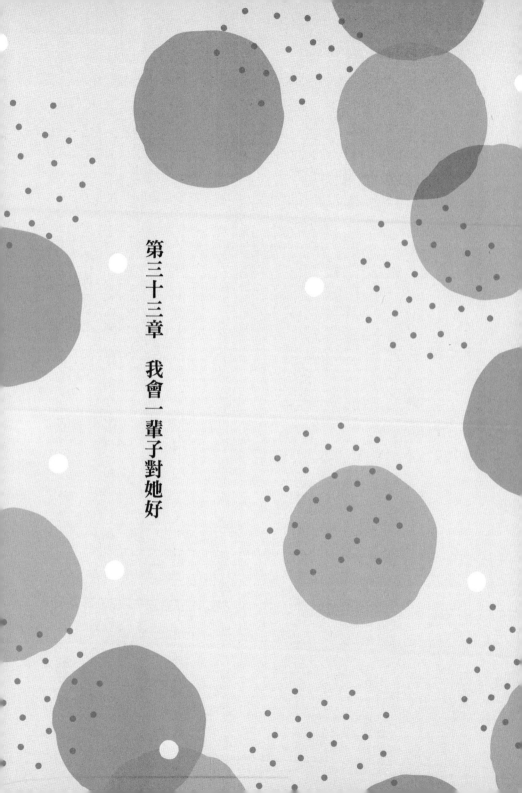

第二天，陶枝睡了一個懶覺，在天濛濛亮的時候，她就感受到旁邊的人起身的動靜，她睜開了雙眼，下意識地往身旁看了一眼。

江起淮坐在床邊，注意到她醒來後，俯身過來親了親她：「我去上班，妳再睡一下。」

陶枝縮進被子裡，迷迷糊糊地點了點頭。

江起淮繼續說：「等一下幫妳煮個粥，冷掉的話就熱一下再吃。」

她將腦袋埋進枕頭裡，睏得不想說話，晃悠了兩下腦袋來表示自己聽見了，就再次入睡。

醒來的時候已經接近中午。

她打著哈欠坐起來，看著有些陌生的臥室和身上的棉被，用了幾秒鐘的時間才反應過來自己在哪裡，以及昨晚發生的事情。

陶枝決定給自己請一天床假。

她傳了訊息告訴許隨年，跟他說今天不會進工作室，然後重新鑽進被窩，又點開了和付惜靈的對話框。

枝枝葡萄：『我睡到了。』

付惜靈：『？』

付惜靈：『爽嗎？』

陶枝不知道該怎麼形容，只傳了一個字過去。

枝枝葡萄：『啊……』

付惜靈：『好了，不必多言，我明白了。』

陶枝心情愉悅地玩著手機，舒舒服服地賴了一下床，等洗漱完畢後，就去廚房盛了一碗番茄蛋花粥，慢條斯理地喝。

喝完，她去江起淮的書架上挑了幾本書，窩在沙發裡看。

閒暇的時間就過得飛快。

中午點完外送，陶枝就接到了蔣何生的電話。

她一邊看書一邊接起來，懶洋洋地應了一聲：「喂。」

『電話倒是接得很快，』蔣何生說，『怎麼沒回訊息？』

「沒看手機，」陶枝翻到下一頁，「蔣醫生今天怎麼有空來找我？」

『我明天要前往A市進修，不知道下次回來是什麼時候了，有點話想跟妳說，』蔣何生說，『中午一起吃個飯？』

陶枝：「明天就走了？不是都快過年了。」

『嗯，過年就不回來了，要值班，假期也沒幾天，』蔣何生笑道，『醫生哪有年可以過？』

「辛苦了，」陶枝看了時鐘一眼，「我中午吃過了，如果你今天晚上沒有值班的話，我請你吃個晚餐吧，你等等把地址傳給我。」

蔣何生應了一聲。

陶枝選的餐廳在江起淮的公司附近，江起淮今天要加班，她算了一下時間，剛好可以在吃完晚餐之後，直接去他接他下班。

她回家換了一套衣服後化了妝，準時到了餐廳。

蔣何生向來都會提早十分鐘抵達，等陶枝到的時候，他已經坐在那裡等了。

兩個人點好菜，一邊吃飯一邊隨意地聊了一下近況。

蔣何生能力強、性格也好，不到三十歲就被外派進修，等一、兩年回來後，前途也是一片光明。陶枝調侃他：「蔣醫生不僅是個金龜婿，長得帥、工作好，在醫院被一大把女孩追求，你也找個喜歡的對象，省得蔣叔叔天天催你。」

蔣何生失笑：「哪有被什麼大把女孩給追求啊，是真的沒有心儀的對象。」

陶枝喝了一口西瓜汁，一本正經地說：「老陶最近對相親市場研究得很透徹，現在相親市場上最吃香的兩種人，就是女老師和男醫生，念到我都背起來了。」

「所以之前也拉我和妳相親過了，」蔣何生看了她一眼，開玩笑似地說，「我爸一回家就跟我提起妳的事情，他已經把妳當親女兒看待了，跟妳比起來，我這個親生的，可說是一點地位都沒有。」

「這是很正常的事情，習慣就好，」陶枝笑咪咪道，「畢竟我人見人愛。」

「他還問我對妳有什麼想法。」蔣何生說。

「嗯？那你怎麼說，」陶枝漫不經心地說，「說我高中找你當家教的時候，就能考四百分？」

蔣何生：「到四百了嗎？我記得只有三百五吧。」

陶枝面無表情看著他，警告道：「蔣醫生，我勸你珍惜我們這段友誼。」

蔣何生笑了起來。

他看著她垂下眼，撇了撇嘴，女孩的睫毛長而濃密，像兩把小刷子，讓人看得心癢癢。

他笑意淡了淡，溫聲說：「我跟他說，我覺得妳很好。」

陶枝擺擺手：「我當然好啊。」

蔣何生繼續說：「只是我膽子有點小，等了這麼多年也不敢表白。」

陶枝筷子一頓，抬起頭來。

蔣何生含笑看著她，神色認真：「一開始的時候覺得妳年紀小，我也勉強算是妳的老師，想這些總會有點罪惡感，後來妳考完升學考後上了大學，因為認識太久，反而更不好開口了。」

他低下頭，苦笑了一下：「總覺得有些話說出來，是不是就連朋友都做不成了？」

就連對這方面都極度不敏感的陶枝，也完全明白了他的意思。

她愣愣地看著他，有些意外，也受到了不小的驚嚇。

他們認識這麼多年，蔣何生從未對她有過任何曖昧的表現，兩人也不會頻繁地聯絡，只會偶爾傳訊息聊聊天，有空就約出去吃個飯。

他就像一個溫和的大哥哥，會解決她的煩惱，耐心地聆聽她的訴說。

陶枝放下筷子，有些不知所措。

「在之前一起吃完飯後，我跟我爸說了這件事，」蔣何生繼續說，「我覺得我們家裡相互了解，也算是清楚彼此的人品，我沒什麼不良嗜好，進修回來以後，工作前景應該不差，性格也還算可以吧？而且我始終……都喜歡妳。」

他深吸了一口氣，像是下定決心地說：「我這一走也是挺久的，我就在想，如果我再不說，說不定以後就來不及了。」

陶枝將手指搭在桌邊上，輕輕蹭了一下，手足無措地說：「我……」

看著她的反應，蔣何生又笑了一下：「妳幹嘛這麼緊張？我就是覺得這件事應該要讓妳知道，如果沒有遇到喜歡的人，要不要稍微考慮一下我？」

陶枝低下頭，聲音很輕：「我有男朋友了。」

蔣何生愣住了。

對於不熟悉的人，陶枝向來都可以拒絕得很乾脆，但面對這麼多年的朋友，她忽然覺得自己連一句話都無法好好整理。

「我一直把你當成很好、很好的朋友，就是，我最好的朋友之一，遇到什麼想不通的事情，也會想找你聊聊，」陶枝慢慢道，「我媽媽出事的時候，你和叔叔阿姨都幫了很多忙，我一直都記得，也很感謝你，但是……」

陶枝頓了頓，有些艱難地說：「我有喜歡的人了，從高中的時候就喜歡他，喜歡了很多年，最近也重新相遇了。」

聽她這麼說，蔣何生忽然想起了在多年前，她還在讀高中的某次運動會上，少年毫不掩飾充滿敵意的冰冷眼神，和抱著她大步離開的模糊身影。

「啊……」蔣何生飛快地穩住了瞬間的失態，重新笑起來，「這樣啊，我們枝枝也遇見了自己喜歡的人了。」

陶枝抿著唇，像做錯事情的小孩子一樣，沒有說話。

「沒事，」蔣何生擺了擺手，好笑地看著她，「表情不要這麼嚴肅啦，這也不是多大的事情，表白被拒絕，這多常見啊？妳以後也還能把我當哥哥、當朋友，有什麼事情都可以跟我說，跟以前沒什麼不一樣。」

陶枝點了點頭。

彼此都靜默了一瞬，即便嘴上不說，但兩個人都清楚地知道，有些關係就是會有所改變。

吃完這頓飯後，陶枝的情緒明顯比之前還要低落，但蔣何生依然像沒事的人一樣，該幹什麼就幹什麼，陶枝也不想表現出來，勉強打起精神地吃完了晚餐。

因為飯桌上發生的事情，結束的時間也比預計的要晚了許多，在這段期間也沒有看手機，江起淮傳了好幾則訊息給她，但陶枝都沒有看到。

出了餐廳的時候，外面也下起了雪，兩個人站在門口，陶枝將圍巾往上拉了拉，本來想道個別，卻欲言又止。

「哎，我真的沒事，」蔣何生失笑，「我明天就離開了，之後見面的機會大概也不多了，抱一下？」

他向著她張開了手臂，開玩笑說：「朋友性質的那種，就當作把這段還來不及開始的戀情，畫上一個安慰性的句號。」

陶枝猶豫了一下，還是往前走了一小步。

他的動作禮貌而有分寸，身體保持著一點距離，手也輕輕地在她背上拍了兩下，溫聲說：「好了，我圓滿了，就祝小陶枝以後心想事成，可以跟喜歡的人永遠在一起。」

「謝謝，」陶枝小聲說，「也希望你可以找到喜歡的人，以後你結婚我一定會包一個超級大紅包給你。」

蔣何生撒開手，後退了一步。

陶枝在跟他道別之後，就沒有再繼續說話，轉身往前走。

她沒有回過頭，卻始終覺得有人一直在身後注視著她，她不自在地從大衣口袋裡抽出手機，才看見江起淮傳給她的訊息。

還有兩通未接來電，最近一通還是在兩分鐘前。

陶枝不知道為什麼，明明什麼都沒幹，卻忽然有點心虛。

她剛想回頭，第三通電話響起。

手機在她手裡突然震動起來，陶枝手一抖，趕緊接起，她清了清嗓子開口：「喂？」

江起淮沒有說話。

陶枝：「Hello？莫西莫西？薩瓦迪卡？」

『回頭。』江起淮說。

陶枝的心顫抖了一下。

她回過頭去，看見蔣何生還站在餐廳門口，他低著頭站了幾秒，然後轉身走到旁邊的那輛車旁邊，開車離去。

『我沒有叫妳看他，』江起淮毫無情緒地說，『看對面。』

陶枝戰戰兢兢地再次往另一頭轉過身去。

江起淮的車子就停在餐廳大門口斜對面的那條路邊，他靠著車身站在車邊，在這個距離下，也看不清楚他的表情，只能看見他舉著電話看過來的身影。

陶枝開始慌了。

她小心翼翼地說：「你下班啦？」

江起淮沒說話。

陶枝的心開始胡亂跳動，又說：「你都已經下班了，怎麼不打通電話給我？」

江起淮非常冷漠地笑了一聲。

陶枝在想起手機上的那幾通未接來電後，變得更心虛了，她也不知道他是什麼時候到這裡的，是不是看見了什麼，雖然剛剛跟蔣何生抱的那一下，完全保持著安全距離，只是象徵性地碰了碰手臂。

她放軟了語氣，試探地問道：「你等很久了嗎？」

江起淮沒有直接回答她，只說：『你看看我頭上的雪。』

陶枝：「……」

江起淮：『看見了嗎？』

「看見了。」陶枝說。

『有沒有看到一些顏色？』江起淮繼續說。

陶枝：「……」

『可以啊，陶枝，』江起淮的聲音透過電話傳過來，冷得像是能在這個寒冬裡掉下來冰柱，『下了床就準備翻臉不認人？』

陶枝作為他的特殊表達方式的首席翻譯官，用了兩秒鐘的時間，飛速地翻譯了他話裡話外的意思。

——我頭上都落雪了，妳說，我在這裡等了多久？

——我看見妳和別的男人抱在一起了，妳最好在十秒之內向我解釋，我被妳綠了的這件事。

陶枝不知道該怎麼解釋，自己才剛被認識了七、八年的朋友表白，在不忍愧疚以及難過等多方面的情緒影響下，才和他來了個訣別的擁抱。

陶枝當機立斷，半句廢話都沒說，直接掛掉了電話將手插進口袋裡，然後一路小跑著朝他衝過去，直接栽進了他的懷裡。

北方的冬天肅冷，寒風凍得外套都發硬，陶枝的腦袋抵著他的胸口蹭了蹭，然後仰起頭來，額頭也擦過他的下巴。

江起淮完全不為所動：「還接著抱啊。」

「……」

陶枝從下往上看著他，無辜地說：「因為他要去外地了，都不知道什麼時候才會回來，才稍微抱了一下。」

她頓了頓，補充道：「禮節性的，為了我們的友誼。」

江起淮點點頭：「只有跟他在一起才願意喝茶的友誼。」

陶枝單手高舉，伸出了三根手指鄭重道：「我跟蔣何生清清白白，真的，什麼事情都沒有。」

雪花大片大片地飄落，冷風鼓著枯枝，吹起外套的邊角，江起淮看著她凍得有些發紅的鼻尖和手指，抬了抬下巴：「上車。」

陶枝鬆開了環抱著他腰際的雙手，乖巧地繞過車頭跑到副駕駛座上，然後繫上了安全帶。

江起淮發動車子，沒說話，只是悶聲地往前開。

車子裡的氣氛有點僵硬，陶枝偷偷地看他一眼，清了清嗓子：「那個。」

江起淮沒反應。

「你吃飯了嗎？」陶枝問他。

江起淮「嗯」了一聲，又補了一句：「在公司的食堂吃過了。」

陶枝撓了撓鼻子：「那我們現在要去哪裡啊？」

「去喝茶。」江起淮冷淡道。

陶枝：「……」

脾氣還挺大的。

她沒有繼續說話，江起淮也始終保持著沉默，他低垂著唇角，一聲不吭，看起來有些不開心。

一開始，陶枝還會時不時地看看他，後來就完全不理他了，只是低著頭玩手機。

她放了一首舒緩的英文情歌，乾淨的女聲溫柔而繾綣，歌詞簡單卻真摯，像在娓娓道來著一個故事。

有好幾次，陶枝都覺得自己用餘光瞥見了江起淮在看她，結果等她轉過去才發現，他的視線平直地看著前面，沒移動過半分。

她一路聽著歌，想著要怎麼哄哄他。

要不然乾脆直接獻身一下，不是都說男人生氣的時候，勾引他上個床就好了？

可是她還想再休息兩天。

陶枝有些鬱悶地鼓了鼓臉頰。

蔣何生的事情，如果說是一點感覺都沒有，那肯定是騙人的，當平靜下來過後，她還是有一點難過。

那種，失去了一個很重要的朋友，並且在往後都要保持距離，避免多餘接觸的感覺，實在是讓人有些難受。

跟一個人當了這麼多年的朋友，還始終保持聯絡，是一件很難得的事情，除了付惜靈他們以外，蔣何生是其中一個，無論如何，他也是陶枝用心去交的朋友。

她單手撐著下巴，無意識地嘆了口氣。

江起淮在聽見後，看了她一眼。

陶枝完全沉浸在自己的小小世界裡，沒什麼反應。

直到車子開進了地下停車場，燈火輝煌的夜色被昏暗的地下空間給取代，陶枝才回過神來，她看著江起淮將車子開進車位後停下，然後不動。

陶枝打斷了自己短暫的抑鬱心情，重新開始思索著該怎麼哄哄吃醋的男朋友。

她一邊想著，一邊慢吞吞地解開安全帶，偷看他。

江起淮也不理她，直接解開了安全帶就下車，而陶枝也顛顛地跟著他下去。

他在進屋後就徑直往臥室走。

陶枝蔫蔫地把圍巾掛在一旁，又脫掉了大衣外套，她走進客廳，看著緊閉著的臥室房門，覺得這道門跟他的主人一樣自閉。

彷彿在說：誰都不要碰我。

陶枝洗了個手後窩進沙發裡，想了想後便抽出手機，開始搜索：男朋友生氣了該怎麼——

她還沒打完，自閉的房門卻突然被人敞開。

江起淮癱著一張臉，不知道為什麼又徑直折返回來，他把手裡的外套往旁邊的沙發上一丟，走到她的面前撐著沙發椅背，彎下腰靠過來。

「妳幹什麼呢。」他瞇著眼，語氣冷冰冰的，看起來很不爽。

陶枝眨了眨眼，將手機舉到他的面前，老實道：「查查看要怎麼哄你。」

「……」

江起淮沉默了片刻。

他在房間裡等了一分多鐘，她居然還坐在這裡查這個東西。

江起淮氣得有點想笑。

他垂著眼看著她，然後忽然低下頭來，咬了一口她的嘴唇。

剛開始還只是發洩不滿似地咬著，漸漸地，他略繃著的情緒也斂下，舌尖不受控制地鑽進口腔，勾住柔軟的舌，綿長而細緻地吮吸。

陶枝揚起脖頸和他接吻。

唇齒分開的時候，兩個人的氣息都有些紊亂。

江起淮的手掌抵著她纖細的後頸，陶枝露出了有些迷茫的眼神，紅腫的唇瓣輕啟，正細細地喘息，昨晚美好的味道勾得他有些發癢，身體裡的某處又開始蠢蠢欲動。

他用指尖蹭著她脖頸細膩的肌膚，聲音跟著啞下去：「這還需要查嗎？」

陶枝：「……」

陶枝瞬間明白了。

她直接將手裡的手機丟到一邊，朝他張開了雙臂，閉起雙眼，視死如歸道：「來吧。」

江起淮有點無奈，幾近挫敗地嘆了口氣。

陶枝趁勢抓著他手腕往下一拽，將他拉到沙發上，然後鑽進他的懷裡哄他：「你別生氣啦，如果我下次要跟其他男生吃飯，都會跟你報備一聲的，可以吧？」

她想了想，繼續說：「而且絕對不會有肢體接觸了，真的只是普通朋友，也不是因為他就願意喝茶，無論對象是誰，我都不喜歡喝茶，我們殿下要大度一點啊。」

江起淮看著她像個小土撥鼠似的往他懷裡鑽：「我沒生氣。」

陶枝點頭：「是，你只是吃醋了。」

江起淮抿著唇，沒說話。

「你老陳醋[4]了。」陶枝說。

江起淮屈起指節，在她腦袋上輕輕敲了一下。

陶枝抬起頭繼續問道：「江起淮，你的老家是不是在山西？」

江起淮不想聽她在這裡胡言亂語。

當陶枝想再次開口的時候，他的手指已經順著她的毛衣衣擺探了進去。

陶枝人一僵，叫喚了兩聲，隔著衣服按住他的手。

那個位置有點尷尬，陶枝過了幾秒後才反應過來，匆匆地抽開手，苦著臉道：「殿下，我今天想休息。」

在她說話的片刻，人已經被壓在了沙發上。

「今天可能不行，」江起淮屈膝向上，抬了抬，頂著她低聲道，「改天吧。」

「……」

4 老陳醋：為山西特產，是中國四大名醋之首。

陶枝給自己放了三天的床假。

江起淮這天一改，也不知道打算讓她改到哪天去，她只覺得，當時他說自己每天只睡幾個小時的這句話可能是認真的，白天去公司去得這麼早，在晚上加完班後回來，還有精力過夜生活。

沒過幾天，陶枝就直接趁著他上班的時間逃回了自己家。

江起淮也沒說什麼，非常大度地放過她了。

隔週，陶枝接到了《SINGO》的電話，主編和總編輯在最後從她傳過去的照片裡，選了兩張做為三月號的封面，據說《SINGO》的太子爺在看見她的照片以後，一反平時的刻薄，對她讚不絕口，還表明有機會的話，希望能建立長期的合作關係。

陶枝說了幾句客套話應付過去，對方又說希望雜誌整體風格一致，問她什麼時候有時間，可以再來重新拍個封底。

陶枝在答應下來後，安排了一個時間，在休息幾天以後又重新忙碌了起來。

去雜誌社那天，陶枝打了電話給江起淮。

兩人各忙各的，也有幾天沒見面了，甚至都沒辦法好好聊上幾句，她坐在攝影棚裡，一邊等著封底模特兒補妝，一邊打電話，等了老半天，江起淮才接起來。

陶枝：「在忙嗎？」

江起淮在那邊應了一聲：『有一點。』

「好吧，我剛好到《SINGO》這邊工作，離你的公司很近，晚上有空的話要不要一起吃個飯？」陶枝看到周圍的大家都在忙碌，她小聲說，「我有一點想男朋友。」

江起淮笑了一聲，冷淡的聲音多了一點溫度：『我盡量早點結束，想吃什麼？』

「都可以，等你有空再說吧，」陶枝說，「那你先忙，我掛了啊。」

江起淮又應，聽著她掛掉了電話後才放下手機，重新抬起頭來。

「枝枝打來的？」陶修平坐在對面喝了口茶，慢條斯理地說。

江起淮點了點頭。

「這丫頭一天天的就只知道吃，」陶修平忍不住說，「工作到一半還得打電話約你吃飯。」

江起淮沒說話。

陶修平看著他這一副淡定的樣子，笑道：「你好像一點都不意外，我會單獨找你。」

江起淮確實不意外。

從他那天被陶枝帶回家，趁著她上樓的時候，陶修平單獨跟他要了電話的那一刻起，江起淮就知道陶修平之後會找他。

即便陶修平不在今天約他見面，江起淮也打算主動單獨拜訪一次。

他微微頷首：「本來應該是要我主動找您才對。」

陶修平繼續說：「你沒跟枝枝說？」

「問題在我。」江起淮平靜道。

他不想再因為這種事情讓她為難。

陶修平抬眼，透過鏡片審視地看著他。

平心而論，江起淮這種年輕人，其實是他最欣賞的類型，沉著冷靜，在遇到事情會率先理性思考利弊得失，又有一股掩藏不住，那理所當然的淡然傲氣。

陶修平點點頭：「那你應該也大概猜得到，我今天找你來是為了什麼。」

他這句話說得不急不緩，彷彿在問他今天的天氣如何。

陶修平早年白手起家，在他這個年紀的時候成立了現在的公司，於幾年內壟斷收購了當時業內近三分之一的小型企業上市，手段雷厲風行。

他在陶枝口中，是個喜歡喝喝茶看相親綜藝節目，沒事就在家踩著瑜伽墊做運動的有趣父親，但是在面對子女以外的人，卻有著極其鋒利的壓迫感。

江起淮頓了頓，不卑不亢道：「我不會跟枝枝分開。」

陶修平挑了挑眉。

「我知道您對我有不滿，也因為各種原因，並不贊同我和她在一起，您不希望因為這件事情讓枝枝為難，我也是，所以才想單獨和您聊聊。」

「您應該已經了解過我的家庭情況了，但我覺得還是要由自己坦白地說一下，我四歲以前生活在孤兒院，之後都是跟爺爺生活在一起的，現在是一個人。父親因為入室搶劫有過前科，後來因為意外去世，我不知道自己的母親是誰。」

江起淮頓了頓，有些自嘲地扯了扯唇角：「我知道這樣的條件實在是配不上枝枝，我曾經也確實覺得自己應該放手，我做了自以為是正確的選擇，但卻做錯了。」

他低著眼說：「我試過了，但我放不下。」

「我沒有辦法選擇自己的原生家庭和成長環境，能做到的只有盡力改變自己，您對我有什麼要求都可以儘管提。無論是什麼樣的條件，要我達到什麼樣的高度，我都會做到，除了離開枝枝。」

他抬起頭，對上了陶修平的視線，眼神認真而平靜：「我知道只是嘴上說說的話，對您來說可能沒什麼說服力，不過我會證明給您看。」

「所以，希望您可以給我一點時間，也給我一次機會，」他深深地低下頭，緩聲說，「我會將自己的所有和全部都交給她，我會一輩子對她好。」

陶修平良久沒說話，深深地看著他。

面前的這個年輕人，在多年前還只是個少年的時候，陶修平在醫院裡第一次見到他，就見識過他那一身天不怕、地不怕，且磨不爛的傲骨。

那時候的陶修平就明白，無論是什麼樣的威脅和阻攔，對他來說都沒用。

陶修平得在江起淮面前，把燦爛的東西捏碎給他看。

而此時，他從挺拔的少年長成了足以頂天立地的男人，卻心甘情願地低著姿態、彎下脊梁來祈求一次機會。

陶修平嘆道：「你是個好孩子。」

江起淮沒說話，他垂著頭，唇角平直，每一根神經都脆弱的繃緊。

陶修平看著他的樣子，笑了笑：「你不用這麼嚴肅，我今天把叫你來也沒有別的意思，既然答應了枝枝，我就不會做出那種挑撥的事情，不然就變成壞蛋了啊！被枝枝知道的話，她會多恨我啊。」

「叫你來，除了是想聽你跟我說說內心的話以外，其實還有一層原因，」他語氣和緩下來，溫聲說，「叔叔想跟你道個歉。」

江起淮愣了愣，抬起頭來。

「叔叔也是個自私的人，因為當時的想法和態度沒有顧及到你，我沒有去考慮過你這個孩子本身的能力和性格，只看到了對枝枝不利的方面，確實對你有些殘忍了，也很不公平。」

「其實到了後來，即便枝枝從不開口，但我這個當爸爸的從小就看著她長大，她的眼珠子只要一轉，我就知道她在想什麼，她一直都過得很不高興，我始終都有些愧疚。至於你們家的事情呢，我這些年也一直都有在關注，包括你自己的發展。」

陶修平將手裡的茶杯放在桌子上，鏡片後銳利的眼睛也含著笑，「不要覺得自己配不上誰，也別被不可抗力的那些因素給束縛住了手腳，你是個很好的孩子，也是個優秀的男人。」

陶修平抬手，越過桌面拍了拍他的肩膀，開玩笑道：「男人想要成功，就要更有自信一點，要覺得自己可以配得上最好的女人，我們家的枝枝不就是最好的嗎？」

江起淮的喉嚨動了動，沒說出話來。

陶修平想了想，又盯著他悠悠道：「我的寶貝女兒就交給你了，雖然我還是覺得有點吃虧，所以你也別鬆懈，要是哪天讓我覺得你又配不上枝枝了，那該踢的還是得踢。」

他笑咪咪地看著他說：「所以，改天來家裡，陪叔叔練習一下天鵝臂，啊？」

江起淮：「……」

季繁到家的時候，江起淮正在和陶修平下棋。

兩個人坐在象棋前，陶修平摸著下巴看著棋盤沉吟：「你這個小子居然算計我啊。」

江起淮笑了一下，沒出聲。

「不過呢，」陶修平拖長了聲音，捏著炮往旁邊移了兩步，掃了一眼，笑道，「教教你什麼叫作薑還是老的辣。」

江起淮將目光落在棋盤上，似乎是陷入了苦戰，半晌沒動。

陶修平得意道：「還是太年輕了，進攻意圖太明顯了，你倒是學會隱藏一下啊。」

季繁：「……」

他也不曉得為什麼，這兩個人突然就變得和樂融融了起來。

他把鞋子換掉後走進來，居高臨下地站在旁邊。

江起淮動了車。

季繁清了清嗓子。

陶修平吃了他的象。

季繁將外套脫下後丟到一邊，在旁邊左晃右晃地站了老半天。

然後看著江起淮淡定地跳了馬。

他這一動，陶修平再次擰起眉，敲著桌面上已經被吃掉的棋子，陷入了沉思。

季繁忍不住說：「我回來了。」

「你等等，」陶修平頭也沒抬地說，「下棋呢。」

「……」

季繁震驚了：「不是，你這個老頭怎麼這樣？有人陪你下棋就不認親兒子了？我在家裡連一點地位都沒有了？」

「你又不陪我下棋，整天只知道出去玩，還要什麼地位，」眼看這場戰局無力回天了，陶修平將棋子往前一推，抬起頭來，看著他悠悠道，「來一盤？」

季繁看著那一堆亂七八糟的棋子，覺得腦袋有點痛，他二話不說地大步走上樓：「我細想了一下，其實也不需要什麼地位，你們下吧。」

陶修平冷笑了一聲，抬眼看了一下時間：「也差不多了，你是不是還跟枝枝約好了要去吃飯？」

江起淮點頭：「嗯。」

「行，」陶修平一邊收著棋子一邊說，「辛苦你陪我下棋，我知道你們年輕人都不太喜歡這個。」

江起淮幫他把棋子都收起來：「沒有，以前我爺爺也經常叫我陪他下，我覺得挺有意思的。」

陶修平愣了愣，嘆道：「可惜沒機會跟他老人家下一盤。」

江起淮沉默地垂著眼。

陶修平看了他一眼，也沒再說什麼，端起茶杯道：「以後有空就陪叔叔下，季繁那個臭小子，連這方面的細胞都沒有。」

江起淮應聲。

陶修平樂呵呵地看著他：「你沒事的時候，就跟著枝枝一起回來吃飯。」

終章　以我車來，以我賄遷

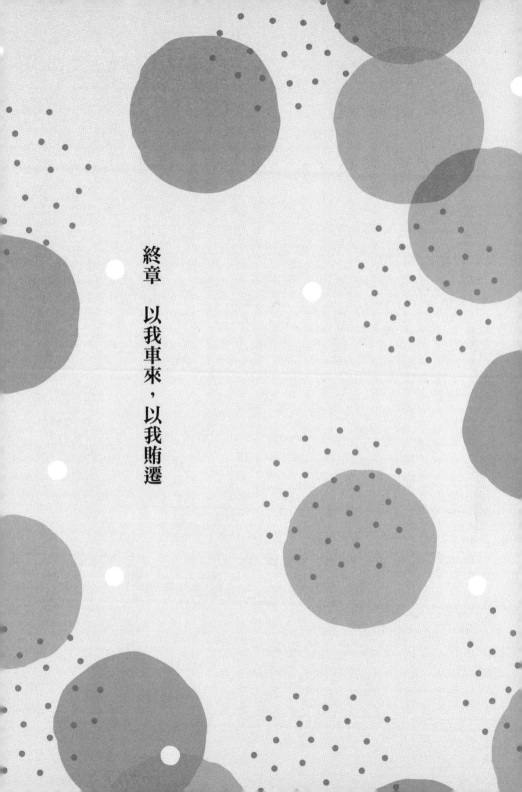

江起淮到雜誌社的辦公大樓時，看見陶枝剛好下樓。

她一邊推開玻璃門往外走，一邊低頭按著手機，旁邊還有一個女孩拎著大包小包跟上來，和她說話。

陶枝應了幾句，不知道說了什麼，她垂著頭，很淡地笑了一下，唇角也輕輕地翹起。

同一時間，江起淮的手機提示聲響起。

他坐在車裡看了她一眼，抽出手機後，看見了她傳過來的訊息。

江起淮回道：『抬頭。』

陶枝：『？』

陶枝直接傳了語音訊息過來：『我這次可沒和別的男人抱在一起啊。』

她一邊說著一邊轉過頭來，看見他的車子停在路邊，上一秒還維持著的高冷形象，頓時不見蹤影，她在原地蹦跳了一下，高舉著手臂朝他的方向揮了揮，然後轉過頭去跟旁邊的女孩說話。

那個女孩只是點了點頭，爾後離開。

陶枝一路小跑著過來上了副駕駛座，江起淮看著她將包包丟在車後座，回手拉過安全帶，好笑道：「叫妳抬頭，又不是回頭。」

「還不是都有一個『頭』字，」陶枝一邊扣好安全帶，一邊心有餘悸地說，「我現在看見這個字就害怕。」

江起淮冷笑一聲，發動車子。

他挑了一家中餐廳，點了她最喜歡的幾道菜，在吃過以後就送她回家。

回去的路上，陶枝看了他好幾眼。

江起淮專注地看著前面，單手鬆垮垮地搭在方向盤上，整個人看起來有種莫名又難得的鬆弛感，心情似乎不錯。

陶枝想了想，叫他：「江起淮。」

「嗯？」他懶散地應了一聲。

陶枝歪著腦袋：「你今年要不要跟我一起過年？」

陶枝思考著，他上次去家裡登門拜訪的時候，陶修平的態度似乎還可以。

雖然不確定是不是完全被接受了，但只要多接觸一點，讓陶修平了解一下他總是好事。

她舔了舔嘴唇說：「他好像還挺喜歡跟你聊天的，你可以多跟他聊聊。」

聽她提起這件事，江起淮也沒再瞞著她，平淡道：「我今天見了陶叔叔。」

陶枝差點被自己的口水嗆到。

她睜大了眼睛，急道：「他找你了？他跟你說了什麼嗎？你不用聽他說，他都答應我了，會同意我們在一起的。」

江起淮看著她有些焦急的樣子，安撫道：「什麼也沒說，只是陪他下了幾盤棋。」

陶枝皺著眉，半信半疑看著他：「真的？」

「嗯。」

陶枝稍微鬆了一口氣，點點頭，突然有些好奇：「你是贏了還是輸了？」

「有輸有贏，」江起淮側頭，「有什麼講究嗎？」

「太多講究了，」陶枝說，「我們家的老陶是個小公主，你要是輸給他，他也不會覺得爽，只會覺得你這人很菜，不配和他同台競技。」

江起淮虛心求教道：「贏了呢？」

陶枝：「贏了的話，他就會覺得沒面子，不開心，更不爽了。」

江起淮挑眉：「那還挺難伺候的。」

「比我還要難伺候太多了，」陶枝嘆了口氣，語氣閒散地說，「所以呢，你就得好好取悅我，把我哄高興了，我也不是不能勉為其難地，稍微在陶老闆面前誇你幾句，說一些好聽話。」

江起淮點了點頭，眼看車子就要開到她家，到下一個路口的時候，他忽然打了方向燈準備掉頭，開到了另一條路上。

陶枝看著自家社區離她越來越遠，不解道：「怎麼了？」

「回我家。」江起淮說。

陶枝：「？」

「取悅妳一下。」

「……」

江起淮從另一條路上直直開去，卻也沒有真的帶她回家。

他走的路線從熟悉到陌生，又從陌生到熟悉，直到車子開過了二醫大分校區門口的那條街時，陶枝才開始認出這條路。

算下來，她從高中畢業以後，就再也沒有來過這邊。

路邊的建築變化很大，又像是從未變過，街邊的商店幾乎全都變了，轉彎處的一家影印店變成了牛肉麵館，巷口處的那家小便利商店倒是還開著，只是換了一個牌子。

江起淮將車子停在路邊的停車位上，熄火下了車。

陶枝跟著他下去，眼前依然是熟悉的小巷，她看著停在路邊的那一排公共腳踏車，有些出神。

江起淮轉過頭來，看著她：「走嗎？」

陶枝回過神來，點點頭。

她跟著他走進了狹窄的巷子，本來就有些逼仄的空間，牆邊還停著一輛老舊的三輪車，上面堆著一疊的紙箱和一些廢棄的家具，整個都蓋上了一層厚厚的積雪，牆面上暗紅色的漆幾乎脫落了，露出了深灰色的水泥。

她踩著雪，在路燈昏黃的光線下和一片靜謐中跟著他往前走，走出小巷口，踏進社區後走上樓。

然後她看著江起淮掏出了鑰匙來開門。

房子裡面漆黑一片，陶枝進去的時候，聞到了一點因長久沒人居住，而產生的灰塵味。

江起淮開了燈。

裡面還是她記憶中的樣子，分毫未變，幾乎頂在門口只有一人能通過的餐桌，古樸而有質感的老式木家具，厚重的茶几，以及大屁股的老電視機。

所有的東西都是她意料之外的乾淨，一點灰塵都沒有，客廳陽臺前擺著幾盆綠色植物，有的順著窗簾橫桿和牆角的暖氣水管，一路向上攀爬，鬱鬱蔥蔥地狂野生長，看得出被人照料得很好。

陶枝愣愣地走進去，看著她曾坐在上面寫過試卷的小板凳，看著安靜地擺在陽臺窗邊的搖椅，這些都熟悉得讓她鼻尖發酸。

她掩飾般地揉了揉鼻子：「房東不是搬回來這邊住了嗎？」

「搬走了，」江起淮走進去說，「兒子畢業後去了南方，一家人就跟著一起過去了，臨走之前就把房子賣掉了。」

「然後，你買下了嗎？」陶枝問。

「嗯。」

這間房子本來就很老舊，沒辦法拆遷，地段又不太好，就算要出租，租金也很便宜。江起淮本來就是熟人，房東出手的時候也很乾脆，甚至還給他低於市場價的價格。

江起淮在去了美國以後就跟著導師做專案、入股市，在華爾街待了一年，付出這些都只是因為想賺錢。

他想以最快的速度賺到最多的錢，他不能時隔這麼久還一窮二白的回來，什麼都沒有就妄想著陶枝會願意跟著他。

而在這個過程中，他意外地發現自己其實很適合做這一行。

江清和希望他可以當醫生，他把對江治的期望寄託在了江起淮身上，後來也因為陶枝母親的事情，江起淮確實想過要考醫學院。

但是也因為江治的前科，無論他這輩子付出多少努力，都沒辦法進醫院拿到正式編制。

所以在看到陶枝和蔣何生在一起的時候，他有一種很微弱輕細，卻又像刺一樣鮮明存在的在意。

陶枝的指尖擦過了餐桌桌角，一路往前走，越過客廳後走到第一間臥室門口，然後推門進去。

時光彷彿在一瞬間就穿梭到了高中時期，少年的房間乾淨而簡潔，東西不多，一張書桌，一張床，一個衣櫃和一個小書架就是全部了。

她明明來的次數不多，卻覺得這個小小的，在現在看來幾乎擁擠得走不開幾步的小房間，牽扯住了她和他從頭到尾的所有聯絡。

第一次明白自己的心意時，想要靠近他又忍不住退縮時，跨年雪夜，不辭而別。

他的書桌前是一片空白的牆壁，那裡本來貼滿了照片，上面甚至還有一點膠水的痕跡，現在已經乾乾淨淨，只留下了中間的一張。

陶枝走過去，低著眼看。

照片裡的她，還穿著實驗一中那套醜醜的運動服，長髮綁成俐落的馬尾，稚嫩的臉上定格出一個苦惱的表情，她埋著頭拿著筆，正在做試卷。

陶枝甚至不知道，這張照片是什麼時候拍的。

她下意識地去尋找照片角落裡的字跡，卻發現這張上頭什麼都沒寫。

她站在原地愣神，忽然有人張開手臂，從後面將她抱進懷裡。

江起淮低著眼，視線也落在那張照片裡的少女身上，聲音在安靜的房間裡沉靜又清晰：「我現在還沒有能力買大房子給枝枝住，但至少，我想把這個地方留下來。」

這裡存留著他生命中最重要的兩個人的痕跡。

這裡是讓他能夠走近她的地方。

在很多年前的那個黃昏，在看見她搬著一張小板凳坐在茶几前，舉著試卷，仰起頭來看向他時，在飯菜香氣充斥著溫暖又明亮的房子裡，她和江清和坐在窗邊下棋時，江起淮第一次朦朧又透徹地覺得，他是可以擁有一個家的。

他不再是那個只能蹲在孤兒院的小朋友，一個人吃飯，一個人長大，偶爾羨慕樹下有家可以回去的螞蟻。

江起淮抱著她，緩聲說：「這裡對我來說很重要。」

陶枝的眼睛忽然就紅了。

她匆匆地垂下眼，小聲說：「誰要求你一定要買大房子？」

江起淮低聲笑：「公主是要住在宮殿裡的。」

陶枝轉過身來，慢吞吞地說，「也不是所有的公主都是這樣的，長髮公主也只住在塔樓裡而已。」

她勾著他的脖子，微微踮起腳尖親了親他的下巴，又吻上他的唇，聲音又輕又含糊地送進去：「殿下的公主也願意住在小房子裡。」

彷彿一切都還是從前的樣子。

他的氣息、他的味道、他的體溫。

他們在充滿過往記憶的堡壘中，不帶任何情慾地接吻。

等江起淮直起身來的時候，陶枝的目光已經有些渙散了，她喘息著坐在旁邊的書桌上，背靠著桌前的牆面緩了一下。

臥室裡很安靜，她舔了舔有些發麻的嘴唇，扭頭看向牆上的那張照片，好奇道：「你是什麼時候拍下這張照片的？」

「不是我拍的。」江起淮說。

陶枝：「啊？」

江起淮言簡意賅：「厲雙江。」

陶枝又「啊」了一聲。

這張確實是從她前面拍的，江起淮坐在後面，要拍照的話也只能拍到她的後腦勺。

「厲雙江什麼時候拍的？」陶枝狐疑道，「他沒事拍我照片幹什麼？」

蔣何生的事情才剛發生，讓她留下了一點心理陰影，她像是忽然聯想到了什麼，驚悚道：「他以前不會暗戀過我吧？」

「……」江起淮眼皮子一跳，手指又有些癢，想敲她腦袋。

才剛這麼想，他就這麼幹了。

陶枝的腦門被他敲了一下，她叫了一聲之後捂住腦袋，抬起頭，不悅地看著他：「你幹嘛又敲我腦袋！」

「打地鼠啊。」江起淮面無表情道。

陶枝瞇起眼：「江同學，你不想要女朋友了是吧？」

江起淮默了默，他在承認自己的小心思，和讓陶枝誤會厲雙江曾經暗戀過她之間抉擇了一下，發現還是後者更讓人不爽。

他頓了頓後垂下眼，語氣毫無波瀾：「我叫他拍的。」

陶枝眨了眨眼：「什麼時候啊？」

「集訓的時候。」

陶枝回憶了一下，想起他高二參加奧林匹克數學競賽的寒假集訓冬令營。

她笑咪咪地拖長了聲：「哦，就是我跟你告白的時候。」

「原來你在那個時候就已經喜歡上我了？」陶枝心裡美滋滋地繼續說，「有些人呢，表面上裝出一副清心寡欲的樣子，實際上卻私底下叫同班同學偷拍我。」

江起淮看著她得意洋洋的樣子，沒出聲。

「看來，之前只傳給你那些照片還不夠，」陶枝坐在桌上，下巴微抬，把頭髮弄出了一個造型，「來吧。」

江起淮疑惑地抬眉。

「掏出你的手機，打開相機，」陶枝矜持地說，「今天就滿足你一下，讓你拍個夠。」

「……」

因為時間還早，兩個人也沒急著離開，就在老房子裡待了一陣子。

陶枝像個剛得到新玩具的小朋友一樣，興奮得到處轉，看了一圈之後，去洗手間端了一個小水盆過來擦桌子，又跑去幫陽臺窗前的一大堆植物輪流澆水。

她像個小陀螺一樣，左轉右轉，江起淮也沒攔著，就這麼靠在牆邊看著她。

陶枝用小水杯盛著水澆花，來來回回地跑了好幾趟，終於後知後覺地反應過來，有些擔憂道：「江起淮，我是不是澆太多水了？這些花如果喝太多水的話，根會不會爛掉啊。」

「不會，」江起淮懶懶道，「它們喜歡水。」

陶枝還是皺著眉，指著放在窗邊的一顆仙人掌說：「我剛剛澆花的時候還忘了它，全都幫你澆好了啊，要不要順便換土啊？」

「妳澆妳的，」江起淮樂意看著她折騰，眼也不眨地說，「你就當它是水生仙人掌。」

陶枝有些無言地白了他一眼，又顛顛地跑到窗邊的那顆仙人掌旁邊蹲下，幫它換土。

等她終於忙完後，在換上乾燥蓬鬆的新土壤時，已經接近十點了。

江起淮在旁邊把換出來的土掃進袋子裡：「偶爾澆多一點水其實也沒關係，之後就別再澆就行了。」

陶枝舉著長長的手臂，髒兮兮的雙手上還沾著土壤，鼻尖上也多了一小塊黑泥巴，看起來狼狽又可愛。

「我想盡量把所有東西都弄好一點，」她蹲在地上，仰著頭看向他，認真地說，「這裡對我來說也很重要。」

這裡見證過我的膽怯，也目睹過我的孤勇。

也在我絞盡腦汁地想要走進你的世界時，無意間發現到你面具上的小小裂痕，然後讓光照進來的地方。

江起淮把陶枝送回家的時候，已經接近十一點了，忙了一整天，等之前的那股興奮過了之後，她後知後覺地累到連眼睛都差點睜不開。

飛速地洗了個戰鬥澡以後，躺在床上幾乎不到幾秒的時間就睡著了，連江起淮到家的訊息都來不及看。

隔週，她將拍好的封底照片傳到《SINGO》，又收到了他家大少爺以及編輯部一系列的誇讚，陶枝通通坦然地接受了。

副主編傳訊息的時候，還邊哭邊找她吐槽，真情實感地哭訴她救了編輯部的狗命，稱這是她入職以來最晚定片，時間也最趕的三月號。

臨近過年，工作室的人幾乎都懈怠了下來，許隨年不是本地人，老早就準備回老家，在臨走之前，還跟陶枝交代了一下合作方的事和年初的攝影展，順便八卦了一下她和江起淮的感情進展。

當他問到最後的時候，陶枝實在是忍無可忍，直接一手拖著他的行李箱，一手把他往門外推：「別像個好姐妹一樣在這裡問東問西的，再繼續講下去，豈不是還得跟你交代一下，他往上數三代的家庭情況啊？趕緊走吧，不怕趕不上飛機嗎？」

這句話也提醒了許隨年，他一邊被他推著往外走，一邊側頭問道：「妳說的也有道理，那他爺爺是幹什麼的？」

陶枝笑著將他推出了工作室的門，隔著玻璃朝著他招了招手：「明年見！」

今年過年的時間比較晚，一直到二月中下旬，除夕將至。

江起淮在年前連一天都沒有休假過，直到除夕夜當天才放假，除夕當天的下午，他到陶枝家門口接她，兩個人一起回了陶家的老房子。

陶修平讓家裡的阿姨放了假，提前回家過年，所以年夜飯和餃子只能由他自己解決，在陶枝和江起淮來的時候，陶修平拉著一直睡到了中午，才迷迷糊糊起床的季繁進廚房，準備年夜飯。

他在一大清早的時候買了一堆食材回來，他準備了幾道拿手菜，而季繁則在旁邊輔助他，兩人一進門，就看見季繁穿著圍裙，戴上了手套，雞飛狗跳地追著爬了滿地的螃蟹。

六、七隻螃蟹活蹦亂跳地在廚房門口穿行，越過餐廳爬到了玄關門口，用尖銳的爪子抓著江起淮拎來的年貨和補品往上爬。

江起淮將東西放在地上，捏著螃蟹的屁股把牠拿起來，走到廚房丟進水桶裡：「我來吧。」

陶枝震驚地看著季繁像是演話劇似的，追著好幾隻螃蟹滿屋跑：「你在幹什麼啊，竟然還能夠讓牠們全跑光？」

「我放進電鍋的時候忘記蓋鍋蓋了，」季繁說，「誰他媽的會知道，牠們可以從那麼高的電鍋裡翻出來？」

他一邊說著，一邊將最後一隻螃蟹丟進水桶裡，江起淮把桶子拿到廚房去沖洗，重新下鍋。

「我突然發現江起淮還挺有用的啊。」季繁頭也不抬地按著手機打字道。

陶枝冷笑了一聲：「反正就是比你有用多了，」她側過頭，瞥了他的手機螢幕一眼，「你在跟誰聊天呢？聊得這麼開心。」

她的視線才剛掃過來，季繁就趕緊鎖上了螢幕，扭過頭來不滿地說：「我不能有點私人空間？」

雖然他動作很快，但陶枝還是看見他手機螢幕上，那一閃而過的貓咪貼圖。

「提問。」她滿臉嚴肅地高舉起了手。

季繁低下頭重新看手機：「說。」

陶枝：「你打算要在什麼時候，才開始追我們可愛的靈靈？」

「我追……」季繁的表情呆滯了兩秒，爾後就從呆滯轉為了震驚，最後莫名地暴躁了起來。

他猛地往旁邊退了半步，漲紅了臉說：「我什麼時候說過要追她了？」

「那你天天在這裡沒完沒了地幹什麼啊？」陶枝朝他的手機抬了抬下巴，「只是聊著玩？不打算負責啊？」

季繁紅著臉，沉默地瞪了她老半天，肩膀一塌，忽然像是泄了氣一般地說：「如果追就有用的話，我還需要跟她聊這些嗎？她又不喜歡我。」

「她之前說了，喜歡溫柔的。」他一臉煩躁地抓了抓頭髮，指著自己問道，「妳看我，跟溫柔這兩個字沾得上邊嗎？」

陶枝認真地上下打量他，點點頭贊同地說：「看不出來哪裡溫柔，倒是挺油的。」

「我他媽的？」季繁抓了抓自己的頭髮，「我才剛洗過頭。」

「又不是說你的頭髮油，」陶枝真心誠意地說，「你只要把身上那些個破破爛爛的衣服換掉，稍微減少一點顏色，別像一隻大蝴蝶一樣，也不至於到了大學畢業後，她還看不上你。」

「妳懂個屁時尚。」季繁不服道。

陶枝：「你懂個屁女人。」

季繁感覺自己的審美被侮辱了，不想再跟陶枝說話，寧願跟討厭的江起淮待在同一個廚房裡準備年夜飯。

陶枝一個人坐在沙發上玩手機、吃吃水果，覺得沒什麼意思，就跑到廚房去看著幾個男人忙活。

陶修平第一次看到江起淮進廚房，對於他會做菜而感到有些意外，之後也心安理得地讓他掌勺。

陶枝叼著一顆葡萄跑到他旁邊，看著他有條不紊地將各種切好的食材下鍋，含糊道：「我怎麼覺得，自己是把一個免費的廚師給騙回家了。」

「沒有免費，」江起淮平靜說，「記得付錢。」

陶枝把葡萄皮丟了：「你現在怎麼這麼愛錢啊？」

「畢竟缺錢，」江起淮掀開砂鍋蓋子，用筷子戳了戳裡面的牛肉，繼續說，「還欠女朋友一座宮殿。」

陶枝側頭看了一眼，廚房的另一邊，陶修平正靠在中島旁邊指揮著季繁洗菜，沒注意到這邊的動靜。

「你的女朋友不是說過了，不要宮殿也可以。」陶枝小聲說。

江起淮側過頭來看了她一眼。

「沒有宮殿要怎麼向公主求婚？」他不緊不慢道。

陶枝差點被剛吞下去的葡萄給噎住。

她愣愣地看著他，耳朵也慢慢發紅。

陶枝捏了一下有些發燙的耳朵，垂下頭去，小聲地嘟囔了一聲：「我去看電視了。」

她小跑著離開了廚房。

江起淮回頭看了她急匆匆的背影一眼。

落荒而逃。

他低下頭笑了一聲。

這一頓年夜飯做得像模像樣，江起淮掌勺，季繁從旁協助，陶修平樂得清閒，就站在旁邊動動嘴皮子當他的總指揮。

飯後，幾個人坐在沙發上看著春晚節目，大多數的時候，都是江起淮和陶修平聽著陶枝和季繁在旁邊吵吵嚷嚷地拌嘴。

陶修平側頭看向江起淮：「這兩個人吵不吵？」

江起淮：「不會。」

「這兩個祖宗一直都這樣，雖然有時候很煩人，但也挺熱鬧的，」陶修平語氣平淡，「你習慣就好。」

江起淮笑了笑，低聲說：「這樣挺好的。」

這大概是他過得最像新年的一個除夕夜。

溫暖明亮的客廳，兩個人像小朋友似地拌嘴，熱熱鬧鬧的年夜飯，陶枝笨拙地在旁邊學著包水餃，結果在煮的時候，餃子內餡全都漏了出來，變成了一鍋麵疙瘩。

他看著被季繁無情嘲笑以後，鼓著嘴巴，滿臉不悅地回擊的女孩，平冷的目光也不自覺地緩下去。

這大概是他始終所期盼著，最好的光景。

不會有比這個還要更好的了。

新年過後，江起淮有一週的假期。

陶枝一整個二月都有空，江起淮難得在家裡陪她恩愛了幾天，大多數的時候都比較安靜，兩個人窩在沙發裡，各做各的事情，一直到開工日為止。

年後沒有那麼忙碌，陶枝就隔三差五地拽著他去收拾那間老房子，她把一些已經舊到不太能用的家電換新，沒事的時候就蹲在小盆栽前看著它們，幫它們澆澆水。

元宵節的那天，陶枝和江起淮都起了個大早，開車去了郊區的墓園。

隆冬的清晨，天才濛濛亮，陶枝跟在江起淮身後，踩著一旁的青灰色石板臺階往前走，一直走到了江清和的墓前。

昨天夜裡落了雪，老人的墓碑前有著一層薄薄的雪，江起淮抬手，動作輕柔地將積雪推開，陶枝走過去蹲在一旁，輕輕地擦了擦那張灰白色的照片。

陶枝蹲著身子：「江爺爺，我和阿淮來看您啦。」

「一直都不曉得您就住在這裡，以前去您家打擾過很多次，結果這麼多年也都沒來看過您，」她輕聲說，「阿淮現在已經過得很好、很好了，您把他培養成了非常優秀的人，已經可以好好休息了。沒事就串串門子，和我媽媽聊聊天，她什麼都會，也可以陪您一起下象棋的。」

時隔多年，江爺爺再次和藹地看著她。

像是在笑著對她訴說些什麼話。

陶枝笑起來，眼睛淺淺地彎起：「您辛苦了這麼多年，從現在開始就輪到我接班了，您不用擔心，我會照顧好他，一直和他在一起。」

墓園裡肅穆又安靜，陶枝說完後等了一陣子，轉過頭來。

江起淮站在她身後，沒說話，陶枝則揚起臉，眨眨眼睛說：「江爺爺說他把你交給我了，如果你欺負我，就叫我打你。」

江起淮低笑了一聲，朝她伸出手：「嗯。」

陶枝搭著他的手站起來。

兩個人將花束放下，陪了老人一會兒後便繼續往前走。

季槿的墓就在前面不遠處。

陶枝每次跟季繁一起來的時候，兩個人都會很沉默，不想把矯情的情緒展露給對方看，但只要獨自一個人過來，季繁會哭，陶枝會跟季槿說上很多話。

會跟她說學校裡發生的事，交了哪些新朋友，吃到了一家很好吃的火鍋，最近投稿到國外的作品拿了一個小獎。

會說老陶之前一直很沉默，不過也在最近慢慢變回那活潑的老頭，還很愛看戀愛綜藝節目，說季繁暗戀了一個女孩很多年，卻一直不敢追。

也會告訴她，小時候的事情我已經不怪妳了，雖然作為沒有被偏愛的那一個，還是會對妳當年的選擇而感到傷心，但是我不怪妳。

我會難過，但不恨妳。

陶枝在小的時候確實跟媽媽更親近，但是陶修平給她的愛和呵護，卻給她帶來了更深遠的影響。若是對季槿有著遺憾和怨恨等諸如此類的情緒，彷彿是在抹滅和否定父親這麼多年來給她的愛。

有的時候，她甚至會很慶幸季槿的選擇。

讓陶修平能夠看著她長大，而她陪著他變老。

陶枝在季槿的墓碑前站了很久，直到說完了最後想說的話，才轉過頭去，輕輕扯了扯江起淮的手指：「走吧，好冷好冷。」

江起淮看了她發紅的眼眶一眼，反手握住她，放進自己的外套口袋。

陶枝冰涼的手指縮進了他的掌心裡，被一點一點地溫暖，心情變得明朗了起來，忽然想起還沒有跟季槿介紹過江起淮。

她側過頭，遲鈍道：「我剛剛忘記跟我媽介紹你了。」

江起淮神色平靜，不太在意的樣子：「沒事，我剛剛跟阿姨說過了。」

陶枝側頭，笑著說：「你跟她聊天了嗎？」

「嗯。」

「那你跟她聊什麼了？」她好奇道。

江起淮沒說話。

他牽著她的手，踏著鋪滿了薄雪的石板路往前走，直到走到了最後一個臺階，陶枝才聽見他緩聲說：「我說，我有一個想娶的女孩。」

陶枝愣了愣，看著他。

江起淮捏了捏她的手指，垂下眼來：「不知道她能不能認可我做女婿。」

他的神色很淡，原本冰刻一般冷厲的眉眼，卻在這一刻變得柔和：「也很謝謝她，把我的枝枝帶到了這個世間。」

以及如此幸運地讓他遇到。

從此以後，他會永遠守護著她。

看著她開心的時候笑，陪著她難過的時候哭。

和她一起度過未來的每一天，越過崇山峻嶺，跨過溝壑萬丈，彼此相攜而行，照亮前途。

元宵節過後，許隨年回到了帝都，連帶著陶枝也結束了她漫長的新年假期，重新忙碌起來。

她跟許隨年合辦了一個新銳攝影展。

以前的陶枝，都獨自在暗房裡埋頭玩著自己的照片，第一次搞這種大型的展覽，覺得一切的事情都很陌生，卻又對流程而感到新奇，每天跟著許隨年跑上跑下，被介紹著認識了很多攝影圈拿獎拿到手軟的大師，看起來比江起淮還要忙。

兩人基本上保持著一週見個兩、三次面的頻率，江起淮會接她下班，然後兩個人再一起吃個晚餐，回到家裡之後，基本上也是各忙各的，彼此之間的交流並不多。

週末，陶枝會帶著江起淮回家陪陶修平吃飯，陶枝跟季繁依然像是長不大一樣，你一言我一語地互嗆，江起淮也會陪著陶修平下棋。

每一天的日子似乎都沒了任何的驚心動魄，普通又平凡地度過。

卻又會讓人覺得舒服而溫暖。

像是他真的多了家人，也終於可以不用到處租房子搬家，以及打工和讀書，能夠有資格享受這種名為「生活」的人生。

三月底，氣溫明顯升高，冰天雪地的城市也被融化乾淨，天氣回暖，春意也逐漸綻放。

某天，陶枝在跟許隨年選照片的時候，接到了厲雙江的電話。

厲雙江依然是元氣十足的大嗓門：『老大！忙嗎？』

「忙，」陶枝一邊翻弄著手邊的照片一邊說。

『年後都很忙，抽出幾分鐘時間，』厲雙江大大咧咧地說，『我也剛出差回來，昨天下了飛機，週末有沒有空啊？出來吃個飯。』

「幾點啊？」

『老樣子吧，』厲雙江說，『順便轉達給淮哥啊。』

他嘖嘖道：『等來了之後再好好交代一下，你們兩個，啊？怎麼在我們高中的單身狗聯盟裡，不小心就出現了叛徒呢？還直接配成一對。』

「你自己跟他說啊，」陶枝好笑道，「為什麼要我轉達？」

『我要是能聯絡上他，還用得著叫妳轉達嗎？』厲雙江不滿道，傳了這麼多訊息給他，也沒收到他的回覆。

陶枝答應下來，在掛了電話以後，將手邊的東西往前推了推，趴在桌上拿著手機，傳訊息給江起淮。

小枝枝：『江總監！』

江起淮秒回：『？』

陶枝忍不住彎起唇角。

她繼續打字：『厲雙江說，他傳了好多則訊息給你，你都不回他。』

江起淮：『忙到忘記了。』

被差別對待得到了秒回的陶枝，美滋滋地傳出語音訊息：「那你回他一下，他有事情跟你說。」

江起淮也用語音訊息回覆：『嗯。』

陶枝放下手機，繼續忙起手邊的工作。

厲雙江作為在畢業後的活動主要發起人，愛去的餐廳也就那麼幾家，所有人利用刪去法，閉著眼都能知道他下一次會想約去哪間餐廳。

趙明啟第一個提出抗議，提出大家一起去吃個火鍋，得到了熱烈的支持。

江起淮來接陶枝的時候，她剛好忙完了手邊的工作，兩個人依然是最後一個抵達火鍋店的。

推開包廂門的時候，裡面的人正在點菜，蔣正勳朝他們招了招手：「萬年遲到鬼來了。」

江起淮跟在陶枝後面走進來，回手關上門。

包廂裡安靜了片刻，眾人的視線從陶枝看到了江起淮，又從江起淮看到了陶枝。

厲雙江拖長了聲：「哦——」

趙明啟：「哦哦哦哦哦——！」

陶枝被他們起哄得又尷尬又好笑：「照明器，你能不能別跟一隻猴子一樣？」她眼珠子一轉，看向季繁，「還有你啊，別在那裡翻白眼，當我看不見啊。」

付惜靈聞言後，轉過頭去，看見季繁在旁邊翻白眼翻到連黑眼球都看不見了。

她不動聲色地在桌子下面狠踩了他一腳。

季繁悶哼了一聲，一臉痛苦地弓下腰，轉過頭去。

「注意一下你的表情管理。」付惜靈嚴肅地說。

季繁不敢吭聲，默默地收斂了誇張的表情。

陶枝暗爽地看著季繁吃癟，在留出來的空座位上坐下，菜已經點得差不多了，陶枝只是再加點了兩盤肉，就讓服務生把菜單給收走。

巨大的火鍋正咕嚕咕嚕地煮，自從在之前一起吃了日式料理後，大家就有好幾個月都沒再見過面，像這樣湊在一起，彷彿有說不完的八卦和牢騷。

明明平時也不怎麼會傳訊息，而且在各奔東西後根本見不到幾次面，但在每次的聚會時，那種熟悉的親密感卻從未冷卻過。

熱熱鬧鬧地吃完一頓火鍋，時間還早，因為第二天是週末不用上班，趙明啟提議去唱歌。

陶枝跟著他們出去，側頭小聲說：「你明天要加班嗎？不想去的話，跟他們說一聲就好了。」

江起淮挑眉：「我看起來這麼不合群嗎？」

陶枝的表情有些複雜，看著他：「你這句話是認真的嗎？」

江起淮：「……」

火鍋店剛好在商圈，周邊有好幾家ＫＴＶ，趙明啟打電話訂了一間包廂，走過去大概十幾分鐘。

天氣涼爽舒適，幾個人一路上都在聊天，悠悠地往目的地走去，陶枝和江起淮走在最後面，所有人也都識相地跟他們拉開一點距離。

走過一段路口，陶枝忽然轉過頭來。

江起淮的眉眼攏在了輝煌的燈火裡，五官的輪廓也更加深邃，街上的車流和行人來來往往，氣氛熱鬧。

他注意到她的視線，轉過頭來：「怎麼了。」

「沒什麼，」陶枝笑咪咪地看著他，「江起淮，我們以後在吃完晚餐後，都出來散散步吧。」

江起淮不知道她為什麼突發奇想，但還是說：「嗯，好。」

「再養一隻貓，或者狗狗，」陶枝繼續說，「每天晚上就出來散散步，遛遛狗。」

江起淮點點頭：「看看街上的老人家跳跳廣場舞，再澆澆花，妳提前退休了。」

「……」

這個人刻薄起來的時候就是這麼討厭。

陶枝撇撇嘴，聽見他在旁邊慢條斯理問：「想養什麼狗？」

陶枝想了想：「阿拉斯加犬吧。」

「比妳還大隻。」

「貴賓狗？」

「太吵。」

「哈士奇呢？」

「會拆家。」

「你怎麼屁事這麼多，」陶枝不滿道，「養柯基總可以了吧？可可愛愛的。」

「腿短了一點，」江起淮勉為其難地說，「好吧。」

陶枝不想理他了，往前快走了兩步。

江起淮垂著頭，彎起唇角，扯過她的手腕，順勢地放進自己的外套口袋裡，牽著她的手往前走。

他不受控制地想著她剛才描述的光景。

他們會有一間房子，種著幾盆花，養一隻狗，他們會一起散步，看著她吃到喜歡的東西，像貓咪一樣滿足地瞇起眼，看到什麼感興趣的東西，都會興奮地扯著他的手朝他微笑。

他終於可以在每天睜開眼的時候，看到她安靜的睡臉。

江起淮其實沒有什麼太大的雄心壯志，他只想著自己總有一天可以變得足夠堅固，成為為那朵玫瑰遮風擋雨的玻璃圍牆。

然後就這樣平凡地度過每一天，陪著她一起漸漸變老。

厲雙江和趙明啟在拿起麥克風以後，就變成了人來瘋，季繁捧了一堆骰盅過來，又開了幾瓶酒。

在吃火鍋的時候就已經喝了不少，玩了幾輪骰子後，大家都有些迷茫，趙明啟本來就挺大膽的，現在全世界都已經變成了他的天下。

他在唱歌的間隙裡，拿著立麥往前一指：「梭哈有什麼好玩的？光喝酒又有什麼意思？來玩一點有趣的！」

他從檯子上竄下來。

遊戲的名字叫「國王」，規則很簡單，將五個骰子搖到相同數量最多的那個人最大，是國王，可以提出一個要求，但不能點名，要說清楚條件，滿足這個條件的人就要按照他的要求來做。

第一個贏的是厲雙江，一把就直接搖出了五個一。

他的眼神在江起淮和陶枝之間來回飄了一下，不懷好意的嘿嘿一笑，說：「在場正在談戀愛的，說一個別人都不知道的祕密。」

陶枝嘆了口氣，覺得江起淮是什麼都不會說的，正當她絞盡腦汁地想著自己有什麼無傷大雅的祕密時，就聽見他用冷淡的嗓子，不緊不慢地說：「我早戀過。」

陶枝：「……」

還能這樣？

她接著說：「我偷過情。」

「……」

江起淮面無表情地轉過頭來，疑問地看著她。

「你看我幹什麼？」陶枝小聲嘟囔，「你明明也偷過，還被藏進衣櫃裡了。」

眾人勉強放過了他們。

緊接著輪到蔣正勳。

蔣正勳這個人向來不聲不響，但藏著許多壞心眼，他抱著酒瓶說：「在場初戀還在的，就親一個吧。」

他一說完，所有人都看向付惜靈。

大學的時候，幾乎所有人都談過戀愛，就連趙明啟都跟隔壁音樂系的系花，展開過一段為期一週的短暫戀情，只有付惜靈始終都是一個人。

「除了付惜靈應該沒了吧？」厲雙江問。

他話音剛落，就看見季繁在旁邊懶洋洋地站了起來。

陶枝：「……」

真是為了占便宜，連臉都不要了。

厲雙江震驚了：「繁哥，你整天跟一隻花花蝴蝶一樣的滿天飛，沒談過戀愛？這句話說出來，連你自己都不相信吧？」

「我他媽的？」季繁也震驚了，他暴躁道，「什麼叫花花蝴蝶？老子很潔身自愛的好嗎！」

厲雙江有些遲疑，又看了一眼付惜靈：「那……」

陶枝正想著是該推親弟弟一把，還是幫閨密打個圓場，坐在沙發上的付惜靈，倒是已經大大方方地站了起來。

季繁看向她，忍不住地抿了抿唇，開口道：「要不然就算……」

他話還沒說完。

付惜靈忽然踮起腳尖，仰著頭，在他的臉上飛快地親了一下。

季繁：「……」

一片安靜，季繁像個傻子一樣地站在沙發前，連眼神都變得渙散了。

趙明啟把差一點掉下去的下巴給重新掰回來，清了清嗓子：「繼續繼續。」

直到散場後，季繁都還呆滯著。

他像失了魂似地跟著人群走出了KTV，同手同腳地走到馬路上，然後站在馬路邊，忽然抬起頭來望向天空。

看起來已經不太正常了。

厲雙江和趙明啟湊在一起：「繁哥還行吧？」

「繁哥不會是第一次被女生親吧？」

「我懂我懂，」趙明啟老神在在道，「那個感覺真是如墜天堂。」

厲雙江轉過頭來看著他：「你也就談了一個禮拜，裝什麼過來人。」

趙明啟：「……」

初春剛至的時候，攝影展的一切事宜才剛準備妥當。

工作室包下了西區藝術館的整個三樓，由業內的幾個前輩提供資金支援，主要是為了鼓勵圈子裡的新生代攝影師，讓他們有一個平臺能夠展示出更多的自己。

所有圈子都是這樣的，很多人一飛沖天，但有更多的人都是沒沒無聞，始終不為人知。

江起淮剛到的時候，陶枝正在旁邊跟別人說話，他沒有叫她，只是逕自走過一面面雪白的展板。

陶枝這些年去過很多地方。

她去張掖市拍丹霞地，去雲滇的山村裡拍不知名的小村莊，去天子峰拍過夜月和雲海，去極地拍過融化的冰川。

這裡滿是她曾看過的世界，但江起淮卻不知道。都是在他不在的時候，由她一個人走過的足跡。

無論身邊有沒有其他人存在，她的人生始終都是由色彩呈現，充實明朗，就像她整個人一樣，熱鬧到極致，燦爛而輝煌。

江起淮一路走過去，直到站在最後一面照片牆前。

這面照片牆上掛的不是她的作品，署名上只寫了兩個字：匿名。

上面是一張張老舊的照片，被人細心呵護地用塑膠套保存了起來，江起淮太熟悉那些照片了，它們曾貼在他狹小的臥室牆壁上，安靜地陪伴他度過了無數個日夜。

蜷縮著的貓咪趴在街角，牆壁的油漆因為剝落而露出水泥，邊緣捲起的兒童拼圖，擺在老式拼花的木地板上。

以及漫天煙火之下，身影朦朧地倒映在摩天輪窗面上的少女。

江起淮的視線垂了垂，在照片旁雪白的牆面上，有著用油印呈現的張揚筆跡，上面寫了一排小字。

——我的起始，我的終結。

江起淮長久地佇立在那些照片前，在某一個瞬間，他忽然側過頭去。

陶枝正站在不遠處，她大概是剛看見他，表情有些意外，隨後就很快地露出了笑容，彎起明豔又漂亮的眉眼來看著他。

她跟旁邊的人說了兩句話，然後踩著滿地破碎又斑駁的陽光，朝他走來。

江起淮會來這裡，陶枝其實有些意外。

她在前一天跟他提起過這件事，江起淮反應冷淡，一副完全沒有興趣的樣子，還跟她說他要上班。

這是她頭一次認真去參加展覽，雖然有些失落，但陶枝沒有表現出來，卻也沒想到他會來。

陶枝跑到他面前，仰起腦袋：「你怎麼來了？」

她跑得有點急，碎髮掃著臉頰垂下，江起淮用指尖挑著她的頭髮，勾到耳後：「我怎麼會不來呢？」

「你不是要上班嗎？」

「請假了。」

陶枝笑咪咪地「喔」了一聲，拉著他走到那些照片面前，一張一張地看。

她開始跟他講起，她在每一個地方所見過的人，以及發生過的事情。

「你有沒有去過俄羅斯啊？你都不知道俄羅斯有多冷，」陶枝喋喋不休地說，「我們這邊冬天的那一點雪，在俄羅斯就跟下小雨一樣，不痛不癢。尤其是佩韋克，在俄羅斯的最北邊，北極圈裡。」

江起淮安靜地聽她說了一整路，等她終於說累了才停下來。

「要喝水嗎？」江起淮看她。

陶枝搖了搖頭，又瞇起眼來：「你是不是在暗示我話多？」

江起淮無奈道：「別這麼不講理。」

這時候的人也沒那麼多，她看了一下四周，直到看見了站在窗邊的許隨年，抬手朝他擺了擺，然後又指指樓梯口。

許隨年遠遠地朝她比了一個ＯＫ的手勢。

陶枝扯著江起淮往外走：「走吧，我們早退。」

江起淮唇角一鬆：「還能早退？」

「反正有許隨年在這裡看著就行了，」陶枝一邊下樓一邊說，「你好不容易放假了，我們出去逛逛，而且也快要中午，剛好一起吃個飯。」

江起淮跟著她下樓。

說是要出去逛逛，但陶枝對於要去哪裡也沒什麼想法，不過江起淮也沒出聲，只是在坐上了駕駛座後，就一路往前開。

直到眼前的景色越來越熟悉，他將車子停在了實驗一中的門口。

陶枝順著車窗往外看，「咦」了一聲：「怎麼突然來學校？」

江起淮鬆開了安全帶，將汽車熄火：「突然想來看看。」

陶枝跟著他下車，和警衛打了聲招呼後就走進了校園。

他們進來的時候，上午的最後一節課也剛好結束，操場上一片熱鬧，穿著一中制服的少年少女一股腦地朝著食堂的方向狂奔，福利社門口坐著幾個正在聊天的學生。籃球場上，男生的笑容肆意張揚，橘黃色的籃球也劃破湛藍的天空，落入籃框。

陶枝一路向前走，直到走到了高二的教學大樓。

她走進教學大樓，站在一樓的前廳看。

兩邊的榮譽展櫃上，不知道已經換過了多少人，全都是年輕稚嫩的陌生臉孔，其中一個少年占了最大的空間，照片貼在最前面，下面甚至還拉了一條橫幅。

——熱烈慶祝二年一班許白森同學，入選奧林匹克數學競賽國家隊。

陶枝轉過頭來看著江起淮，笑道：「殿下，您後繼有人了啊。」

她湊近看著那個少年，嘖嘖道：「我剛才還沒注意到，這個小孩長得還挺帥的。」

江起淮「嘖」了一聲，面無表情地扣著她的腦袋，把她給掰回來，不讓她看：「妳也知道人家是小孩。」

陶枝不情不願地被他按著腦袋往前走，直到走到了二年一班的門口。

才剛下課，學生魚貫而出，一邊往外走，一邊忍不住好奇地看向他們。

他們站在教室門口等了一陣子，陶枝不禁感慨道：「這裡已經不是我們的教室了，我們這樣進去的話，算不算私闖民宅啊？」

江起淮什麼話也沒說，直接走了進去。

教室裡面的人已經走光了，只留了零星幾個學生，好奇地看著他們。

這屆的二年一班學生數量大概比較少，最後一排靠牆的兩張書桌也空空地擺在那裡，沒人坐。

陶枝拉開了靠牆邊的那張椅子後坐下，坐在她以前的位子上的那個女生剛好沒走，回過頭來。

陶枝笑了笑：「妳好，我們是以前一班的畢業生，想回來看看，打擾了。」

「哦，沒事，學長學姐好。」女生文靜地說，轉過頭去。

陶枝前傾了身子趴在書桌上，她托著下巴，看著前面還來不及擦掉的黑板，忽然嘆了口氣：「江起淮。」

江起淮站在旁邊，應了一聲。

「我忽然好想回到高中的時候。」她有些惆悵地說。

江起淮看著她，笑了一下。

「那就回去。」他淡聲說。

陶枝眨了眨眼。

江起淮往前走了兩步，走到前面那個女生的旁邊，垂下頭：「妳好。」

女生匆忙地抬起頭來，有些驚慌。

江起淮指著她桌上的便條紙：「能借我用一下紙筆嗎？」

女生點點頭，將自己的便條紙和桌上的筆遞給他。

江起淮在接過後向她道謝，走到陶枝旁邊，把椅子拉開後坐下。

他撕了一張便條紙下來，然後捏著筆，垂頭寫字。

陶枝伸著腦袋，好奇地把頭探過去。

他寫得很慢，一筆一畫都十分認真，字跡大氣鋒利，四個字整齊地落在淺黃色的便條紙上。

——以我車來。

他故意，將「爾」寫成了「我」。

我用車來迎娶。

陶枝的睫毛微微地抬了抬。

彷彿在一瞬間，那些過去的時光全都被一隻無形手給抓著，一寸一寸往回拉，回到那間熟悉的教室裡，回到她年少時，回到她見到他的那一天。

回到她第一次寫這句默寫的那個清晨，涼風鼓起淺藍色的窗簾，淺薄的陽光大片大片地鋪灑在書桌上。

少年眸色清淡，聲音低涼平淡地看著她說出的那句話。

那時。

年少時的喜歡，被藏進了夏末清晨的蟬鳴和日光中，將青澀與冷漠抽絲剝繭後，剩下的都是溫柔。

陶枝安靜了好一會兒，才慢吞吞地抽出他指間的筆，在那四個字的後面接著寫。

——以我賄遷。

既然如此。

我就帶上嫁妝嫁給你了。

最後一筆畫落下，陶枝皺了皺發酸的鼻尖，抬起頭來。

江起淮正看著她。

他眼神平靜，目光片刻不移，帶著一點柔軟的笑意。

「就這麼說好了。」

他說。

學校的廣播裡，放著一首古風氣息濃重的歌，溫柔的男聲娓娓道來地講述著那一片不為人知的江湖，以及那些波瀾壯闊、平凡淡漠的人生。

他道故事便至此，無餘酒。

中天明月，已落山丘。

在經歷過所有的最後，彷彿一切都終於可以塵埃落定。

從此，我做你的來時路，也做你的不歸途。

——《桃枝氣泡》完結——

番外

番外一

付惜靈從一開始見到季繁的時候，就對他的印象不太好。穿著花裡胡哨的衣服，抓著花裡胡哨的髮型，吊兒郎當站在前面，做著慘不忍睹的自我介紹。

當時的付惜靈只有一個想法：喔，有個廢物來了。

上一次有這種想法的出現，是在陶枝的座位被調到她旁邊的時候，因為上學期的她，一直被學校裡的高年級小混混騷擾，其實她對陶枝這種人很反感。

好像每一個學校裡都有這種人，該上課的時候不上課，該讀書的時候不讀書，整天打架惹事，拿了一個流氓名號，還覺得自己是全世界最帥氣的人，其實遜爆了。

但付惜靈不是個喜歡惹麻煩的人，也不想惹到流氓，她只想跟她的新同學保持著和諧的關係，然後讀自己的書，悄無聲息地畢業。

這個想法從第一次被人找到教室門口的時候，開始發生了一絲絲的轉變。

陶枝沒跟她多說什麼，只是很平靜地把人趕走，之後也沒多看她一眼。

付惜靈當下也沒有反應過來，本來想問些什麼，卻沒能說出口。

她猜想，她可能真的只是因為被擋住了座位而已。

直到那次體育課的時候。

付惜靈不知道該怎麼形容那種絕望感，她的制服外套被丟掉，裡面的衣服也被撕破了，手機的鏡頭也不斷地對著她裸露的部位，她想反抗，才剛站起來，就被連搧了兩巴掌。

她被人按在角落裡，動彈不得。

沒有人會來幫她。

沒有人願意管別人的閒事，然後引火上身。

她近乎崩潰地閉上眼睛，聽著刺耳的笑聲和手機的拍照聲，以及廁所的隔間外面，有人走過的微弱腳步聲。

就這麼走吧。

付惜靈當時想，別給自己找麻煩。

她不希望再有一個人，和她一起承受這樣的遭遇了。

但是那個人卻沒走，她聽見隔間的門被人「砰」地一腳踹開，笑聲變成了尖叫，相機的聲音也被某種東西掉進水裡的「噗通」一聲給取代，陶枝兩三下就把那幾個女生丟到一邊，然後脫掉自己的外套，蓋在她身上。

鋪天蓋地。

衣服上還帶著她的體溫和氣息，溫暖又好聞。

她逆著光，站在廁所隔間的門口看著她，皺了皺眉。

付惜靈不記得，當時身處於一片混亂中是什麼感覺，她只覺得，如果這個世界上有超級英雄，那他們出現在身陷困境的普通人面前時，大概就是這副模樣。

那一瞬間，付惜靈才清楚地意識到，陶枝不一樣。

她之前的想法全都是錯誤的。她和那些會在班級門口堵她，會在她放學回家的路上跟蹤騷擾她，會將她堵在廁所裡拍照的那些人，截然不同。

陶枝大概從來都不覺得，自己是全世界最帥氣的人。

但她果然就是，全世界第一帥的那個人。

有了陶枝這個特例，付惜靈在剛開始的時候，會覺得季繁是不是也和陶枝一樣。

畢竟兩個人是雙胞胎，雖然他每天除了睡覺，以及對他的同學冷嘲熱諷以外，不會幹第三件事，但是這也說不準，或許他身上還有一些她沒有發現的亮點。

然後付惜靈就發現，他是真的沒有其他亮點了。

這個人就像一個激進好戰的分子，除了睡覺以外，最大的愛好就是慫恿他的同學跟他打一架，然後江起淮還不理他。

她每次聽著季繁在後面跟江起淮說話的時候，就很想吐槽，但畢竟是陶枝的弟弟，她還是忍住了。

而且還有一點怕他。

季繁的眼睛長得跟陶枝很像，深黑上挑的眼型是帶著攻擊性的漂亮，但陶枝很常笑，眼睛會彎彎地撇下，可是季繁不愛笑，看起來就非常嚇人。

她最害怕和這種人接觸，於是努力地跟他保持距離，偏偏季繁總是喜歡欺負人，閒得無聊，覺得沒事幹的時候就會拉她的頭髮、踢她的椅子。

付惜靈仗著陶枝在旁邊，膽子稍微大了一點，有的時候會回嗆他，季繁也不會生氣，還是繼續逗她玩。

陶枝轉學的那一天，付惜靈沒有說什麼。

直到她走了以後，付惜靈才趴在桌子上偷偷地哭。

她哭過了好幾節課，哭了一整個上午，陶枝和江起淮相繼離開了，季繁就自然而然地坐到了她旁邊，他就這麼看著她一直哭、一直哭，最後終於不耐煩地「嘖」了一聲。

付惜靈抬起頭來，怕他覺得她煩，一邊哽咽一邊遲鈍地道歉：「對不起，對不起，我沒有想打擾你。」

少年抿著唇看著她，臉色有點不好看：「妳哭什麼？」

「沒什麼……」付惜靈努力地抹掉眼淚，抽抽噎噎地說，「我沒有再哭了。」

季繁看著她哭腫的雙眼，語氣有些不耐煩地說：「不就只是轉個學，又不是再也見不到了，妳週末再約她出去玩不就好了？」

他頓了頓，又有些不自然地補充道：「妳平時直接來我家玩就好啦，又不遠，妳也知道我家住在哪裡，有空的時候，直接過來就可以了。」

付惜靈抹著眼淚，吸著鼻子點了點頭。

她沒有說，陶枝是她交到的第一個朋友。

她的性格其實很不好，看起來溫吞吞的很好相處，實際上對人對事都不太上心，也有幾個關係還可以的同學，但是對於付惜靈來說，也只能算是同學而已。

不過讓付惜靈覺得很意外的是，季繁竟然還有那個閒工夫來安慰她。

大概是因為江起淮走了，他無處發洩這份精力，所以才多跟她說了兩句話。

陶枝離開以後，付惜靈持續低落了很長一段時間。

高二下學期的教學進度，明顯地比上學期要快了一些，難度也加強不少，她每天悶著頭，讀書、寫題目，話也比以前還要少了。

季繁在上課睡醒後，沒事的時候會跟她搭話，有的時候還是會欺負她。

沒了陶枝在旁邊撐腰，付惜靈也不敢囂張，只是小聲地回他話，被拽了頭髮、碰掉了筆，甚至連桌子都被他占掉了一大半的位置，她也悶不吭聲。

季繁在上課的時候幾乎都在睡覺，下課就跑出去跟男生打球，然後帶著一身汗回來，偶爾還會在睡醒後，裝模作樣地拿著筆，聽了一陣子的課，寫了一手跟他的打扮一樣慘不忍睹的字，還非得叫她評價一下，他的狂草是不是很好看，是不是很有質感。

付惜靈哪敢說沒有。

相處久了之後，她發現季繁也沒有她想像中的那麼嚇人。

他其實不怎麼會發脾氣，絕大多數的時間都是吊兒郎當的，只有在被吵醒的時候會很不爽。

少年趴在桌子上，皺著眉抬起頭來，漆黑的眼睛沉著，看起來非常不開心。

每到這個時候，付惜靈就會默默地挪著作業本，緩緩地往牆邊靠，稍微離他遠一點。

等季繁從睏意中緩過來，就看見她整個人幾乎都快要貼到牆上了，手上的作業本也貼著桌邊放，彷彿下一秒就打算穿牆過去走廊裡。

他有些不爽：「喂。」

付惜靈抿著唇，慢吞吞地轉過頭來。

「妳靠那麼旁邊幹什麼？」季繁瞇著眼說，「過來一點。」

付惜靈小心翼翼地稍微挪過去。

「把自己當螞蟻在爬？」

付惜靈不出聲，默默地再挪過去一些。

季繁盯著她看了一會兒後，忽然向她湊近。

少年的五官瞬間在眼前放大，付惜靈嚇了一跳，眼睛睜得大大的，背貼著牆壁看著他。

「妳很怕我？」季繁問。

付惜靈趕緊搖了搖頭。

季繁不耐煩道：「說實話。」

付惜靈猶豫了一下，還是很輕地點了點頭：「有一點。」

「妳那麼怕我幹什麼？」季繁納悶道，「我有凶過妳嗎？我有罵過妳嗎？」

付惜靈搖了搖頭，她大著膽子，溫吞吞地說：「但你的脾氣不好，還總是喜歡欺負別人。」

「我脾氣是不太好，」季繁點點頭，「但我什麼時候欺負過別人了？」

「你總是弄掉我的筆，」付惜靈低著頭，小聲說，「還占我的桌子，拉我的頭髮。」

季繁：「……」

女孩留著妹妹頭，長度大概到耳朵下面的位置，顯得腦袋圓溜溜的，看起來像一顆小蘑菇。

季繁盯著她毛絨絨的頭髮，忽然覺得手有些癢，又想扯一下。

他直起身來，拖著聲音：「好吧。」

付惜靈抬起頭來。

季繁打了個哈欠：「我以後不會再弄掉妳的筆，不占妳的桌子，至於扯妳頭髮的這件事……」他頓了頓後看了她一眼，吊兒郎當地說，「那得看妳表現。」

「……」

就連付惜靈這種脾氣這麼好的人，都忍不住鼓了鼓臉頰。

她又想嗆他，最終還是忍住了，委屈地轉過頭去繼續寫作業，不想理他。

季繁瞅著她：「生氣了？」

付惜靈還是不理她。

季繁懶懶地趴在桌子上，斜著腦袋看著她：「真的生氣了？」

付惜靈仍然一語不發。

「妳要是一直都不理我，我可要扯妳頭髮了啊。」他拖長了聲。

付惜靈咬了咬牙，忍著脾氣，低著頭默默地繼續寫作業。

季繁伸出手來，捏著她的髮梢說：「我要扯了喔。」

「……」

「我真的要扯了喔？」

「……」

他修長的手指捏住了柔軟的髮絲，輕輕拽了拽。

付惜靈終於忍無可忍，她把筆丟在桌子上，有些不滿地轉過頭來，軟軟地凶他：「你怎麼這麼煩人啊！」

認識了半年，這是季繁第一次看見她發火。

他愣了愣後把手收回來，爾後舔了舔唇角，忍不住就笑了。

少年唇角挑起，深黑的眼睛也跟著一彎，也不知道是哪句話戳到了他的笑點，毫無預兆地就笑出了聲。

付惜靈被他笑得也愣住了。

她就這麼呆呆地看著他笑了好一會兒。

季繁趴在桌子上笑了一下後終於停下，女孩睜著圓溜溜的眼睛，一臉呆滯地看著他，還沒反應過來。

「這樣才對啊，有活力一點不是挺好的嗎？」他笑著看著她，懶洋洋地說，「膽子大一點，就算我脾氣不好，也不會對妳發脾氣的。」

番外二

付惜靈打算把季繁說的話都當成放屁。

嘴上說的這麼好聽，但他連江起淮都敢惹，脾氣上來的話，付惜靈才不相信季繁會管她是誰。

所以還是該保持距離就保持距離，能少說話就少說話，只是在兩個人相處下來，也逐漸變得比之前稍微自然了一點。

有時候，季繁在上課時會被叫起來回答問題，付惜靈會稍微提醒他一下。

或者在早自習的時候，也會把作業借給他抄。

非常偶爾的情況，付惜靈實在忍不住，或者是季繁太煩人了，她開始會大膽地嗆他兩句。

他還真的從來沒發過火，無論她說什麼，他都笑嘻嘻，不太在意的樣子。

習慣了以後，在付惜靈自己都還沒意識到的時候，她在面對季繁的時候變得更大膽了。

這件事情還是厲雙江提醒她的。

季繁跟厲雙江他們不一樣，厲雙江、趙明啟他們雖然也愛玩，喜歡調皮搗蛋，經常把王二和王褶子氣得暴跳如雷，但是該辦正事的時候也不含糊，主要還是把心思放在讀書上。

季繁感覺就是來學校玩的。

除了跟厲雙江他們關係好，他也結交了不少學校裡那種花錢讀書，每天惹是生非的不良學生。

少年家裡的條件好，長得帥，為人處世也非常講義氣、夠朋友，高二的兩個學期下來，隱隱有了成為小老大的趨勢。

付惜靈經常在下課的時候，會看到有幾個比較出名的男生，到班級門口找他，幾個人勾肩搭背地出去。

也撞見過他們在校外和其他學校的人打架，有時還會在福利社的圍牆旁邊，以及體育館後門偷偷抽菸。

少年背靠在福利社角落裡的牆面，低垂著頭，不知道旁邊的男生說了什麼，他在聽見後淡笑了一下，將夾在手裡的菸咬進嘴巴裡，星火就跟著微微一閃。

雖然不太喜歡，但付惜靈也只是皺了皺眉，然後像沒看見一樣，目不斜視地走開。

季繁在看見她的時候會愣一下，然後飛快地將手裡的菸丟到地上，抬腳碾滅，朝他的朋友們擺擺手後，小跑著跟上來。

付惜靈不愛活動，下課後也只喜歡坐在自己的座位上看看書之類的，季繁就笑著問她：「小蘑菇，怎麼會想在這節課出來啊？」

付惜靈默默地往旁邊挪了挪，和他隔開一段距離：「我想去買果凍。」

「嗯？」季繁看了看她空空的手，湊上去，「那妳怎麼沒買？」

「突然不想吃了。」付惜靈小聲地說，又往旁邊挪了挪。

季繁看著兩個人之間再次間隔出來的距離，有些不爽：「妳離我這麼遠幹什麼？」

付惜靈默默地看了他一眼：「你很臭。」

「……我他媽？」季繁垂眼，看著自己雪白的制服，「本少爺我很愛乾淨的好嗎？哪裡臭了？」他抬起手臂，湊到她面前，「妳聞聞，明明是香的。」

付惜靈皺了皺眉：「你身上有菸味。」

季繁閉嘴了。

他垂下眼，沒再說話，人也沉默下來，連腳步都放緩了一些。

付惜靈自顧自地往前走，等她反應過來的時候，季繁已經不在她旁邊了。

她回過頭去。

少年站在她身後幾公尺遠的地方，沒再跟上來，他把制服外套給脫下，在原地站了好一會兒，兩隻手扯著制服領子，將外套撐開後迎著風抖了抖。

付惜靈：「……」

她看了一下，忍不住說：「你幹什麼呢？」

「散掉外套上的味道，」季繁一邊抖衣服一邊說，「妳不是嫌我臭嗎？」

付惜靈默然了幾秒，低聲說：「你稍微離我遠一點，我就就聞不到了。」

季繁抬眼笑了一聲：「我就坐妳旁邊，怎麼離妳遠一點？」

她又不說話了，猶豫了一下後，轉身繼續往前走。

一直走到教學大樓門口，付惜靈回頭看了一眼。

季繁沒有跟上來，但也不在原地了。

她重新轉過身，走回了班上。

上課鐘聲還沒響，教室裡的同學都在聊天，付惜靈坐在座位上，把下一節課要用的書本拿出來，坐在桌前發呆。

有點嘴饞。

還是想吃果凍，但剛剛沒有進去買，只因為她想離那些抽菸的混混們遠一點。

她坐在那裡發呆，季繁在此時也回來了，他已經重新穿上了外套，吊兒郎當地一邊晃悠著寬大的制服袖子，一邊走到座位上坐下，身上已經沒有菸味了，是洗衣精混著少年特有的乾淨氣息。

他懶洋洋地坐在椅子上，靠著椅背伸長了腿，將雙腳往桌杠上一踩後，朝她伸出手。

眼前的桌面上就跟著出現了一個東西。

季繁將捏在手裡的那袋果凍放到了她的桌面上，修長的手指抵著，往前一推，挪到她眼前。

付惜靈愣了愣，看著那袋蘋果口味的果凍，又扭頭看向旁邊的人。

他的表情鬆鬆垮垮，語氣閒散：「蘋果口味，可以吧？」

付惜靈愣了一下：「你去買了嗎？」

「妳不是想吃嗎？」他毫不在意道，「妳倒是稍微假裝一下，不要一看見我就這麼明顯地跑開。」

「我沒有啊，」付惜靈一本正經地說，「我只是不喜歡菸味。」

季繁看了她幾秒，忽然趴在桌子上後湊過來：「妳不喜歡菸啊？」

付惜靈沒有馬上說話。

季繁抽不抽菸，實在是跟她沒什麼關係，他愛怎麼抽就怎麼抽，跟她一點關係都沒有，她也管不著。

但是陶枝挺討厭他抽菸的，只要季繁一抽菸被她逮個正著，她都會拽著他的頭髮把他臭罵一頓。

看在陶枝的面子上，付惜靈想了想，還是說道：「抽菸對身體不好。」

女孩用圓圓的眼珠看著他，表情很認真，像是真的覺得他不明白這件事一樣，在說明給他聽。

季繁覺得有點好笑。

他挑了挑眉：「所以呢？」

他這副表情看起來有點危險，付惜靈又有點害怕了，聲音再次低下去：「所以你還是少抽一點吧，被枝枝知道的話，她會不高興的。」

她把陶枝搬出來，季繁噎了一下，也有點害怕了。

他抓了抓頭髮：「妳不會偷偷跟枝枝告密吧？」

付惜靈仍舊認真地看著他，搖了搖頭：「我不會做那種事的。」

「那就好，」季繁鬆了一口氣，爾後又垂死掙扎道，「其實我平常也不怎麼會抽菸了，就是跟那些朋友在一起的時候，看見他們抽，就會有點忍不住。」

付惜靈垂下頭，小聲嘟囔：「那你可以不要和他們走太近。」

她剛說完，馬上就閉嘴了。

她覺得自己有點多管閒事了，他要和什麼人交朋友，跟她又有什麼關係？

果然，季繁沒有說話了。

他閒散地趴在桌子上，睫毛也微微垂著，用漆黑的眼珠看著她，收起了不太正經的笑容。

氣氛有些沉默。

而他看起來像是要發脾氣的樣子。

付惜靈見過他打架時候的狀態，看起來凶到不行，她抿了抿唇，掩飾般地拿過剛剛掏出來的英文書，翻到單字表，佯裝自己剛才什麼話都沒有說過，默默地看起了單字。

季繁看著她又軟又嫩的側臉，以及垂下去的睫毛，直起身來。

他慢吞吞地從制服口袋裡抽出手機，然後把手一伸，壓在她的英文書上面。

付惜靈下意識地看過去。

他滑開了螢幕，也不避諱她的目光，當著她的面按了密碼解鎖，然後打開了通訊軟體的好友列表。

付惜靈看著他隨意地滑著列表上的名字，點開了他那個不良朋友的帳號，右上角，刪除。

退出去後又往下滑了滑，點開另一個，刪除。

就這麼刪了七、八個帳號。

季繁重新看了一遍好友列表，確認一下有沒有遺漏，指尖在手機螢幕上輕輕敲了兩下。

輕飄飄的聲響，季繁瞥了她一眼：「刪光了。」

他拖著聲音說：「行了吧？小蘑菇。」

番外三

付惜靈很討厭被人取綽號。

她小時候有點胖，個子又矮，在上國中以後，身邊的同齡女孩們的身材都開始慢慢發育，變得又高又瘦。只有她，還是那麼一丁點大，吃下去的飯都往橫向長了。

那時候在班上會有很討厭的男生叫她肥豬，也會指著她的臉，嘲笑她臉大，是大臉貓。惡意的，嘲笑的，抑或是本身並沒有那麼在意，只是調侃的語氣來叫她。

被全班取過各式各樣的綽號以後，付惜靈也慢慢地變得沉默寡言了起來，能不說話就不說話，也拒絕交朋友。

上了高中以後，她終於長高了一點，身材也瘦下來，只是臉上還是肉肉的，性格和認知也已經成熟了。

她就是一個沒什麼特點，難看到甚至會被人嘲笑的人。

所以她努力地想要讓自己更不起眼，最好變成透明人。

季繁卻是個風風火火的性格。

他總是有本事成為人群中最耀眼的那一個，在學校裡囂張跋扈，即便擺著一身普普通通的醜制服，卻彷彿能被他穿出花朵來的架勢，每天耀武揚威，就像一隻花孔雀。

他還不甘於自己一個人耀眼，他得讓身邊的人都跟著他一起感受全校的注視。上體育課跑操場的時候，明明男生都喜歡跑在最前頭，他偏偏要跑著跑著就掉隊，到女生堆裡來和她說話。

「小蘑菇，這麼巧，妳也來上體育課？」

付惜靈本來體力就不太好，能坐著就不想站著，更別說跑步了，每次課前的這兩圈都能要了她的半條命。

她大口大口喘著氣，懶得跟他說話。

季繁跑了這麼久，臉不紅、氣不喘的，像個沒事的人一樣：「妳怎麼不說話？」

「……」

「小蘑菇？」

「喂、喂？小蘑菇？」

這個人在她耳邊像唐僧似地念叨，好像只要她不回應，他就能這樣一直說下去，付惜靈覺得有點煩，氣喘吁吁地說：「你別這麼叫我，我有名字。」

季繁笑咪咪道：「怎麼了？這個名字不是挺可愛的嗎，小蘑菇。」

付惜靈皺起眉來，小聲說：「哪裡可愛？」

「哪裡不可愛？」季繁不當一回事，笑著比了一個半弧，「蘑菇傘不就應該要是這種形狀嗎，妳看跟妳的腦袋像不像？」

付惜靈抿著唇，只是埋頭繼續向前跑，連餘光都不想看見他了。

季繁側頭看著她：「生氣了啊？」

「沒有生氣。」付惜靈回答。

「怎麼可能沒有生氣？妳都不正眼看看我，」季繁也不知道自己哪句話說錯了，他還絞著本來就沒多少的腦汁仔細回憶了一下，還是沒察覺，乾脆道，「也不是不讓妳生氣，但妳至少得告訴我為什麼吧，我才跟妳說了兩句話呢。」

本來就跑得就很累，耳邊還有一隻蚊子不停地念叨，付惜靈猛地停下了腳步。

季繁邁開的腿一頓，也停下來。

女孩站在原地大口大口地喘著氣，雙手撐著膝蓋彎著腰，一點一點地往下低，直到蹲到了地上，緩了一會兒後才抬起頭。

眼睛已經有些紅了。

季繁一愣，瞬間慌了：「不是，怎麼回事啊？妳為什麼要哭？」

「我沒哭，」付惜靈帶著哭腔說，「你才哭了。」

「好了好了，」季繁急道，「確實是我哭了，我已經要哭了。」

他對於異性的所有接觸幾乎都來自於陶枝，而對於季繁來說，別說異性，陶枝根本稱不上是個女生，也不是愛哭的性格，除了偶爾的幾次，他幾乎沒見過陶枝的哭臉。

季繁蹲在她面前，一時之間有些手足無措，不知道該怎麼辦才好。

付惜靈的眼淚已經在眼眶裡打轉了，又被她硬生生地憋回去，她猛地抬起頭來：「你怎麼這麼煩人！你天天欺負我，也不讓我好好上課，下課不讓我睡覺，還幫我取綽號！」

她的聲音不再像平時那樣的悄聲細語，通紅的兔子雙眼瞪得大大的，嘴巴癟著看向他，肉肉的臉也漲得通紅，像是受了天大的羞辱和委屈：「就因為我的臉圓，你就叫我蘑菇，我肉多怎麼了？我就是胖啊……我從小就這樣，我以後也是這樣，你為什麼要一直罵我蘑菇！」

季繁愣了，連手都不知道往哪裡擺，他遲鈍地說：「我？我這？妳哪裡胖了？手臂和大腿都快瘦到沒肉了，這還叫胖啊？我也不覺得妳肉多，也沒罵妳……」他小心翼翼道，「我是覺得蘑菇挺可愛的，所以才這麼叫妳，妳要是不喜歡——」

「我就是不喜歡！」付惜靈抽抽噎噎地說。

季繁抿了抿唇，漆黑的眼睛看著她：「那我以後就不叫了。」

他說這句話的時候很認真，付惜靈吸著鼻子看了他一眼。

季繁嘆了口氣：「我真的沒有要罵妳的意思，也不知道妳會這麼在意這個，妳不喜歡的話，我就不這麼叫妳，好嗎？妳別因為這件事就哭啊。」

大概是覺得有點丟人，付惜靈重新垂下頭去，抬起手來默默地擦眼淚。

她也不知道自己為什麼會這樣，明明因為嘲笑而被取綽號的這種事情，從小學開始就一直經歷到了國中畢業，她以為自己早就習慣了，明明以前那麼難聽，那麼侮辱人的綽號都被叫過，當做沒聽見就行了。

可能是季繁一直以來對她表現出的脾氣都太好了，也可能是她被他招惹了這麼長的時間，憋得太久，積壓下來的情緒才終於有了宣洩的出口。

付惜靈在哭過以後，季繁倒是老實了一段時間。

在每次上課的時候，因為覺得無聊想要找她說話，結果一扭頭，看到少女認真做筆記的側臉，到嘴邊的話就憋了回去，只看了幾秒就再次扭過頭，安安靜靜地重新趴回到桌子上。

季繁覺得她這次是真的生氣了，也不敢再逗她玩。

他不主動說話，付惜靈自然也不會找他聊天，兩個人就這麼維持著，每天只有幾句日常用語的相處模式。

偶爾在眼神對上時，付惜靈會和他對視幾秒，然後又默不作聲地扭過頭去。

雖然現在不怎麼會懼怕他了，卻莫名地多了幾分尷尬。

付惜靈想主動說些什麼，又不太擅長應付這種情況。

自習課，她趁著季繁睡覺的時候偷瞄了他好幾眼。

少年的長相其實跟混混搭不上邊，清雋得甚至稱得上是漂亮。有些長的眼型在閉著的時候，睫毛烏壓壓地垂下來，平添了幾分安靜和乖巧，鼻梁也挺直地刷下來。

那張平時總是喋喋不休的嘴，也輕輕地抿在一起，眉頭偶爾會跟著動靜皺一皺，看起來睡得並不踏實。

付惜靈看了他桌角那一疊厚厚的試卷一眼，其中有幾張試卷，只是被他胡亂地折了幾折後，就隨意地推到一邊去了，還乾脆把一部分的試卷搓成紙團。

她有些看不下去，在猶豫再三後還是放下筆，靜悄悄地伸出手，慢吞吞地把一張考卷給拽過來。

紙張的摩擦發出輕微的一點聲響，拽到一半，她側頭看了旁邊的人一眼，看起來沒什麼反應。

付惜靈放下心來，輕手輕腳地拽過他的試卷，將成團的試卷給展開來，按平了褶皺。一張一張地在自己的桌子上鋪平折好，她拿著那疊試卷，輕輕地在桌面上磕了磕，然後重新放回他的桌角。

試卷放下，付惜靈低聲舒了一口氣，下意識地側頭看了一眼。

少年一雙黑漆漆的眼睛，正眨也不眨地看著她。

不知道是什麼時候醒的，也不知道就這麼看了她多久。

付惜靈嚇了一跳，像是做賊似得飛速縮回了手，連帶著整個人都跟著往後蹭了蹭。

她瞪大了眼睛，像一隻受到了驚嚇的小動物。

季繁終於眨了一下眼，也沒起身，就這麼趴在桌子上挑了挑眉：「盯了妳老半天了。」

付惜靈不自在地摳了摳指甲，哽了兩秒才說：「我又沒幹壞事，」她指指他的桌子，「你的桌子太亂了。」

季繁「喔」了一聲，終於慢吞吞地直起身來，將長臂向後伸了個懶腰，才懶洋洋道：「桌子亂了又如何？這不是有人會幫我收拾嗎？」

大概是因為睡太久，他的嗓子有點啞，帶著一點調笑：「被我逮了個正著。」

也不知道為什麼，付惜靈忽然覺得臉有些燙。

她遲鈍地看了他幾秒後，像是在躲閃著什麼一樣，飛速地低下頭去，別開跟他對上的視線。

她越是這樣，季繁也越來越起勁，撐著桌邊，湊近了一點看她：「怎麼？」

「什麼？」她低著腦袋，不肯抬頭。

「怎麼我一覺起來，就有人在幫我收拾桌子啊？」季繁一邊看著她的反應，一邊隨意道，「不生氣了？」

付惜靈沒想到他還會提起之前那件事：「我早就沒生氣了……」

季繁瞬間就鬆弛了。

一連提著好久的心終於放下，他鬆了一口氣，確認了一下她是不是真的沒有再生氣以後，季繁整個人往椅子上一靠，重新散漫起來。

他捏起桌上的試卷邊，視線掃了兩眼後點點頭，不緊不慢地說：「所以才幫我收拾桌子啊？」

為了示好。

季繁非常不要臉地想。

他後半句雖然沒說出來，但是表情卻明顯到，差點就要把這個意思給寫在臉上，付惜靈看著他那一臉得意的樣子，最後還是忍不住地說道：「我只是不想在垃圾堆旁邊上課。」

「……」

季繁噎了一下：「這哪是垃圾堆啊？不就只是放了幾張試卷而已嗎？」

付惜靈默默看了他滿桌子的試卷一眼，抿了抿唇，沒有反駁。

季繁跟著她的視線垂頭一看，他的書本和試卷基本上都是全新的，發下來的時候是什麼樣子，現在就還是那個樣子，一層一層地鋪在桌子上，付惜靈只幫他整理了推到桌角的那一堆，他乾脆地壓在另一疊試卷上面睡覺。

他頓了頓，又側頭看了付惜靈的桌子一眼。

少女的東西擺放整齊，左上角有幾本書，縫著花邊的筆袋一板一眼地擺在最上頭，右上角有一個粉色的小水杯，面前攤著一張寫了一半的練習卷，字跡漂亮。

極其鮮明的對比下，季繁撓了撓鼻尖。

他撿起被自己壓在下頭的試卷，一張一張地開始收拾。

整理到一半後，下課鐘聲響起，教室裡又重新熱鬧了起來，同學也三三兩兩地往外走。在走廊的一片說笑聲中，後門被人敲了兩下，有人站在門口喊季繁的名字：「繁哥！」

季繁沒回頭。

那名少年走進了教室，撐著他的桌沿湊過來：「你在幹什麼呢？」

季繁撿起一張被壓得皺皺的試卷，懶洋洋道：「收拾試卷。」

「幹嘛收拾？反正你也不會寫，」少年不在意地擺擺手，「走啊，出去打球。」

「不去。」季繁眼也不抬地說，「我就是要收拾。」

「老季，你最近不太對勁啊，叫你出去玩你也不去，整天就在教室裡窩著，」男生「嘶」了一聲，看著他納悶道，「而且我昨天有傳訊息給你，你怎麼把我封鎖了啊？」

他這麼一說，付惜靈才悄悄地抬了抬眼，認出他就是之前跟季繁一起在學校牆角，偷偷抽過菸的小跟班一號。

季繁捏起一張試卷折起來，沒頭沒尾道：「家裡管得嚴。」

少年一臉茫然：「啊？」

季繁抬了抬眼皮，若無其事地瞥了旁邊的付惜靈，才轉過頭來，吊兒郎當地說：「她叫我不要再跟你們一起出去玩了，就直接封鎖了。」

番外四

付惜靈這才意識到，在最近的這段時間裡，她好像真的沒有再看到他跟那群奇怪的朋友待在一起了。

下課時間除了會待在教室裡，通常也只會跟厲雙江他們打打球，在睡醒後覺得無聊時，也不會再打擾她聽課。

只是在偶爾上課時，等到付惜靈注意到的時候，才發現少年不知道是什麼時候醒來的，正撐著下巴，百無聊賴地看著她。

即使被她發現，他也沒有要移開視線的意思。

付惜靈被他盯得發毛，一邊注意著老師的動靜，一邊低著頭小聲說：「你在看什麼呢？」

「沒什麼，就是好奇，」少年懶洋洋地重新趴回桌子上，半張臉跟著埋在臂彎裡，「這麼無聊的東西，妳怎麼能聽得這麼認真啊？」

「因為要考試呀，」付惜靈一本正經地說，「不聽的話，成績會退步的。」

季繁嗤之以鼻：「又不是成績不好就活不下去了。」

「你當然會這樣覺得，」付惜靈握著筆，抬起頭來，「但對於我來說，成績不好會考不上大學，找不到工作，養不活自己。」

女孩的長相比起同齡人來說稍顯稚嫩，表情卻嚴肅，她用圓溜溜的眼睛認真地看著他：「季繁，我們家跟你們家不一樣，我跟你也不一樣。」

季繁頓住了。

講臺上的王二剛好講到重點，付惜靈看著他的表情，才意識到自己可能說錯話了。

她抿了抿唇，有些不安地看了他一眼，又小聲補充道：「但你這樣也沒什麼不好，我有的時候還挺羨慕你的。」

「嗯？羨慕我什麼？」

「可以不用努力。」付惜靈一本正經地說。

季繁愣了愣，忍不住地笑了一聲：「什麼意思啊，妳這是在罵我？」

付惜靈皺了皺眉：「我哪有罵你。」

「妳這不是在罵我不學無術嗎？」季繁翹著二郎腿說，「罵我每天都不幹正經事，不過我現在天天被妳罵，也習慣了。」

付惜靈噎了噎，還是忍不住反駁道：「我哪有天天罵你。」

「妳只是表面上沒有，」季繁閒閒道，「都在心裡罵的。」

「……」

付惜靈覺得，自己果然沒辦法跟季繁這個人說上幾句好話。

她偷偷翻了個白眼，懶得再說些什麼，低下頭繼續做筆記。

季繁側著腦袋，目光長久地落在她的側臉上。

少女的臉上帶著一點嬰兒肥，從側面看，臉頰軟軟鼓鼓的，讓人很想伸手捏一把，圓滾滾的鹿眼清澈又明亮，睫毛很長，隨著她低頭的動作密密地撲下來。

他慢慢地淡下表情，無聲地收回了視線。

季繁明白付惜靈口中的不一樣，其實沒什麼特別的意思。

他只不過是個來學校裡混日子，從小就貪玩不愛讀書，衣食無缺也沒心沒肺地長大了。沒什麼抱負，也沒有夢想，沒想過未來，沒想過以後。

但是付惜靈的個性卻很認真。

他們是截然不同的兩種人。

也許就是因為她無論做什麼事情都滿臉正經，季繁才特別喜歡逗她玩。

明明長了一張看起來跟小學生一樣的娃娃臉，卻還要時時刻刻地裝嚴肅。

想看她生氣，看她發火，聽她用又輕又軟的聲音，毫無殺傷力地說他煩人，罵完後又會像受驚的兔子一樣，惴惴不安地躲得老遠，生怕自己被他揍。

季繁覺得，這個人好像無論如何都一樣有趣。

而她，大概也最不喜歡他這種人。

付惜靈是個很敏感的人，雖然季繁沒說什麼，但她敏銳地覺得因為自己之前的話，可能讓他稍微有點不高興了，從那以後，也就再也沒提過這件事。

日子還是一天天地過，上學、放學、寫作業，除了旁邊的某位比之前還要安靜了不少以外，其他的也沒什麼差別。

高二下學期的期中考試後，實驗一中開始晚自習，每天的放學時間比之前晚了兩個小時，科任老師也全都會在辦公室，有什麼問題可以直接去問。

晚自習開始的第一天，付惜靈買了三明治和牛奶回來，準備在教室吃個晚飯時，結果一進門，才發現旁邊的人沒有離開。

作為每天放學鐘聲一響，就會迫不及待地領頭衝出教室的第一人，竟然沒有逃掉晚自習。

付惜靈抱著塑膠袋走到座位旁，站在桌邊垂下頭。

季繁的嘴裡叼著一條毛毛蟲麵包，仰起頭來。

付惜靈：「你怎麼沒回家？」

「不是晚自習嗎？」季繁咬著麵包含糊道，「我留下來讀書啊。」

付惜靈明顯不太相信地看著他：「你要讀書？」

季繁挑了挑眉，將嘴裡的麵包咽下去，用舌尖舔了一下唇珠上的一點奶油：「怎麼？我不能讀書啊？」

「沒有沒有，」付惜靈趕緊道，有些遲疑地點了點頭，毫無誠意地說，「那你加油。」

季繁哼哼了兩聲，抬起高貴的屁股側身挪了挪，讓出一點位置給她。

付惜靈扶著桌子，從他身前空出的那一點空間進去。空處很窄，她側著身，有些費力地挪進去，把抱在手裡的食物向上抬起，背靠著桌沿，進去的時候，上半身還擦過了少年的肩膀。

季繁側了側頭，女孩的外套拉鍊擦過了他的鼻尖，金屬的材質有些冰涼，他下意識地低下腦袋，額頭瞬間抵上她的外套布料。

柔軟而新鮮的異樣觸感和溫暖的體溫，漸漸地壓上來，帶著一點乾淨又清雅的花香。

季繁整個人頓住，僵了一秒，在意識到自己的額頭碰到了那裡以後，瞬間像通了電似地一哆嗦，腦子連帶著上半身，都飛速地往後仰了仰，拉開了一點距離。

他後仰著身子，緊張地看了付惜靈一眼。

女孩絲毫沒有察覺，側身過去坐到了自己的座位上，從塑膠袋裡掏出了三明治和牛奶。

季繁鬆了一口氣。

差一點被當成流氓。

不過在鬆了一口氣後，又覺得有些煩悶。

這個女孩是怎麼回事？

怎麼連這方面的意識都沒有？

好在他是個正人君子，人品比較高潔，這要是碰見一個不要臉的，不就被人吃豆腐了嗎？

季繁把吃剩下的一截麵包丟進了袋子裡後，扭頭看著她。

付惜靈還在那裡拆三明治的包裝紙，直到咬了一口後才注意到他的視線。

「妳是怎麼回事啊？」季繁說。

付惜靈鼓著臉頰，一邊咀嚼一邊歪著腦袋，滿臉的疑惑。

季繁噎了幾秒，「嘖」了一聲，扭過頭去：「算了，沒事。」

付惜靈莫名地看著他，覺得他雖然不像以前一樣煩人，但是腦子好像壞了。

不緊不慢地吃完了東西後，晚自習的鐘聲也剛好響起，付惜靈將桌子給收拾好，抽出了一張試卷。

季繁瞥了她的試卷一眼，也從他那一堆試卷裡面挑揀了半天，才找到那張一模一樣的。

他也看起了題目。

第一題不會。

第二題……算了，猜個C吧。

第三題又是個什麼東西？

一連看了五、六題選擇題，一題都不會，季繁看不下去了，他側頭：「喂，小……」

還沒把蘑菇兩個字說出來，又被他硬生生咽回去了：「同學。」

付惜靈抬起頭來。

季繁把手裡的筆往旁邊一丟，若無其事地說：「妳喜歡什麼樣的男生啊？」

付惜靈有些反應不過來：「啊？」

季繁：「男生，擇偶標準，戀愛對象。」

付惜靈眨了眨眼：「我不想談戀愛。」

季繁沉默了一下：「我沒有在問妳想不想談戀愛。」

「你剛剛問的啊。」

「我又沒叫妳現在就要談戀愛，」他有些不耐煩道，「就算不想談，也總會有個喜歡的類型吧？」

被他這麼一問，付惜靈也認真地思考了一下。

她用筆蓋戳著下巴，苦思了老半天才說：「對我好的吧。」

季繁忍不住地抬了抬睫毛。

「然後做事很認真，又溫柔的人。」付惜靈繼續道。

季繁：「……」

他重新低垂下眼，一語不發地轉過頭去。

反正是他無法成為的那種人。

沒隔幾天，就迎來了週五的班會，王褶子拿著座位表進來調整了一下座位。

這也是高一開學以來，第一次的大規模調動，基本上是以期中考試的成績作為參考來進行調整。這次也將男生和女生分開，變成了男生和男生一桌，女生和女生一桌。

大概是因為身高矮的關係，付惜靈被換到了前面第二排，旁邊也多了一位新同學，叫喬願。

畢竟當了一年多的同學，付惜靈也跟她說過幾句話，是個很活潑的女孩子。

季繁依然坐在原來的座位。

換座位的那天，付惜靈一邊慢吞吞地收拾東西，一邊默默地看了他幾眼，想著要不要跟他說幾句話。

直到書桌的抽屜被掏空了，她也說不出半個字。

倒是季繁，雖然一直在低頭擺弄著手機，沒有看她，卻好像感應到了一樣。

她剛把最後一本書塞進書包裡，他就轉過頭來：「收拾好了嗎？」

付惜靈點點頭：「嗯。」

季繁沒說話，剛想側過身子讓她出去，卻又停下了動作，不知道為什麼又站起身來，閃到旁邊走道，讓出了位置給她。

付惜靈抱著書包走出來，很小聲地說了聲「謝謝」。

她低垂著頭，洋娃娃似的長睫毛也垂下去，臉蛋看起來軟軟的，皮膚細嫩白皙，薄薄的唇瓣還抿著。

季繁盯著她看了幾秒，忽然笑了一下，慢條斯理道：「為什麼要露出這種表情？捨不得我啊？」

在付惜靈薄薄的臉皮上，一下子就透出了一片淺淺的紅，她撇了撇嘴：「說什麼夢話。」

女孩的個子很矮，即便站直了身子也只到他胸口的位置，娃娃頭也乖巧地貼著臉頰順下去。

季繁忍不住地摸了摸她的腦袋。

少年的手掌溫熱，力度很輕，還帶著一點壓力。

付惜靈愣了愣，揚起臉來。

季繁的手已經收回去了，重新放進了制服外套的口袋裡，他脊背微微塌著，整個人懶懶散散地站在那裡：「以後就沒有人會打擾妳聽課了，好好讀書。想念我這個舊鄰居的時候呢，就回頭看我一眼。」

付惜靈被他說得有點不悅，紅著臉瞪他：「你正經一點。」

「好，正經一點，」季繁笑著舔了舔嘴唇，漆黑的眼睛看著她，眼神看起來安安靜靜，「那我們就各自努力吧？」

番外五

付惜靈的新鄰居喬願，是個話很多的女孩。

在每堂課的上課之前，都會沒話找話地跟她聊天，下課以後也要多聊幾句，付惜靈本來就不愛活動，下課時間也喜歡坐在自己的位子上發呆，喬願也不出去，就在她耳邊一刻不停地跟她分享每天的日常。

換走了一個每天吵得要死的季繁，又來了一個季繁二號。

付惜靈開始反思她的體質，是不是特別容易吸引到話癆。

好在季繁二號機比初代還要正經許多，成績也不錯，至少在上課和自習課的時候能保持安靜地專注聽課，給付惜靈留下一片淨土。

極其偶爾的下課時間，付惜靈會藉著喝水的空檔往後看一眼。

從倒數第二排換到正數第二排以後，她換了組別，而季繁還留在原來的位子，兩個人從隔壁鄰居變成了斜對角，橫跨整個教室的對角線。

雖然還在同一間教室裡，但卻像是被隔離成兩個世界。

除非是從前門進教室的時候才會聊上幾句，否則季繁是幾乎不會跑到前面來找她說話的，如果付惜靈坐在座位上不離開，除了教室裡密密麻麻的人頭，也只能看見她的頭頂和半露出來的額頭。

兩個人從一天說幾句，變成了一週說幾句。

最近的季繁很少在下課時間跑出去玩，總是埋頭趴在桌子上寫些什麼，再也沒有因為不交作業而被點名。

雖然付惜靈也不知道，他是不是從哪裡抄來的。

但她卻覺得季繁好像有哪裡變得不一樣了，但又好像從未變過。

趙明啟偶爾會扯著大嗓門叫他一起去打球，他也照常應聲，午休的時候，也還是會跟男生們勾肩搭背地聊著天回來，吊兒郎當地笑。

在期中考過後，第一個月考後的中午，付惜靈照常獨自在教室裡吃午餐。

她很喜歡吃馬鈴薯燉牛腩，所以一週會帶好幾次，每次媽媽都會幫她裝滿滿的一大盒。付惜靈吃了七分飽以後，還有將近半盒沒吃完。

雖然已經差不多吃飽了，但因為嘴饞貪吃，她握著筷子想要再吃幾塊。

筷子尖懸在牛腩上戳了戳，付惜靈頓住，然後用另一隻手來捏了捏自己臉上的肉。

最近吃得太多，臉好像又胖了一點。

付惜靈嘆了口氣，垂下手。

筷子尖才剛低下來，季繁的聲音就突然在耳邊響起：「妳倒是吃啊。」

付惜靈嚇得一哆嗦，握著筷子的手差點沒穩住。

她條件反射地轉過頭去，看見季繁站在她旁邊的走道，弓著身，將腦袋伸長，從後面探過頭來看著她。

「看妳這雙筷子都戳了半天了，」季繁朝著便當裡的牛腩揚揚下巴，「妳不吃嗎？戳到我都覺得著急。」

付惜靈緩過勁來，扭頭把筷子放下：「我不吃了。」

季繁：「為什麼？妳不是很愛吃這個嗎？」

付惜靈抽了一張濕紙巾擦手，垂下睫毛，小聲地說了句什麼。

季繁沒聽清楚，從後面單手撐著桌邊，腦袋又往前湊了湊：「什麼？」

少年的黑髮幾乎是擦著她的耳廓貼過來，有些硬，身上還帶著一點少年特有的氣息，像被陽光曝曬過的味道。

付惜靈僵了僵，不情不願地嘟囔：「我最近胖了。」

這次季繁聽見了。

他似乎是無言了幾秒，然後扭過頭來湊到她面前，表情嚴肅地看了她好一陣子。

付惜靈被迫和那黑色的雙眼對視了五秒左右，覺得有些不自在，別開眼剛要說話，季繁就突然伸手捏了一下她的臉。

付惜靈震驚了。

從來沒有一個男生會如此自然而然，淡定又從容地捏過她的臉。

她甚至都想不到要怎麼反應，就這麼待在原地，任由他捏了好幾下，才看著他收回手，一臉認真地說：「沒胖啊，我怎麼覺得看起來瘦了一點？」

付惜靈終於清醒過來，她整個人猛地往後靠了靠，連帶椅子撞到後頭的桌子，都往後移了一點，她緊貼著椅背，捂住了發燙的臉頰，緊張地說：「你幹嘛呀！」

「妳不是說妳胖了嗎？我確認一下啊，」季繁歪了歪腦袋，看著她笑，「捏捏臉就不好意思了？」

「你離我遠一點。」付惜靈沒好氣地說。

怎麼會有這麼有趣的女孩？

「好，那我滾了。」季繁忍著笑點點頭，直起身來走回自己的位子上。

等他離開後，付惜靈才揉了揉自己剛剛被捏過的地方，還熱熱的，她懊惱地拿起旁邊的水杯，往臉上貼了貼。

安靜了一陣子，付惜靈放下水杯，將便當一層一層地裝起來，在擦了桌子後又撕開濕紙巾，把手給擦乾淨。

教室裡的人陸陸續續地回來，付惜靈從抽屜裡掏出一張練習卷，開始寫題目。

一連做了幾題。

後面傳來了同學的說笑聲，付惜靈有些心不在焉地放下筆，慢吞吞地轉過身去拉開書包拉鍊，裝作在書包裡翻找東西的樣子。

她一邊垂著頭，在書包裡漫無目的地胡亂翻著，一邊偷偷地，小心翼翼地抬了抬眼，往斜後方看了一下。

因為大多數的同學都還沒回來，她這次不僅僅只是看見季繁的頭頂了，而是整個人都暴露在她的視線裡。

少年捏著筆趴在桌子上，低垂著頭，正在桌面的紙上寫寫畫畫。

他神情專注又認真，是付惜靈從未見過的樣子，微皺著眉地寫寫停停，不時會有幾筆的動作幅度特別大，看起來也不像是在寫字。

付惜靈默默地收回視線，拉上了書包拉鍊，空著手重新轉過來了。

也不知道在寫什麼，寫得這麼認真。

付惜靈本來就不是會主動交際的性格，而季繁這一段時間以來也沉寂了不少，還推掉了趙明啟在週末約他出去打球的邀約，不知道在幹什麼。

後來的某天，付惜靈回頭看了他一眼，發現這個人乾脆直接不來學校了。

一連幾天都不見人影。

付惜靈猶豫了一下，還是從書包裡抽出手機，點開了和季繁的對話框。

付惜靈：『你怎麼沒來學校了？』

她傳完後，盯著聊天畫面等了一陣子。

季繁始終沒有回覆。

付惜靈低著眼，看著對話框裡自己傳的最後一句話，收起了手機。

一直到晚自習結束回家以後，季繁回覆了一張照片給她。

付惜靈坐在書桌前點開一看。

照片裡沒有人，只有一個巨大的畫架，上面夾著一張畫紙，而畫紙上則畫有骷髏頭素描，在後面的背景裡，隱約可以看見一個用石膏做的骷髏頭，擺在深藍色的布上。

付惜靈點開了圖片，看到季繁又傳了一則過來。

煩人的：『本少爺今天的作業。』

付惜靈愣了愣：『你在畫畫嗎？』

季繁直接傳了一則語音訊息：『對啊，我剛下課。』

還沒等她反應過來，季繁又傳了一則語音訊息：『都跟妳說好了，我總不能去偷懶吧。』

付惜靈聽完後頓了幾秒，又重新聽了那則語音訊息。

她抿著唇，指尖懸在螢幕上，慢吞吞地打字——那你以後就不來學校了嗎？

打完後看了一會兒，又慢慢地把它刪掉了。

她重新點開鍵盤，只打了一個字：『嗯。』

從那以後，季繁就真的沒有再來過學校。

付惜靈的生活澈底恢復清淨，她得償所願地再次變成了班級裡的小透明，除了厲雙江和趙明啟他們幾個人，以及坐在隔壁的喬願，基本上和其他人都沒什麼交流。每天學校和家裡兩點一線，除了吃飯和睡覺以外，就只有讀書。

以及每隔幾天，手機上就會收到的一張畫和幾句吹牛話。

對於畫畫，季繁算是從頭學起，但他學得飛快，進步驚人。從橫豎的筆畫開始練，到圓柱體、正方體，水果也畫了好幾天，最後再到石膏像。

付惜靈是個外行人，也看不懂這些，可是即使這樣她也能看出，他的線條越來越流暢乾淨，人體的結構比例看起來也更加舒服漂亮。

用季繁自己的話來說，他在這方面是天賦異稟，天資卓然。

和他那拉垮的成績完全不一樣。

進入高三以後，幾乎不需要王褶子的提醒，班級裡的讀書氣氛就明顯地緊張了起來。

高三生不會參加學校裡的任何娛樂活動，每天只能寫著好幾份的試卷，寫著一遍又一遍的進階題，也不停地鞏固著各種基礎知識。

就連過年都只放了不到一個禮拜的假，年初六，學校重新開始上課。

開學那一天，付惜靈再一次見到了季繁。

隆冬二月，天冷得像冰窖，前一天晚上的帝都剛飄過一場雪，學校裡的大片白雪也還來不及清理，皚皚的一片白占據著全部視線。

少年就站在一片雪地裡。

他穿著一身黑色的羽絨外套和牛仔褲，外套背面是大片繁複的金線勾花，黑色的短髮比之前還要更長，被他隨意抓了一把，瀏海滑到兩邊後露出額頭。

他似乎也遠遠地看到了她，朝著她的方向倏地笑了一下，露出一口大白牙，手也從外套口袋裡伸出來，朝她的方向招了招手。

付惜靈乾咽了嗓子，幾乎是小跑著過去。

她站在他面前仰起頭來。

這個年紀的少年總是長得特別快，一段時間不見，付惜靈總覺得他又長高了不少。雖然她也長高了一點點，但是在他的對比下，她的那一點高度幾乎可以忽略不計了。

她大口大口喘著氣，白茫茫的霧氣也在呼氣間散出來：「你怎麼來了？」

「我不能回來啊？」季繁笑著說，「怎麼看起來又瘦了這麼多，妳又減肥啊？」

「我才沒有，」付惜靈反駁，「我讀書太忙了。」

季繁點點頭：「我看出來了，現在週末都不去我家玩了。」

「我週末要上補習班。」付惜靈小聲說。

「好吧，」季繁撇撇嘴，又仔細地看了她一圈，「讀書歸讀書，飯還是要好好吃，妳看妳現在瘦到都快要皮包骨了。」

付惜靈回憶了一下昨晚剛量過的體重，確認過自己在這段時間內，確實是連一公斤都沒瘦，覺得季繁的目光大概是出了問題。

她正想反駁，季繁忽然又捏了一下她的臉。

少年大概是在外面站得有點久了，手指冷冰冰的，碰到她臉上的時候，冷得她忍不住縮了縮脖子。

還來不及往後退，他已經垂下手來，皺著眉不滿地看著她：「臉上都沒有肉了。」

「女孩子就是沒肉才好看。」付惜靈嚴肅地說。

季繁盯著她：「有肉也挺好看的。」

付惜靈明顯不相信，但也沒再接話，揚著眼好奇道：「你不用去畫畫了嗎？已經可以回來上課了？」

「還要再過一段時間，最近要準備美術的術科考試，」季繁頓了頓，將手重新塞回口袋裡，整個人散漫地塌下來，懶洋洋問，「對了，妳之前說妳打算考哪間大學？」

「我嗎？」付惜靈揉了揉凍得有些僵的鼻尖，「G大吧，怎麼了？」

「沒什麼，」季繁瞥了她發紅的鼻尖一眼，移開眼，「好了，我要走了，妳進去吧，等等要上課了。」

他朝她揮了揮手，轉身往校門口走。

付惜靈看著他的背影慢慢地，一點一點地變小。

在她小的時候，付奶奶總是會抱著她，跟她說「男兒如青松」，不用長得多好看，但一定要端正挺拔，行得直坐得正，那才叫真的帥。

付惜靈那時候年紀還小，什麼都不懂，這句話她也只用字面意思來理解。甚至在過去的時候，把這句話當成了喜歡的男孩所該具備的標準。

季繁實在跟青松這個詞搭不上邊，不僅走路的時候鬆鬆垮垮，只要屁股沾到椅子，不是趴在桌子上就是懶洋洋地靠著椅背，一點都沒有挺拔的樣子。

但是很突兀的，付惜靈在這一刻卻忽然覺得。

他依然還是有那麼一點帥氣。

付惜靈在私底下偷偷打聽了一番，美術生的招生考試訂在每年的二、三月份。

考完以後，就要統一回到學校來惡補一般學科，有些學校怕學生跟不上進度，會單獨設立美術班，但有些學校沒有，一部分的同學會選擇自己在家裡找家教，或者去上專門的補習班。

三月以後，季繁通過了美術的術科考試以後，都沒有回學校，卻依舊像打卡似的，三天兩頭就傳一張自己的畫作照片給她。

想想也是，他家裡很有錢，應該是會幫他找家教的。

兩個人就這麼各忙各的，斷斷續續地聊上幾句，從升學考一百天的倒數，一直到升學考當天。

付惜靈當天起了個大早，在走出臥室的時候，廚房裡已經忙活了起來，付媽媽看起來比她還要緊張，一下子端水杯、一下子倒牛奶，不停地囑咐她不要緊張，不要忘記帶各種證件。

上車的時候，付惜靈坐在後座，從口袋裡翻出手機。

她點開了通訊軟體，指尖懸在螢幕上，斟酌著打出一行行文字，又刪掉。

直到快要抵達考場所在的學校。

付惜靈抿了抿唇，將思考了一路的長篇大論給逐字刪掉，然後又重新打字傳了出去。

——各自努力吧。

一個多月後，付惜靈的升學考成績出爐，超過了頂標不少，按照G大往年的錄取成績來看，被錄取是十拿九穩的事。

付爸爸高興得輪流打電話給親戚朋友報喜訊，付媽媽直接抱著她哭了出來。

成績出來後，厲雙江找大家一起聚餐。

付惜靈已經好久都沒有見到陶枝，所以開心得不得了，當天很早就到了，還特地穿了一件新買的裙子。

直到到了門口，她才發現還有人比她更早到。

季繁穿著花裡胡哨的上衣和球鞋，頭髮也全剃光了，短短地冒著渣，把乾乾淨淨的整張臉都露了出來，朝她看過來。

付惜靈走近之後才認出是他，睜大了眼睛：「你怎麼把頭髮都剪了呀？」

季繁低垂下眼沒說什麼，只問：「考上G大了？」

「差不多？」付惜靈保守地說。

「妳肯定沒問題，」季繁笑著拍了拍她的腦袋，「恭喜啊，小同學。」

髮頂的重量一觸即散，付惜靈抬起頭來的時候，季繁已經擦著她的肩膀走進去了。

這一個晚上，付惜靈玩得很開心，見到了很久沒見的陶枝，厲雙江還是那麼地活蹦亂跳，蔣正勳仍舊在喝了酒之後就會犯病，趙明啟也因為終於擺脫了他最討厭的題海而喜極而泣，他輪流拉著每一個人的手，哭著訴說這三年來發生的大小事。

而趙明啟就算發起酒瘋，將高中時期大大小小的雞毛蒜皮都念叨完了，也還是注意到了被略過的人。

再也沒有人在陶枝面前提過江起淮。

季繁看起來也沒什麼改變，他跟厲雙江拼酒，跟趙明啟聊遊戲，跟蔣正勳一起組裝鹹蛋超人。

喝到一半，付惜靈跟趙明啟說完話，一扭頭就發現陶枝不見了。

她走出了包廂，去女廁找了一圈也沒看到人，回來的時候季繁也不在了。

趙明啟正在跟厲雙江聊天，少年通紅著臉倒在椅子上，有些口齒不清地道：「繁哥怎麼這麼早就回家了？」

「心情不太好，」厲雙江又倒了一杯啤酒，低聲道，「繁哥落榜了，雖然術科考試驚險通過了，但G大的學科成績高，所以沒考上。」

「啊，」趙明啟酒醒了不少，低聲問：「那怎麼辦？」

「分數沒到啊，能怎麼辦，」厲雙江嘆了口氣，「去別的學校吧。」

付惜靈坐在旁邊低著頭，默默聽著，指尖也摳了摳指甲。

她嘴巴很笨，不會說話，也不會安慰人，更何況季繁只有把這件事告訴厲雙江，卻壓根兒沒有跟她說。

仔細想想，他們兩個的關係其實也沒有很好，只不過是坐在隔壁幾個月的鄰居而已。她如果遇到這樣的事情，大概也只想一個人靜一靜，並不需要一個和自己的關係並沒有那麼親近的人，來給予莫名的安慰和同情。

這是他自己的事情，實在是跟她沒什麼關係。

他不想跟她講，那她就裝作不知道。

都說升學考結束就是脫離苦海的開始，付惜靈的大學生活卻依舊忙碌。

大學以後，沒有老師會盯著你交作業和讀書，所有的學習都是靠自我約束，付惜靈自覺自己不是什麼天才，沒有辦法像別人一樣一學就會，身邊又全都是優秀的人，她只能比別人更努力才不會落下。

整個大一，她除了偶爾跟室友一起逛街吃飯，幾乎所有的閒暇時間都是在圖書館裡度過的。

她沒有去問陶枝，季繁去了哪所學校，剛收到錄取通知書那陣子，倒是聽陶枝提過兩句，說陶爸爸想讓季繁去留學。

現在的他，大概是在某個國家繼續瀟灑，以他那樣的性格，無論身處在哪裡，肯定都會迅速地認識一大群新朋友，會過得很好。

季繁也沒有再傳自己的畫作給她，而付惜靈也沒有，他們之間的最後一句話還停留在去年升學考之前，她傳給他的那一句：各自努力吧。

彷彿兩個人之間有一種無形的默契，他們彼此都明白對於對方來說，自己可能連朋友都算不上。

既然上一段旅程已經過去了，也就沒什麼理由需要再刻意聯絡。

付惜靈就這麼在圖書館過了一整年，一直到大二開學到校的那天，學校裡多了不少穿著軍綠色迷彩服的大一新生時，她才感受到自己已經大二了。

從全校的學妹，變成了一年級的學姐。

付惜靈將箱子放回宿舍，已經有一個室友到了，兩個人打掃了一下寢室，準備出去吃個飯。

G大的食堂菜色不錯，付惜靈和室友穿過女生宿舍區，往第二食堂走去，路上也碰到了不少軍訓的新生，一路說說笑笑地從食堂裡出來。

他們抄近路穿過林蔭小道走到食堂門口，才剛上臺階，付惜靈的肩膀就突然被人從身後拍了一下。

她嚇了一跳，趕緊回過頭去。

季繁站在幾階臺階下的位置，笑咪咪地看著她。

他穿著一套軍綠色的迷彩服，之前剃光的乾淨短髮又變長了，眉眼的輪廓和以前相比，少了一點少年氣，俐落而乾淨。

付惜靈瞪大了眼睛，一臉疑惑。

季繁朝她揚了揚手裡的迷彩帽，非常有禮貌地向她做自我介紹：「學姐好，我叫季繁，是G大今年的新生。」

他漆黑的眼底帶著笑，拖著長音說：「方不方便認識一下？給個聯絡方式啊，學姐。」

番外六

自從上一次升學考完的那頓飯以後，付惜靈再也沒有見過季繁。

沒有聯絡，也沒有從旁人口中了解過任何情況，有時候在週末和陶枝單獨出去玩，女孩之間的話題層出不窮，兩個人也從未提起過季繁這個人。

一年多沒聯絡過的高中同學，突然出現在眼前也就算了，還穿著一身軍綠色的迷彩服，笑咪咪地叫她學姐。

付惜靈就這麼愣在原地看著他，連話都忘了說。

還是旁邊的室友捏了捏她的手臂，付惜靈才回過頭來。

室友見她一副還沒回魂的樣子，背著身朝她擠眉弄眼。

季繁也不急，就這麼看著兩個女孩，在面前做了十幾個回合的眼神交流，才不緊不慢地追問道：「怎麼樣啊，學姐，考慮好了嗎？」

付惜靈扭過頭，看著他一臉不懷好意的表情，忍不住鼓了鼓臉頰，她下了兩階臺階，拽住了少年迷彩服的袖口後往外頭走去。

季繁也被迫轉了身，兩三下就跟上了她的步伐，還在後頭浮誇地叫著：「慢一點，跟不上了、跟不上了。」

付惜靈拽著他走到旁邊的小道上，停下腳步轉過身來：「哪裡跟不上了？」

季繁跟著停下腳步，笑著說：「差一點，學姐的腿太長了。」

付惜靈已經抬起了打算踹他的那隻腳。

季繁上前仔細地看了她一圈，將掌心懸在她的頭頂，然後往自己這邊畫了畫，做了比對：「確實好像長高了一點啊。」

「就是長了，」付惜靈低聲嘟囔，頓了一下後又有些忍不住強調道，「我現在有一百五十五公分了。」

「呵，」季繁瞪大了眼睛，一臉敬佩地看著她說，「實在是太高了。」

「……」付惜靈又想踹他了。

季繁看著她一副想衝上來打他，又膽小地克制著的樣子，忍不住靠在樹幹上笑了起來。

付惜靈翻了個白眼，不想跟他一般見識，就這麼看著他笑了半天，等笑聲停下後才問：「你怎麼跑到G大來了啊，你沒有出國留學嗎？你復學了啊？」

「對啊，」不知道是不是因為剛剛笑過的緣故，少年的黑眼明亮，他低著身，用微彎的眼來看著她，「我去年的學科成績不夠，就乾脆花一年來重考，G大的美術系還挺他媽難考的。」

付惜靈抿了抿唇，重考這種事情，哪有像他說得這麼簡單？

她沒有多問，只說：「那你學什麼了？」

「設計，服裝設計，」季繁立了立自己迷彩服的衣領，做作地抬了抬下巴，「是不是很適合我？畢竟本大爺我從小的衣品就特立獨行、與眾不同。」

付惜靈回憶了一下他以前穿得那幾件花花綠綠，如孔雀開屏似的衣服和鞋子，決定還是先不要直接評價他的審美比較好。

季繁考上了G大的美術設計系，雖然也在主校區，但離付惜靈讀的新聞系很遠，專業課的教學大樓一個東、一個西，幾乎隔了半個校園的距離。

只有每週的幾節通識課，兩個人才能在同一個教學大樓裡碰面，但一個大一、一個大二，也不會一起上課。

在付惜靈的通訊軟體裡，那沉寂許久的對話框也重新開始震動了起來。

季繁會幫她和她的室友占好座位，過了一年後，少年的五官輪廓也愈發深刻清雋，即使只是坐在那裡一聲不吭，都還是十分亮眼。

每次看到付惜靈的時候，他都會隔著半個教室，舉起手來跟她打招呼：「學姐！」

然後看著她在那些同學的注視下，有些不自在地走了過來。

而付惜靈的室友們也自覺地往外坐，把季繁旁邊的一個位子留給她。

付惜靈在擺脫了季繁以後，做了很久的小透明，現在又重新引人注目了起來，渾身都寫滿了僵硬。

她默默地坐在他旁邊，拿出通識課要用的書，等教室裡的目光都收得差不多了，才小聲跟他說：「你不上課的嗎？」

季繁滿不在乎：「我這不是來上了嗎？大一、大二一樣都是聽課，也沒什麼差別，反正有上就好。」

付惜靈早就習慣了他的隨心所欲，但還是忍不住地問：「你們不點名？」

「我叫室友幫我簽到了，」季繁撐著腦袋，「我這一天的課也都塞滿了，就只有這麼一點時間能跟妳碰面，不得特地來監督妳好好讀書嗎？」

付惜靈有些不滿地嘟囔：「我什麼時候需要別人來監督我了？」

「大學跟高中不一樣，」季繁裝模作樣地翻開了他根本用不到的課本，悠悠地說，「大學是個花花世界，萬一有哪一個男的心懷不軌，藉由妳上課的時候來騷擾妳，影響到妳的成績該怎麼辦？妳這麼好騙，肯定會輕易地跟著別人走。」

「……」

付惜靈默默地翻了個白眼。

季繁現在上課的時候，比以前老實了很多，不吵不鬧，也沒在她旁邊睡覺。

付惜靈偶爾用餘光掃他一眼，都還能看見他正拿著筆，垂頭在書上瘋狂做筆記。

她本來還有些欣慰，覺得季繁終於長大了，明白成績的重要性後開始讀書了。

直到上了幾個禮拜的課後，付惜靈才意識到不對勁。

他只有大一的課本，做的是哪門子的筆記？

季繁就這麼跟著付惜靈把大二的課上下去了，大一的任課老師也勉強地睜一隻眼、閉一隻眼，接受了他在課堂上一人分飾兩角的一個月，最終還是忍不住把他叫人過去談話。

付惜靈的通識課也終於結束了。

大二正是她課最多、最忙的時候，每天大多數的課餘時間仍然泡在圖書館裡。G大圖書館自習室的位子有限，一直都很搶手，只要晚到就搶不到位子，付惜靈一下課連食堂都來不及去，直接在旁邊的福利社買了牛奶和夾心麵包，就一路奔向圖書館。

她到的時候還有一半以上的空位，付惜靈向櫃檯登記後，走到自己一直坐的位子前抽出了課本和筆記，開始準備起這週的小論文作業。

夕陽從高窗透進後，在室內鋪下一層金黃的暖色，學生來來去去，書頁翻動的聲響和椅子挪動的聲音，時不時會在遠遠近近的地方響起。

付惜靈專注地看著書裡的資料，用筆畫下來有用的段落來當做論文參考，直到夕陽西下、夜幕低垂，她才終於感覺到了飢餓。

付惜靈單手抵著後頸，抬了抬痠痛的脖子，仰躺在椅子上，壓了一下有點疲憊的雙眼，然後再次直起身來，從書包裡面掏出剛買的那盒牛奶。

她把吸管插好後塞進嘴巴裡，邊喝邊將書包重新掛回後面。

一側頭，餘光瞥見了在旁邊睡覺的男生。

他穿了一件五顏六色拼接著的大學T，背上印著大而誇張的商標，半張臉埋進臂彎裡，趴在桌上睡得正香，額前的黑髮跟著滑下來，有點長，稍微遮住了眉眼的輪廓，看不太清楚他的樣子。

付惜靈眨了眨眼，覺得這個人有點眼熟。

她叼著吸管，伸過腦袋湊近了一點，近距離辨認了一下藏在陰影裡的五官後，才終於認出他。

果然只有這個人，才會穿這種顏色多到讓人眼花的衣服。

付惜靈撇了撇嘴，一邊喝著牛奶一邊撐著下巴，看著這位大爺占著寶貴的圖書館座位，在這裡不讀書還只是趴著睡覺。

她剛剛寫論文寫得很投入，根本沒注意到旁邊的人是什麼時候坐下的，季繁也沒叫她，就這麼睡著了。

付惜靈隔著一點距離，坐在位子上側頭看著他，視線直直地開始發呆。

恍惚間，她感覺像是回到了高中還在坐在隔壁的時候，不知道有多少個瞬間，當她讀書讀累了，回過頭來，就能看到他趴在桌子上，睡得平穩又安靜。

就像現在一樣。

圖書館裡靜謐，季繁的呼吸均勻而平穩，睫毛和身體隨著呼吸很淺地起伏著，睡得很熟。

「論文寫完了？」季繁忽然出聲。

付惜靈嚇了一跳，一瞬間回過神來，嘴巴裡的牛奶也匆匆地大口咽下，差點嗆到。

她看著說話的人，少年還保持著剛剛趴著的姿勢，一動也沒動，甚至連眼睛都沒睜開，睫毛也密密地蓋下來。

付惜靈的身子往後仰了仰，似乎是在確認剛剛發出聲音的人是不是他，過了老半天，才又湊過來：「你是什麼時候醒來的？」

「剛剛被妳吵醒的。」

付惜靈有點心虛，小聲嘟囔：「我明明沒有發出什麼聲音，而且你不是睡得很熟嗎？」

「被妳這麼灼熱的視線盯著烤了老半天，睡得再熟也要被燒醒了，」季繁懶洋洋地笑了一聲，聲音低而沉悶，還帶著剛睡醒時的啞，「對我這個小學弟這麼望眼欲穿啊？」

番外七

付惜靈的臉瞬間漲紅，連帶著耳根子都開始發熱，她睜大了眼睛，連聲音都忍不住提高了：「你胡說什麼呢！」

圖書館本來就很安靜，幾乎沒什麼聲音，她音量一提，在偌大的自習室裡顯得格外突兀。附近有幾個原本正在看書的人，也全都抬起頭來看向她。

付惜靈更不好意思，臉上滾燙，她放下牛奶盒後捂著臉，連連低頭無聲道歉。

季繁看著她這副手足無措的樣子，又忍不住笑了出來。

見旁邊的人重新低下頭去，付惜靈猛地轉過身來，惱羞成怒地瞪著他。

「要睡覺就回宿舍睡，你在這裡占著座位不讀書也就算了，為什麼還要打擾我讀書？」她用很小的聲音說。

女孩的臉全紅了，也不知道是因為感到丟臉還是生氣，季繁直起身來伸了個懶腰，又打了個大大的哈欠後抹了一下淚花，懶洋洋地靠回椅背上：「我哪有打擾妳？這不是知道妳在寫作業，所以我就安靜地趴下來睡覺嗎？」

這個人的歪理一大堆，付惜靈不想再理他，無聲地抬起椅子後往旁邊挪了挪，重新開始看書。

季繁盯著她看了好一陣子，抬起屁股後拿起自己的椅子，又往她那邊移了一點，整個人靠過去：「妳晚上只喝牛奶？」

付惜靈沒理他。

季繁：「只喝這個不餓啊？」

付惜靈垂著頭，捏著書頁翻了翻。

「要不要去吃點東西？」季繁繼續說。

從高中的時候就是這樣，就算不理他，他也像是有說不完的話，可以沒完沒了地一直說下去。

付惜靈忍不住抬起頭道：「我不餓了，我的論文還沒寫完。」

「我餓了啊，」季繁拖著聲道，「我下課就過來了，這都已經幾點了？還沒吃飯呢。」

付惜靈看了電腦右下角的時間一眼，八點多了。

她其實也有一點餓了，看了看論文字數，猶豫道：「可是我明天就要把這篇論文交出去。」

季繁：「吃完再回來寫，我陪妳寫完。」

付惜靈覺得，他真是把所有的事情都想得太簡單了。

「等吃完飯再回來的話，圖書館就沒有位子了，」她低聲說，「一直到十二點多都是坐滿的。」

季繁點點頭，沒再說話，重新靠回椅子裡繼續玩手機。

見他終於安靜下來，付惜靈嘆了口氣，繼續埋頭寫論文。

十幾分鐘後。

自習室的門再次被人推開，兩個男生踩著太空漫步，穿過了一張張長桌到他們這張桌子前，敲了敲桌角。

付惜靈聽見聲音後抬起頭來。

季繁原本也低著頭，百無聊賴地玩著手機，瞥見有人過來後把螢幕給鎖上：「來了？」

其中一個染了一頭藍毛的男生大大咧咧道：「都這麼晚了，還把我叫來幹嘛？我圖都還沒畫完就被你找過來，有屁快放。」

季繁「嘶」了一聲之後教育他：「小聲一點，這裡是圖書館呢，有沒有水準？」

他把手機放回口袋後站起身來，垂著頭看向付惜靈：「剛剛寫的都儲存好了？」

付惜靈仰著腦袋，愣愣地點了點頭：「自動儲存的。」

她話音剛落，季繁立刻就把她電腦給闔上了：「走，去吃飯。」

說完後，又轉過頭來看向那兩個男生：「我去吃個飯，幫忙占一下座位。」

藍毛一臉難以置信：「你，說有急事，我，放下沒畫完的圖，騎了十幾分鐘的腳踏車過來，只是要我幫你占位子？」

旁邊另一個男生幽幽道：「關鍵是為了帶學姐去吃飯。」

「……」

付惜靈原本都跟著站起來了，在聽見這些話後她又想坐下，小聲拒絕：「我就不去吃了，我的論文還……」

「還什麼還？寫作業也不能不吃飯啊，妳都已經瘦成這樣了，」季繁拎著她掛在椅背上的書包，轉身準備離開，走了兩步後轉過頭來，看向另外兩個人：「好好幫我學姐占位，別亂跑，還有，在圖書館能閉嘴就閉嘴，注意一下素質，別被人給趕出去了。」

「知道了，」藍毛一屁股地在付惜靈的位子上坐下，指指坐在季繁的位子上的男生，舉手提問道，「我想跟他聊個天，能不能湊近一點小聲說話啊？」

「不能，」季繁說，「你們兩個給我傳訊息聊。」

藍毛：「……」

季繁也知道她急著要回去寫論文，所以沒挑上菜比較慢的餐廳，只在學校旁邊找到了一家味道還不錯的麵線。

兩人在吃完後回到了圖書館，隔著遠遠的距離就看見她原本坐的位子上，季繁的兩位室友雙雙趴在桌子上，正睡得香甜。

付惜靈：「……」

她忍不住說：「你們還真的是室友，連愛好都這麼一致。」

都喜歡在圖書館裡睡覺。

「忙啊，妳以為G大美術系的升學考錄取分數是裝飾的啊？課難，作業又多，教授還很龜毛，很愛挑三揀四，」季繁指了指睡在裡面的藍毛，「他的設計圖被罵了好幾次，已經不知道重畫過多少次了，天天泡畫室，沒什麼時間睡覺。」

付惜靈仰起頭來：「那你也被罵過嗎？」

季繁得意洋洋地說：「我天資聰穎，沒有那麼常被罵，能多睡一點。」

他走過去輪流將人拍醒，藍毛迷糊了一下後才坐起身，瞇著眼緩了兩分鐘：「這間圖書館還挺適合睡覺的，他媽的比我在宿舍裡睡得還要香。」

季繁拍了一下他的腦袋：「趕緊滾回去吧。」

藍毛朝他抱了抱拳，被另一個男生扯著衣領拉走了。

付惜靈在填飽了肚子後，胃裡也跟著暖洋洋的，連心情都好了不少，坐下來重新翻開書、打開電腦。

她寫到了凌晨一點。

終於將最後一段字打完，她長舒了一口氣後儲存了資料，扭過頭去。

季繁沒有繼續睡覺，而是從書架上抽出一本和服裝設計有關的書，靜靜地看起。

他看得很認真，甚至沒有聽到周圍的動靜。

付惜靈從來都沒想過，季繁這個人有一天能跟「看書」這兩個字沾上邊。

過了好一陣子後他才側過頭來：「寫完了？」

付惜靈點點頭。

季繁看了時間一眼，打了個哈欠將書闔上：「走吧。」

付惜靈看了看他手裡的書，問道：「這本，你要借回去看嗎？」

「嗯，回去看吧，內容還挺有趣的，」季繁垂頭，「怎麼借？我還沒有在圖書館借過書。」

付惜靈語速慢吞吞地教他：「你在哪裡拿的？每一個借閱室門口都有一臺電腦，你去登記一下就好了。」

「還要登記？」季繁皺了皺眉，開始覺得有些麻煩，他捏著書邊往前一伸，送到她面前。

「學姐幫我借吧。」季繁懶散地說。

付惜靈下意識地接過，過了幾秒後才反應過來，又想塞回他懷裡，但卻被季繁給閃躲開了。

「我為什麼要幫你？我都告訴你要怎麼借了。」付惜靈不滿道。

「我本來就不愛看書，妳總得給我一點動力，」季繁側著身子閃得很遠，笑咪咪地看著她。

「如果到時候看到一半不想看了，想到是妳幫我借的，我不就有耐心看下去了嗎？」

付惜靈幾乎是落荒而逃地回到宿舍。

凌晨一點，宿舍已經鎖門了，她在刷了卡後與門衛阿姨打了招呼，轉身跑上了樓梯。

樓道裡的燈關得很乾淨，她躡手躡腳地打開了宿舍的房門。

有兩個室友已經睡了，還有一個開著電腦在看文獻，付惜靈跟她打過招呼後，放下東西去洗手間洗澡。

她打開水龍頭，換掉衣服走進了浴室。

蓮蓬頭裡的水溫熱，濺在瓷白牆面上，付惜靈站在水流下，有些茫然地看著關死的磨砂玻璃門。

明明季繁在剛才也沒說什麼特別的話。

但心臟還是在砰砰地跳，一下一下，前所未有的活躍，像是下一秒就會從胸膛裡蹦出來，落在地上，然後打滾。

付惜靈深吸了一口氣，使勁地按壓了胸口兩下。

那天在圖書館之後，付惜靈有很長一段時間都沒有再見到季繁。

她大二的課很多，季繁大概也很忙，他們兩個的上課教室本來就離得很遠，只要季繁不來找她，也就幾乎不會偶遇。

最後一次在學校裡見到季繁，是在大二下學期的週年校慶晚會上。

G大的週年校慶向來傳統而隆重，白天有知名校友的演講，晚上會統一舉辦聯歡晚會，每個科系都要想出一個表演節目，再由學生會進行篩選，最後挑出十幾個節目登臺表演。G大是綜合類的大學，科系多，要從十幾個節目裡面挑，競爭尤為激烈。

新聞系這次準備的知識型小品沒有入選，但付惜靈在大一的時候就被室友拉去了學生會，在準備校慶的期間還是挺忙碌的。

聯歡會進行到一半，付惜靈也結束了被安排的所有事情，終於清閒下來了，坐在後臺簾幕的後頭，抽空來看前面的現代舞表演。

旁邊有幾個跟她同時期加入學生會的女生正在聊天，從偶像聊到了網紅店的衣服上，一個說這家的衣服好看，另一個人卻說醜，還不如現在臺上的女孩們所穿的表演服裝。

「而且我那天聽宣傳部的部長說，我們這次所有的表演服裝都是服裝設計系做的。」女孩一邊叼著餅乾一邊說，「我剛剛去後面看了一眼，有好幾個人都在忙碌呢。」

她頓了頓，壓低了聲音：「其中有個特別帥的。」

另一個女生不太在意：「我們學校的服裝設計本來就很強，聽說設計系全是帥哥美女，有帥哥不是很正常嗎？」

「不是只有帥，是特別帥的，特別，」女生強調道，「丹鳳眼，雙眼皮，穿得像要去參加街舞選秀的那個。」

付惜靈捕捉到關鍵字，忍不住地把椅子往後挪了挪。

「靈靈，妳看見了沒？」

付惜靈忽然被點名，扭過頭來：「沒有，我剛剛都在忙。」

女生來了勁，扯著兩個人興奮道：「走，我帶你們去看，現在應該還在後頭的。」

付惜靈被她從椅子上拉起來，踉踉蹌蹌往前趕了兩步才跟上，她走在最後頭被拉著往前走，穿過後臺往最裡面走去。

化妝間的門沒關，三個人從門口探出腦袋，偷偷往裡面看。

裡面兵荒馬亂地擠滿人，沒人注意到門口多了三顆腦袋，另一個被拉開的女生好奇道：「哪一個啊，在裡面嗎？」

「這裡面的每一個人，都穿得像是要去參加街舞選秀的。」付惜靈小聲嘟囔。

她剛說完，耳邊突然串進了另一道男生的聲音：「什麼街舞選秀的？」

幾個女孩子嚇了一跳，付惜靈側過頭去，視線正對上季繁近在咫尺被無限放大的側臉。

少年側臉的線條立體，鼻梁筆直挺拔，睫毛長長地垂著，幾乎是臉貼著臉的距離湊到她旁邊，正順著她的視線往裡面張望。

付惜靈猛地直起身來，往後退了好幾步。

季繁看著她像一隻受了驚的小倉鼠一樣，嚇得差點蹦起來，有點想笑。

「你怎麼這麼嚇人！」小倉鼠看著他，吱吱地嚷了起來。

季繁憋著笑：「我哪裡嚇人？」

「你突然就出來了！」小倉鼠又說。

「我在這裡忙啊，」季繁滿臉無辜，拿著兩件銀色緞子的衣服，放到她眼前抖了抖，「妳怎麼在這裡？」

付惜靈噎了一下，也不好意思承認是因為覺得人家口中的帥哥有點熟悉，才想來看看的。她憋了老半天才開口：「我也在忙呢。」

季繁看著她的眼睛直直往下飄，明顯心虛，也不拆穿，只是點點頭應道：「好，那妳在這裡等我一下。」

他說完之後進了化妝間，將手裡的衣服交給旁邊的人，跟他說了幾句話。

旁邊的女生使勁地扯著她的手，壓低了聲音湊到她耳邊：「靈靈，靈靈，街舞選秀的那個！」

她正說著，季繁那邊已經說完了，他從旁邊勾起一個包包後轉身走出來。

付惜靈站在原地，她原本想先開溜，又想起他剛剛叫她等一下，不知道為什麼，遲遲都沒有邁開雙腿。

她看著他拎著書包走過來站到她面前，微微抬著下巴，朝旁邊揚了揚：「學姐，去那邊說？」

付惜靈抿了抿唇，有些僵硬地跟著他往旁邊走。

穿過內間的門，又掀了兩層隔簾，季繁才停下來轉過身。

付惜靈像一隻跟屁蟲一樣地跟著他，直到他停下後才仰起腦袋，聲音軟乎乎道：「做什麼呀？」

季繁又忍不住地想笑。

他垂下眼，舔了舔嘴唇，將書包給打開，從裡面抽出一本書來遞給她。

付惜靈接過後，低頭看了一眼，是他之前請她幫忙從圖書館借的那本。

都已經過了半個月，她還以為他早就忘了這件事。

付惜靈接過來：「你看完了？」

「其實還沒，先還妳，」季繁笑容斂了斂，「我明年可能有一段時間都不在學校了。」

付惜靈愣了愣。

他表情淡下來一瞬，又很快地恢復成了平日裡那副吊兒郎當的樣子，拖著聲音說：「所以就想著，人不在，但至少先把書還給妳，方便妳之後睹物思人。」

番外八

季繁去義大利留學的這件事，付惜靈還是從陶枝那裡聽說的。

G大的服裝設計系在國內外都很有名，所以和不少學校締結為姊妹校。

當老師找到他的時候，季繁猶豫了很久，最終還是申請去義大利當交換學生。學分也會直接轉換，畢竟能去留學也不容易，不是只要申請就能過去，還需要有導師推薦。

用陶枝的話來說，這個小子從小到大跟「師長推薦」這種字眼八竿子打不著，百利而無一害的事情，不知道他到底在留戀什麼，猶豫到申請的時間都快截止了，才把申請表交出去。

付惜靈垂著頭笑了笑，過了一會兒才低聲說了一句：「能去也挺好的。」

確實是，挺好的。

他在所有人眼中，本來只是個整天無所事事、不務正業的人，現在卻蛻變成能考上名聲響亮的學校，並且還在不斷地向上攀爬，成為最耀眼的那個人。

時光會讓少年不斷地發光。

在某些瞬間，付惜靈都覺都得陶枝的話聽起來像是意有所指，但她也不會自作多情，她從來不覺得自己的存在會對哪些人產生影響。

她就像空氣中的一顆小灰塵，平凡又透明，默默無聞地存在著，不會被任何人發現。

更何況，季繁什麼都沒有跟她講。

他只是把上次請她借的書帶給她而已。

他們在大學時期再次相遇，在同一個校園裡度過了短暫又漫長的一年，在通識課上看著他坐在旁邊，百無聊賴地畫圖，在圖書館陪著她寫論文，直到睡著為止，偶爾在食堂偶遇就一起吃個飯。

然後又一次地各自奔向了自己的未來和前程。

付惜靈甚至不能確定，自己是不是對季繁產生過除了「朋友的弟弟」以及「高中時期的同學」之外的感情。

只是在某一天，她發現幫他借的書快要到期了。

付惜靈拿著書去了圖書館，打算把它還回去。

她站在電腦前，將書脊上貼著的號碼輸入進去，把書歸還後，對著電腦螢幕發呆了好一陣子。

後面有人在排隊等著還書，付惜靈垂頭看了一眼，咬著嘴唇，再次點開了借書的畫面，然後把書號輸入進去。

日子一成不變，進入大三以後的課業變得繁重，付惜靈很早就開始抽出時間去實習，在各家報社裡打雜跑腿，每隔幾個月，她會注意時間去圖書館，把季繁借的那本書還回去，然後再一次地借出來。

就這麼在她的書桌上擺了一整個大三學期。

明明是一本她根本不會翻開來看的書，付惜靈甚至也不明白自己為什麼會想要一直留著。

付惜靈畢業的那年，季繁從義大利回國。

校園裡擠滿了人，行道樹鬱鬱蔥蔥地映出樹影，幾個學生也圍在一起拍照，付惜靈跟父母說著話，室友在遠遠的地方叫她一起過去拍照。

付惜靈笑著應聲，小跑著過去。

女孩子穿著黑色的長袍制服，學士帽歪歪斜斜地扣在毛絨絨的短髮上。季繁靠站在樹下，看著她被兩個女生扯進鏡頭裡。

女生們在陽光下，一邊拍照一邊笑成一團，拍了好一陣子後，有穿著同樣學士服的男生過來，季繁遠遠地看著他低著頭跟付惜靈說話，女孩逆著光仰著腦袋，圓圓的鹿眼也笑得彎了起來。

季繁不爽地「嘖」了一聲，站直了身走過去。

直到走到付惜靈身後，那個男生才抬起頭來。

季繁越過付惜靈的頭頂看著他，朝前揚了揚下巴，語氣散漫：「學長，那邊有人在叫你。」

付惜靈猛地回過頭去。

男生愣了一下後笑起來：「啊，我等等就過去。」

季繁點點頭，扣著付惜靈的腦袋往旁邊帶了帶：「學長，畢業快樂。」

男生還來不及反應。

季繁轉身，壓著付惜靈的腦袋，推著她往前走。

付惜靈被他按著，踉踉蹌蹌地往前跌了幾步後才跟上，她一巴掌拍在他手背上：「你不要按我的帽子！看不到路了！」

季繁才低下頭。

她的學士帽被他按得連帽簷都凹了下去了，這頂帽子對她來說本來就有一點大，這麼一按，付惜靈的眼睛都被遮進了帽簷裡面，只露出鼻梁到下巴尖。

他盯著她塗了口紅的嘴唇看了兩秒，清了清嗓子後移開視線。

付惜靈把帽子扶正後露出眼睛，又小心地整理了一下瀏海，才仰起頭：「你什麼時候回來的？」

季繁：「剛回來啊，一下飛機就來參加妳的畢業典禮了。」

付惜靈的呼吸停了一瞬。

季繁繼續道：「騙妳的，前兩天就回來了。」

「……」

付惜靈重重地磨了一下牙。

季繁看著她，笑道：「恭喜畢業啊，學姐，以後就是職場女強人了。」

提起這件事，付惜靈似乎有點擔憂，她小聲嘟囔：「我也只能當個小菜鳥。」

季繁：「枝枝說妳挺愛工作的啊，別人都還在學校裡的時候，妳就忙著到處找實習了。」

「我想多累積一點經驗，」付惜靈一本正經地說，「這樣就能快點熟悉以後的工作，做得好就能升職，多賺一點錢。」

她提起這些事情的時候，總是很認真的樣子，嚴肅又老成。

明明長了一張和高中生相似的娃娃臉，這幾年下來，每個人都在改變，只有她，跟第一次見面的時候好像沒什麼差別。

季繁沒說話，垂著頭笑。

付惜靈明白他在笑什麼，他吐槽過她好幾次了，說她這個人很無趣，做什麼都是一本正經的。

她撇了撇嘴，又像是想起了什麼似的，突然「啊」了一聲，抬起頭來：「你跟我來。」

「嗯？」季繁揚眉，「幹什麼？」

付惜靈徑直地往前走：「過來就對了。」

季繁跟著她，兩個人一路穿過拍照的畢業生和家長，繞過宿舍大樓和小花園，一直走到圖書館門口。

圖書館的自習室裡依然坐滿了人，付惜靈從旁邊繞過去，走到最裡面的那間借書室，又穿過了書架走到了最後一排進去。

她在書架最裡面的地方停下腳步，蹲下身子。

季繁也跟著她蹲下，看著她的手指在書架底層掃過去，然後從最角落裡抽出了一本書。

她扭過頭，將書遞給他。

季繁接過來看了一眼，愣住了。

是他大一的時候請她幫忙借的那本書。

圖書館裡很安靜，最後一間的借書室裡幾乎沒什麼人，付惜靈將腦袋給湊過來後指了指：「我看到你在這裡面夾了書籤，就覺得你應該是還沒看完。」

她小聲說：「我把它放在這個的話，應該也不會有人注意到，就不會被人借走。」

季繁垂頭看著那本書，始終沒有說話。

半晌，他才抬起頭來看著她，猶豫地開口：「付惜靈。」

付惜靈眨了眨眼：「怎麼了？」

季繁舔了舔嘴唇，又頓了幾秒，睫毛再次垂下去，肩膀跟著往下一塌，像泄了氣一樣：

「沒什麼。」

他淡笑了一下，低聲說：「謝謝。」

畢業以後，付惜靈進了一家報社，正式投入到工作中。

她跟陶枝在兩人公司之間折中地段，合租了三房一廳，兩個工作狂湊在一起後，一個成天把自己關在暗房和工作室裡，另一個經常在公司加班加到凌晨，除了工作之外也沒什麼時間去考慮別的問題。

付惜靈有好幾次在凌晨下班的時候，收到了季繁傳過來的照片。

大四的下學期，他跟室友和幾個朋友一起合夥創立了獨立的服裝品牌，畢業以後，他開始天南地北地飛。

只要他覺得有很特別的靈感，都會立刻將設計圖畫下來，興沖沖地傳給她看。

付惜靈作為一個普通人，常常會覺得自己不太能理解他們搞藝術的人的審美。

因為和陶枝住在一起，付惜靈也開始可以頻繁地見到季繁。

每次從世界各地回來，他都會帶禮物回來給陶枝和付惜靈，很多時候是一些稀奇古怪的小東西，被兩人輪番嫌棄，還會不開心好幾天。

付惜靈覺得都過去這麼多年了，這個人在某些時候還是會像個小孩子一樣。

她本來以為自己和季繁的關係大概會一直這樣下去，他有他自己的愛好和圈子，就像他經常傳給她的設計圖，和帶回來的小禮物一樣。

他有色彩斑斕的人生，喜歡稀奇古怪的事物，也會對特別的女孩子產生好感。

直到在KTV裡聚會的那次。

付惜靈覺得自己大概是瘋了，可能是因為之前喝了一點酒，她甚至不知道自己是怎麼站起來，怎麼走過去的，直到柔軟的冰涼觸感觸碰到唇瓣。

季繁整個人僵住，然後倏地回過頭。

昏暗的燈光下，他的眼睛是很濃郁的黑，甚至還沒有反應過來，有些呆滯茫然地看著她。

付惜靈抿著唇，一臉淡定地坐下了。

臉頰在發燙，大腦像是沸騰的岩漿，不停地冒著泡泡。

她有點慶幸這裡的光線不是很好。

那天晚上，季繁幾乎是落荒而逃。

往常的他總是會像一塊年糕似地湊上來，沒話找話地跟她聊天，逗得她炸毛才肯罷休，這次卻意外地安靜，沒有跟上來，也沒說任何多餘的話，更沒有纏著她，說要送她回家。

付惜靈一個人上了計程車，夜晚的市中心繁華而喧囂，璀璨流光滑過車窗，她垂著頭，忽然覺得有些委屈。

付惜靈跟陶枝認識了七年，見過她因為喜歡而開心，也見過她為了喜歡而難過，她依然不明白什麼是喜歡。

可是現在的她忽然覺得，自己大概是喜歡季繁的。

付惜靈在回到家之後卸了妝、洗了澡，整個人才澈底冷靜下來。

本來就是玩遊戲而已，也沒什麼大不了的，沒有人會在意，一覺過後，她跟季繁都會恢復到之前的狀態。

她擦著頭髮走進臥室，拿起手機看了一眼，發現陶枝傳了訊息過來，說她今天晚上不回來。

付惜靈回覆了一個貓咪的貼圖，將手機和濕毛巾丟到一邊，仰面倒在床上。

臥室裡只開了一盞床頭燈，她看著昏暗的天花板後嘆了口氣。

「喜歡」果然不是什麼好東西。

她還是應該專心拚事業，要升職加薪，賺好多、好多錢，等賺夠了錢就提前辭職退休，然後每天在家裡吃爆米花，看連續劇。

在她抱著枕頭思考著這些事情的同時，門鈴忽然響起。

付惜靈瞬間從床上跳了起來，陶枝說過她今晚不回來了，平時也不怎麼有人會來拜訪，而且都已經是這個時間了。

她們住的這個社區治安良好，付惜靈走出房間後趴上了玄關的門，小心翼翼地透過貓眼往外看。

季繁還穿著晚上的那套衣服，低垂著頭站在門口。

付惜靈愣了愣，開了門。

季繁抬起頭來。

女孩剛洗完澡，穿著睡衣，赤著腳站在門口，頭髮濕漉漉地垂下來貼著臉頰，看起來很乖巧，大眼睛澄澈明亮：「你怎麼來了？」

季繁看著她，喉結滾了滾：「我……」

他對上了付惜靈的視線，遲鈍地說：「我想進去。」

付惜靈：「……」

她側了側身，季繁同手同腳，有些僵硬地走進了客廳。

付惜靈關上了大門後轉過頭來。

季繁還站在客廳正中央，聽見關門聲，扭過頭猶豫道：「妳要睡了嗎？」

付惜靈點了點頭。

季繁也點頭：「那，我先走了，晚安。」

「……」

付惜靈不太明白，這個人在大半夜的時候跑過來，就為了問她一句「要睡了沒？」

她側了一下腦袋：「你跑過來跟我說晚安的嗎？」

「不是，我……」季繁嘴唇動了動，很小聲地說了句什麼。

付惜靈湊近了一點，仰起腦袋：「什麼？」

女孩子身上還帶著清淡的沐浴乳香味，季繁的手指不動聲色地在褲縫上蹭了蹭，他舔了舔嘴唇，忽然閉上了眼睛，側頭彎下腰，在她臉上親了一下。

付惜靈睜大了雙眼。

他的唇瓣有點涼，只是輕輕地觸碰了一瞬，就抬起頭來。

季繁的耳根有點紅，他摸了摸鼻子：「這樣，討厭嗎？」

付惜靈腦袋一片空白，過了好幾秒才猛地回過神來，像隻兔子一樣地跳開：「你幹嘛呀！」

季繁垂著頭，用漆黑的眼看著她繼續問：「妳討厭我親妳嗎？」

付惜靈從沒見過這樣的人。

怎麼這麼不知羞恥！

她捂著臉，想罵他，但腦子又突然當機，一個字也想不出來。

季繁說：「我不討厭妳這樣。」

付惜靈愣了一下。

季繁重複道：「我喜歡妳親我。」

付惜靈覺得自己的臉熱得像是燒開的熱水壺，蓋子蓋得嚴實，下一秒就要炸掉了：「你胡說什麼！」

他站在原地不動，只是看著她認真道：「那拿掉後面兩個字，我喜歡妳，一直喜歡妳，重考也是為了妳，出國留學也是為了妳。」

「妳說妳喜歡認真的人，所以我想變得更優秀一點再告訴妳，我怕妳不喜歡我，但是我有一點沒耐心繼續等下去了，妳今天晚上……以後，」季繁低著聲說，「我怕我再等下去，妳就跟別人跑了。」

付惜靈呆呆地看著他，一句話也說不出來。

過了老半天，她才嘟囔了一句：「我會跟誰跑啊？」

「我怎麼知道，」季繁瞥了她一眼，「在畢業典禮上，那個扯著妳聊了老半天的那個男生，之類的吧？」

付惜靈忍不住笑了一聲：「你這麼早就開始喜歡我了嗎？」

季繁一本正經：「我更早之前就喜歡上妳了。」

付惜靈抿著唇，唇角忍不住地翹起，垂下頭小聲說：「我也不討厭。」

季繁反應了好一會兒，才明白她的話是什麼意思。

他垂眼看著她，然後笑了。

剛開始只是勾起唇角，然後忍不住笑出了聲。

付惜靈被她笑得臉又開始發燙：「你笑什麼……」

「我高興，」季繁笑著走過去，彎腰低到她面前，把臉湊過去說，「不討厭的話，就再親一下？」

付惜靈一巴掌拍開他的臉：「你離我遠一點！」

「幹嘛啊，」季繁拖著聲，死皮賴臉地說，「不能親一下男朋友嗎？來，再親一下。」

「不要！」

「好吧，」季繁退而求其次，湊過頭來輕輕碰了一下她的嘴唇，彎著唇角看著她，「那男朋友親妳一下，初吻都給妳了，妳以後就是我的人了。」

——《桃枝氣泡》番外完結——

高寶書版集團
gobooks.com.tw

YH 133
桃枝氣泡（下）
作　　者　棲見
責任編輯　眭榮安
封面設計　Ancy Pi
內頁排版　賴姵均
企　　劃　何嘉雯

發 行 人　朱凱蕾
出　　版　英屬維京群島商高寶國際有限公司台灣分公司
Global Group Holdings, Ltd.
地　　址　台北市內湖區洲子街88號3樓
網　　址　gobooks.com.tw
電　　話　(02) 27992788
電　　郵　readers@gobooks.com.tw（讀者服務部）
傳　　真　出版部 (02)27990909　行銷部 (02)27993088
郵政劃撥　19394552
戶　　名　英屬維京群島商高寶國際有限公司台灣分公司
發　　行　英屬維京群島商高寶國際有限公司台灣分公司
初　　版　2023年04月

本著作物《桃枝氣泡》，作者：栖見，由北京晉江原創網絡科技有限公司授權出版。

國家圖書館出版品預行編目(CIP)資料

桃枝氣泡／棲見著. -- 初版. -- 臺北市：英屬維京群島商高寶國際有限公司臺灣分公司, 2023.04
冊；　公分. --

ISBN 978-986-506-681-9(上冊：平裝). --
ISBN 978-986-506-682-6(中冊：平裝). --
ISBN 978-986-506-683-3(下冊：平裝). --
ISBN 978-986-506-684-0(全套：平裝)

857.7　　112002548